魅丽文化　花火工作室

心意萌宠

扣子依依 / 著

北京燕山出版社
BEIJING YANSHAN PRESS

图书在版编目（CIP）数据

心意萌龙 . 2 ／ 扣子依依著.— 北京：
北京燕山出版社, 2015.11
　ISBN 978-7-5402-3962-6

　Ⅰ.①心… Ⅱ.①扣… Ⅲ.①长篇小说 – 中国 – 当代
Ⅳ.①I247.5

中国版本图书馆CIP数据核字(2015)第237122号

心意萌龙 2

XIN YI MENG LONG 2

作　　者：	扣子依依
责任编辑：	元　伟　王梦楠
责任校对：	岳　欣
装帧设计：	黄　梅
社　　址：	北京市西城区陶然亭路53号 （100054）
网　　站：	http：//www.bjyspress.com/
微　　博：	http：//weibo.com/u/2526206071
电　　话：	01065240430
传　　真：	01063587071
印　　刷：	湖南新华精品印务有限公司
开　　本：	880mm×1230mm 1/32
字　　数：	223千字
印　　张：	9
版　　次：	2015年11月第1版
印　　次：	2015年11月第1次印刷
定　　价：	26.80元
出版发行：	北京燕山出版社 BEIJING YANSHAN PRESS

CONTENTS 目录

第一章

度蜜月小·插曲

清晨的阳光温和地从窗外投射进来，洒在床头何薇的侧脸上。她微微皱了皱眉，正想翻个身继续睡，窗外就忽然传来了一声爆裂般的吼叫声："吼嗷嗷嗷！走一走，瞧一瞧啊！恐龙蛋新鲜卖了啊！这里有翼龙蛋、雷龙蛋，还有梁龙蛋啊！想买回家孵出小宝宝还是下锅做菜都随你啊！来来来，过了这村就没这店了啊！"

　　何薇痛苦地把脑袋埋在枕头底下，伸出手拍了拍睡在她身边英俊帅气的男人："卓飞，你快去管管啦，又有窃蛋龙在贩卖人口了！"

　　恐龙帝国的现任国王，同时也是何薇的丈夫卓飞揉了揉眼睛，从床上爬了起来，一边给何薇盖被子一边说："老婆你继续睡啊，我处理好后马上就回来。"

　　何薇点了点头，看着他光裸着健壮的、满是肌肉的上半身跳下床朝门口走去，窄腰翘臀，似乎浑身都是力量，她只觉得小心脏猛地跳动了几下，顿时就不困了。

　　虽然和这个脾气暴躁的家伙结婚已经三年有余了，可是每天早上醒来看到卓飞那张英俊帅气的脸和完美有型的肌肉，何薇还是会觉得胸腔里有小鹿在乱撞。

　　躺在床上的她不由得猜想着，是不是因为霸王龙的基因特别强悍，所以它们变成人之后的样子也就特别完美？没错，何薇的丈夫并不是一个普通人，而是一只能够变身为人类模样的霸王龙。

　　这种事情在这个到处都是恐龙的星球上根本一点都不稀奇，这个星球上大部分的恐龙都能够变成人类模样。别看她现在淡然无比，一点都不惊讶，可是在数年以前，在地球生活了十八年的何薇刚刚穿越到这里的时候，她不知道费了多大的劲才适应了这个恐龙满地跑的世界。

　　她正想着，就看见自家老公将阳台门拉开，站在阳台上对着楼底下怒吼道："喂！刚刚是谁在那边卖恐龙蛋把我老婆吵醒了？给老子滚出来！"

　　楼底下那个正在兜售恐龙蛋的小商贩只是抬头不屑地瞧了卓飞一眼，然后就把脑袋垂了下去，继续旁若无人地叫喊："翼龙蛋、雷龙蛋应有尽有，走过路过不要错过了啊！"

被忽视了的卓飞很不爽，一头金色的短发都要竖起来了，他暴躁地指着那个小贩："喂，你没听见老子说话啊？"

那个小贩翻了个白眼："听见了啊，听见了又怎么样，我又没凑到你老婆面前去卖恐龙蛋，是她自己睡眠浅，又不能怪我！不然为什么其他酒店房间的人没被吵醒呢？"

"你还敢强词夺理？难道你不知道上个月皇宫才颁布了《走私贩卖恐龙蛋处罚条例》吗？！"

小贩根本不知道他眼前站着的这位就是签发条例的主人公，只是耸肩道："我说拜托，我是窃蛋龙哎！听名字你就应该知道，我们这一族生来就是靠偷盗恐龙蛋为生的好不好？再说了，这里是西弗拉海岛，著名的旅游胜地，离中央大陆的皇宫那么远，那个又蠢又暴躁的霸王龙皇帝怎么可能管到我头上来啊？"

这最后一句话终于触碰到了卓飞的霉头，只听他从牙缝里挤出几个字："你……说……什么？"

"我说那个新上任的皇帝很蠢啊！亏他还娶到了龙神的女儿做老婆，真不知道他老婆到底怎么看上他的，我觉得我比他强多了，他老婆应该嫁给我才对嘛！"

躺在床上的何薇暗叫不好，慌忙从床上爬下来，但还没来得及把卓飞拉回来，就听他怒吼一声，单手一撑就从窗台上跳了下去，整个人忽然被一团金光包围住，只不过一眨眼的工夫，刚刚还是人类的他就已经化作一只身长十米、长满锋利牙齿的威猛霸王龙了。

轰隆隆的一声巨响过后，霸王龙稳稳地落在酒店外的沙滩之上，巨大的脚掌把地面踩出了两个深坑，而他正张着血盆大口，挑衅地看着那个卖恐龙蛋的小商贩："你刚刚说什么？再说一遍试试？"

那个窃蛋龙小贩自然是什么都说不出来了，惊恐万状地盯着面前霸王龙巨大的头颅，颤声道："你……你……霸王龙？难道你是……你就是——"

"老子就是你说很蠢的那个皇帝！有本事你倒是变身啊，咱们两个来干一架，看看到底是你蠢还是我蠢！"霸王龙甩了甩他的大头，呼着

热气挑衅道。

窃蛋龙就算变了身也不过两三米的高度，怎么可能敌得过身形巨大、嗜肉凶猛的霸王龙呢？更何况眼前这只还是帝国的皇帝，小贩就算有一百个胆子也不敢和卓飞对着干啊！他顿时收起刚刚的嚣张气焰，把小推车里的恐龙蛋全都推到了霸王龙面前，整个人颤抖得像一棵被狂风乱吹的小树苗："国……国王陛下，我……我错了！是小的一时眼瞎，竟然没认出您来！请您原谅我吧，我……我……我以后再也不敢贩卖恐龙蛋了！"

"哼，还有呢？"霸王龙伸出自己短短的爪子抓住那辆小推车，接着逼问。

小贩做生意这么多年，一直是个机灵人，眼珠一转就明白了霸王龙的意思，赶忙奉承讨好道："啊！刚刚……刚刚小的那都是胡说八道！您……您和王后就是我们恐龙帝国最为般配的一对夫妻，简直是神仙眷侣啊！除了您，这世界上根本没有别的恐龙配得上美丽温柔的何薇王后了！"

霸王龙用鼻子哼哼了两声："这还差不多！不过你确实触犯了《走私贩卖恐龙蛋处罚条例》，是你自己去警察局接受处罚呢，还是让老子亲自送你去？"

"小的自己去，自己去，不劳烦国王陛下您了！"小贩一边说一边擦着额头上的冷汗。

"你最好别给我耍什么花样，要是半个小时后警察局没通知我你投案自首的消息，到时候就别怪老子不客气！"霸王龙一边说，一边把他粗重而满富攻击力的长尾巴甩来甩去。

小贩再三保证之后，终于灰溜溜地去警察局自首了。

而卓飞呢？他依旧保持着龙形的状态，用爪子提着那装满了恐龙蛋的小推车，巴巴地回到了窗台边，邀功似的对何薇摇了摇尾巴："老婆，你看，我厉害吧，我把这些恐龙蛋都解救出来了！"

何薇又好气又好笑："厉害是厉害……不过来度蜜月之前，你不是都跟我说好了吗？这一次咱们两个算是微服出行，不能随便变身的啊。"

霸王龙一族虽然凶猛，可是在中央大陆所存的数量并不多。何薇扭头看了看外面的景象，果然，已经有游客带着惊讶的表情聚集过来，显然已经有不少认出了何薇和卓飞的身份。

"我知道……可是……可是谁让那只可恶的窃蛋龙说老子配不上你啊？我一时没忍住就……"霸王龙委屈地哼哼道，刚刚还凶狠蛮横地威胁窃蛋龙的他如今竟像只小狗一样可怜又可爱。

何薇的心顿时就软了，她伸出手摸了摸他的大脑袋："好了好了，我没有怪你，就是担心咱们离开皇宫的事被太多人知道，会比较危险嘛。"

霸王龙抬起头，神情更委屈了："喂，有老子在呢，怎么会有危险？老婆，难道你不相信我了？！"

何薇觉得自己简直像在安慰幼儿园的小孩子："哪有，你胡说什么啦？我一直都最相信你了！好啦，快点变回人形吧，旁边的围观群众越来越多了。"

可霸王龙不太乐意，他摇了摇头，说："不要，这几天一直憋着不能变身，老子好难受的。老婆，你过来，我就这么背着你去海边玩好不好？"说罢，他便把自己宽阔的后背凑了上来，巴巴地望着她。

何薇想想也是，一个星期之前，卓飞终于能够暂时卸下皇宫中繁忙的事务，抽出一个月的时间和她出来度蜜月，却又被她禁止了变身，他有多难受是可想而知的。因此她便没有拒绝，回屋子里稍微打扮了一下，便从窗口跳了出来，稳稳地落在了他的后背上，用双手抓住他身上厚实的皮肤。

"我估计这些恐龙蛋都是那只窃蛋龙从附近的人家偷来的，老婆，咱们先想办法把这些恐龙蛋还回去好不好？"卓飞扭头问她。

对于这么有责任感的丈夫，何薇感到很满意也很幸福，便点头说："好啊。"只要能这么安稳地趴在他的背上，何薇便觉得，做什么都好。

于是西弗拉海岛上的游客们就眼睁睁地看着一只体型巨大的霸王龙背着一个年轻的黑发女孩，手里提着一车恐龙蛋，一户接一户地敲响海岛上常住居民的房门，把丢失的恐龙蛋归还给对方。

有几个游客最先反应过来："我……我怎么觉得，那只霸王龙好像

当今的国王陛下啊？"

"对啊对啊，还有他背上的那个姑娘，和王后陛下长得好像！真的是他们吗？他们两个来这里旅游了？可是……怎么也没听电视上报道一下？"

"估计是微服出访吧？嗷嗷嗷，不管怎么样，我要去找他们要签名！国王和王后哎！我以为这辈子都没机会见到他们呢！"游客们一边议论，一边热切地朝霸王龙所在的方向飞奔过去。

于是，刚刚将恐龙蛋全部归还完毕，正打算和自己的老婆缩在沙滩上晒晒太阳的霸王龙就被众人给包围了："请问……您……您是卓飞国王陛下吗？可以给我签个名吗？或者合影也可以！"

一群人叽叽喳喳的，把卓飞吵得头疼，可恶，好不容易有机会和老婆出来度个蜜月，还要被不认识的人打搅，暴躁的霸王龙心情有点不好，正想扭头吼他们几句，脑袋就被何薇给抱住了，只见她微笑着说："那个，如果大家愿意的话，晚上我和卓飞请大家在海滩上吃饭，不过我们好不容易有机会休息一下，现在能不能请大家给我们一点独处的时间呢？"

"哦，果然是卓飞陛下和何薇王后！"众人惊喜地叫喊道，很礼貌地向两个人鞠躬告别，"那么国王陛下、王后殿下，我们就先不打扰了！"

见众人渐渐散去，霸王龙不由得伸出大脑袋蹭了蹭何薇的脸："嘿嘿，老婆你好厉害。"说完就忽然翻了个身，把他的肚皮朝上，小短爪子在空中挥来挥去，"你帮我擦点防晒霜好不好？我现在变身了擦不到啊。"

何薇黑着脸看着眼前的庞然大物，不禁伸手打了一下他的脑袋，刚刚面对游客时的温柔大方全都不见了："给老娘变回来啊，浑蛋，你现在这个样子，我擦到明天早上也擦不完啦！"

夜晚很快来临，何薇穿着一条简单的白裙子，和光裸着上半身的卓飞手拉着手在海岸边漫步。

她低头看了看时间，说："好像快到时间了，我们回酒店去吧，说好了要请大家吃饭的呢。"

话刚说完何薇就被卓飞一把拽到了怀里，他用长满了胡楂的下巴蹭

顾念心安

作者：苏苏
定价：26.80 元

内容简介：

　　在父母的葬礼上看到安亦铭的那一刻，顾芗就知道自己的机会来了，风雨飘摇的家族的保护伞也来了。面对这个她并不熟悉的男人，她毫不犹豫地让自己的弟弟跪在他面前喊了三声"干爹"，自己也当着众人的面清脆地叫了一声："干爹！"

　　自此青年才俊安亦铭被"干爹"了，还是被一个自己默默爱了十年的女孩"干爹"了，安亦铭觉得自己的人生没有比这更讽刺的事情了。

　　可看到一见他就害怕的小姑娘竟然主动靠近他，他就心甘情愿接受了这一切，给予她需要的一切资源和保护，认真地当一个好"干爹"，甚至送她去和男友亲密约会。可是在她要订婚的前一晚，他终于明白自己对她早已爱入骨髓，无法放手。这一晚，他印上她的唇，告诉她："这是你欠我的。"

不要，我只想和你一起

这段时间以来，卓飞变□之后压力太大吗？如因此便捏了捏他的手：失望吗？反正我们还有饭啊。"

牛白衬衫，拉着她一齐们在聚集等待，一看何机对着两人不断拍照。满！"一个女游客带着

追问道："王后殿下，□待呀！"

竟然也凑过来打趣她：

众场合讲这些！一点都

嗓子，正色对众人说：清尽情享用，不用担心

一张小桌子旁坐下。桌饭自从得知了何薇和卓自己炒熟了奉献到桌子

游客，不免有些嘈杂，学时代在饭堂里吃饭一嘴里，一脸所有人欠了

他八百万的表情。

何薇笑着在桌子底下拉了拉他的手："怎么了，是不是嫌这里太吵了？"

卓飞摇摇头，压抑着怒火道："旁边有好多男人在偷偷看你！"

何薇失笑，原来是因为这个吗？这家伙最近真是越来越爱吃醋了，赶忙安慰道："那是因为我是王后嘛，他们比较好奇……而且你看，有好多女孩子也在偷偷看你呢，难道你就一点都不觉得自豪吗？"

卓飞认真地想了想："嗯，在遇见你之前，有姑娘追着我跑，我确实挺骄傲的……可是遇到你之后就不一样了啊，每天都担心你被人抢走，老子哪有工夫自豪啊？"

何薇白了他一眼，正想说他们如今都有孩子了，怎么可能被人抢走啊，但还没开口，旁边就忽然走来了一位身穿黑色西装，看起来文质彬彬的男士。他对两人鞠了个躬，然后很礼貌地对何薇说："王后殿下，恕我冒犯，但……我一直都是您的粉丝，不久之前您化身成为红龙，协助卓飞国王一起打败侵略中央大陆的敌人的英勇景象还历历在目，像您这样勇敢又美丽的女士，正是我们恐龙帝国里最杰出的女性代表，所以……所以不知道能不能请你给我签个名呢？"

身为王后，何薇自然不会拒绝这样的要求，她先用征求意见的眼神看了看自家老公，卓飞虽然有点不爽，但是也没有出言反对，于是她便点了点头："好啊，可以，签在哪里？"

黑衣男士拿出一张印着何薇的照片和签字笔，递到她面前的桌上："您签在这上面就行了，非常感谢您！"

何薇签好字后，将照片递还给对方，刚准备低头吃饭，却又听到对方磕磕巴巴地问："那个……我……我还能再提个请求吗？"

"你说。"

只见黑衣男子拿出手机，满含期待地看着何薇："您……可以跟我合个影吗？"

何薇一直希望自己和卓飞能够在公众间树立起一种平民化的形象，虽然两年前，卓飞是在民心所向之中登上国王之位的，可因为他年纪轻，

脾气暴躁，民间不免还是有些质疑之声，所以何薇认为，走亲民路线或许可以更快地让这些质疑的声音转变为赞同。

因此她点了点头，没留意到自家老公越来越黑的脸色，回答道："没问题，就在这里合影可以吗？"

对方激动不已地点头："可以可以！"说罢，就朝何薇走了过来。他凑到她身边，举起手机调到自拍模式，把两个人的脸同时收进了屏幕当中。

但不知道为什么，男粉丝一直举着手机调整画面，就是迟迟不按下拍摄键。何薇只顾着盯着镜头看，根本没感觉到对方悄悄用手搂住了她的身体，还在慢慢将手指的末端朝她的胸侧移过去。

何薇没有察觉，但这个居心不良的男人的动作却被一旁的卓飞尽收眼底，他不由得捏紧了拳头，脸色一黑，就把眼前这个家伙拽了起来，嗖的一声扔了出去。

随着砰的一声巨响，大厅里顿时炸开了锅，众人赶忙去把那个被扔出去的男粉丝扶了起来，而何薇也惊诧无比地看向卓飞："卓飞，怎么了？你这是做什么？"

卓飞一言不发，拉着何薇就朝外走，何薇连句抱歉的话都来不及对那位粉丝说，就被拽到了酒店外面的沙滩上。

"卓飞……卓飞……你慢一点好不好？我……我快跟不上了……"何薇被他一路拽着朝前走，不一会儿便开始呼哧呼哧喘气，赶忙开口说道。

前面的男人很快停下了步伐，可是却背对着她不肯说话。何薇只觉得莫明其妙，凑上去柔声问道："到底怎么了？你生气了吗？"

卓飞立刻点了点头，毫不避讳地吼道："对，老子生气了！"

"为什么？是因为那个人要和我合照吗？"何薇猜测道，"他也没什么恶意，你没必要发那么大的火啊……"

"没有恶意？！"卓飞猛然截断了何薇的话，语气里的愤怒之情根本无法抑制，"他刚刚趁着拍照的机会摸你，难道你感觉不到吗？"

"啊？"何薇怔住了，当时她只顾着看镜头，哪里会注意到这些小细节？不过……听卓飞话里的意思，难道，其实他生气的并不是那个粉丝的行为，而是自己的态度？

这么一想，何薇不由得也有点生气了，只觉得这家伙最近真是越来越容易吃醋了，但她还是耐着性子解释道："我真的没感觉到，就想着赶快把合照拍完。卓飞，我们都在一起这么久了，难道你不相信我的话吗？"

面前的男人摇了摇头："我不是不相信你……我只是觉得……自从你成为王后之后，你对我的注意就越来越少，你越来越享受公众对你的崇拜，越来越喜欢大家追随你的感觉……"

他竟然是这样想自己的？！何薇的心不由得一疼，有些不可置信地后退了半步："你的意思是，我是那种贪慕虚荣的人吗？我……我嫁给你，就是为了享受众人对我的崇拜吗？"

卓飞顿时意识到自己说错了话，但想挽回却已经来不及了。只见何薇忽然后退了几步，声音冷了下来："既然你是这么认为的，那好吧，现在我要回大厅继续享受众人对我的注目去了，再见！"

说罢，她便转身走向酒店大厅，留下卓飞一个人站在漆黑的海岸边，愣愣地看着她走远。

而何薇何尝是为了众人的注目才折返回酒店的，她只是想去处理刚刚混乱的场面而已。卓飞身为恐龙帝国的国王，不分青红皂白就将一个普通子民扔了出去，这要是传出去，会对他的形象造成多么坏的影响啊。

不过好在那个男粉丝被卓飞扔出去以后自知有愧，没有趁机兴风作浪。但即便如此，何薇也忙活了大半个晚上才收拾好残局，这期间她又是向众人解释卓飞离去的原因，又是道歉，忙得焦头烂额。

何薇有些心酸地发现，即使是和卓飞吵了架，她也依旧事事为他着想，而他却以为自己只是为了享受众人的瞩目……

待众人散去之后，何薇一个人坐在大厅的椅子上，不由得很是难过地揉了揉眼睛，唉，也不知道刚刚她抛下卓飞一个人回来了，现在他跑到哪里去了？该不会因为生气而忍不住又变成霸王龙闯下什么祸了吧？

何薇越想越担心，也就顾不得难过了，她快步跑到海岸边，四处张望找寻着卓飞的身影，可是却什么都找不见……难道他先回酒店房间了？

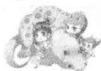

何薇正打算回去看看，旁边的海面上却忽然浮现出一团莹白色的光芒，好像海面之下有灯泡在照耀似的。

奇怪，这是什么？何薇不由得好奇地走近几步，弯下腰正想仔细观察一下，谁知就在她靠近的瞬间，那团莹白色的光芒忽然迅速扩大，变成一个漏斗状的漩涡，她还没来得及反应过来，整个人便被吸了进去！

被卷入奇怪的漩涡之后，腥咸的海水顿时从四面八方朝何薇涌了过来，一股巨大的力道牵引着她，将她整个人朝着大海深处陷进去，但此刻她尚未惊慌，因为她同卓飞一样，也是可以变身为龙形的。

她的原形是一只通体泛红、气势恢宏的中国龙，只要能够变身成功，从漩涡当中脱身出来应该不是什么难事。

但很快她就发现，自己似乎不能变身了！无论如何努力，何薇依旧保持着人形的模样，被汹涌的海水包裹翻卷着朝海洋深处未知的区域带去。海水很快就灌满了她的鼻子和嘴巴，她无法呼吸，意识也随之消散，闭上眼睛的前一刻，脑海中浮现的却是卓飞那张英俊的脸……

难道……就要这样死了吗？她……她不想啊……如果自己死了，那卓飞怎么办，家里的孩子怎么办呢……

即使万般不愿意，何薇最终还是带着不甘心陷入了一片无边的黑暗当中。

深夜，卓飞一个人坐在酒店的床边生闷气。

准确地说，他更多的是气自己。自从自己正式接替了父亲的王位，成为恐龙帝国的新任国王之后，何薇也自然而然成了王后。紧接着，沉重的责任和处理不完的公文便如潮水一般朝他们两个涌来。

卓飞一直非常有自信，认为自己绝对能够处理好帝国的事务，同时做一个杰出的好丈夫。可是，事实上呢？每天他能分给何薇和孩子的时间越来越少，大臣们的进谏和国内的各种突发状况让他应接不暇，不知不觉中，他那原本就很火暴的脾气便变得更为暴躁了，稍微有点不顺心的事他便压抑不住想要怒吼，想要变成霸王龙的样子好好咆哮一番。

他知道何薇在尽可能地为自己分忧，努力想要扮演好一国之后的角色，心底是很感激的，但另一方面，他身为男人的自尊心却又稍稍感到有些受伤——

明明说好了在一起之后，是他来保护她的，可为什么到头来，自己好像什么都做不好，反而需要她来帮自己收拾烂摊子呢？卓飞的心态渐渐变得有些扭曲了，以至于他会认为何薇为他做的这一切只是为了博取公众对她的注意力。

他知道内心深处的自己并不是这样想的，可是不知道为什么，在面对她时却只能说出那些伤人的话。

卓飞越想越痛苦，不由得低叹了一声倒在床上，望着天花板发呆，本来好端端的一次蜜月旅行，这下全被自己搞砸了！唉，他现在怎么连度蜜月这种小事都做不好了？那以后还谈什么治理国家的宏伟大业啊？！

但不管怎么样，还是要向何薇诚恳地道歉的。卓飞想了一百遍一千遍向自家老婆道歉的话，可是直到凌晨时分，何薇还没有回来。

他的后悔之情渐渐转变为焦虑，难道她生气了，因此一个人回了皇宫？还是……出了什么事？！

卓飞立刻从床上蹦了起来，想也不想便拉开大门冲了出去。

露天的大厅里，游客早已散去，只有几个服务生还在收拾餐盘，卓飞快速朝他们走去："你们，见到何薇没有？"

几名服务生认出是国王陛下，赶忙恭敬地鞠了一躬，这才起身道："回陛下的话……我……我之前好像在外面的沙滩上看见王后殿下了。怎么，殿下不见了吗？"

卓飞顾不得回答对方的问题，转头又朝着沙滩跑去，但现在已经是凌晨时分，海岸边哪里会有人？卓飞愣愣地站在不久前他还和何薇一起漫步的沙滩上，刺骨的海风似乎要将他整颗心都吹凉。

酒店的服务生也追了过来，凑到他身边问："国王陛下，您别着急，我们酒店附近都装了监控摄像头，不如我让他们调出录像找找看王后去了哪里？"

卓飞颔首，和服务生一起来到酒店监控室，很快便在录像中看见了何薇被白色漩涡卷走的那一幕。

他捏紧了拳头，神情严肃地盯着屏幕上的画面："那白色漩涡是什么？你们有人知道吗？"

酒店的老板战战兢兢地站在一旁，冷汗早已浸透了他的全身，他吓得连一句完整的话都说不出来："没……没见过……国……国王陛下……请……请您恕罪，我……我真的没想到会发生这样的事啊！"

对方那似乎断定了何薇再也找不回来的语气让卓飞的心猛地一沉，却又愤怒交加，他闭了闭眼平息自己的情绪，快速联络到了恐龙帝国的皇家护卫队，命令他们在一个小时之内赶到西弗拉海岛来。

尽管他已经尽力封锁了消息，但很快，这个让人揪心的消息还是传遍了恐龙帝国的每个角落——

那个受人敬仰、活泼而又坚强的王后殿下失踪了。

何薇感觉自己像是被装进了一个厚实的密封塑料袋里，能够供给她呼吸的氧气越来越少。就在她整个人都陷入一片混沌之中的时候，她却忽然感觉到有人用力地抓住了她的手臂，将她从那个不透气的密封袋中解救了出来。

"呼——喀喀……喀喀……"苏醒过来的何薇顿时咳嗽起来，条件反射地想要把那些被迫吸入身体里的腥咸海水全都吐出来。

她就这么咳了很久，才勉强缓过神来，意识恢复之后发现自己趴在一片潮湿又脏兮兮的沙滩上，四周是茫茫夜色，而耳边传来火焰燃烧的噼啪声。何薇怔了怔，抬起头朝火焰的那一侧看去，顿时就呆住了。

只见一个黑色短发的男人正坐在火堆旁，用树枝穿着几块肉放在火上烤。他只在腰间围了一块兽皮，其余地方不着寸缕，火焰的光芒将他身上那轮廓分明的肌肉线条衬托得更加鲜明有力，富有爆发力。

发现何薇在打量他，男人却并不抬头，只是盯着火上的烤肉，一双锐利的鹰眸在火焰的映衬下显得极有侵略感。

何薇觉得，这应该是一个极为冷漠的男人。

但不管怎么样，道谢都是必须的。于是她吃力地从沙滩上爬了起来，擦了擦脸上的泥沙，对黑发男人说："是你救了我吗？谢谢！"

男人没回答，甚至连一点反应都没有，依旧专心致志地转动着手中的烤肉，仿佛何薇根本不存在似的。

她挠了挠头，也就只能当他听见了。

失去意识之前，她记得自己站在酒店外的沙滩上，然后被那个突然出现的白色漩涡给卷了进去。那么现在，自己又是在什么地方呢？也不知道海水将她冲卷到哪里来了！她试图找到随身的手机，却发现海水早就将她身上的一切物品冲走，连鞋子都不见了！如今她身上只剩下一条湿漉漉的连衣裙和一块手表。

这可该怎么办？！何薇赶忙朝那个男人走近了一点，弯下腰试探性地问："那个……你知道这里是什么地方吗？离西弗拉海岛有多远呢？"

男人依旧不理会她，何薇觉得有点奇怪，又凑近他问了一次，还是没有得到任何答复，不由得喃喃自语道："难道他听不见？"

话刚说完，男人翻转烤肉的动作便停下了，何薇吓了一跳，以为他生气了，赶忙向后退了一步，却见他腾出一只手来，捡起地上的一根树枝，在沙滩上简单地写了几个字：听得见。

听得见？那你刚刚倒是回答我的问题啊亲！不过这样的话……这个男人应该是不能说话吧？何薇顿时明白了，不由得放柔了口气，再度问道："那这里是什么地方呢？"

男人眨了眨眼，快速在沙滩上描画出一只动物的身躯。

何薇凑到他那一侧，歪着脑袋去看他画的动物，咦，看这体型，他画的怎么好像是……

"这是剑龙吗？"何薇问道，自从来到恐龙星球之后，她学习了很多关于恐龙的知识，知道剑龙也是一种较为凶猛的恐龙，只是……之前她看过恐龙星球的历史，貌似剑龙已经因为之前的一次大战而灭绝了啊！

男人快速地点了一下头，又将那幅剑龙图擦掉了，用的力气非常大，仿佛他和那图有仇似的。

但何薇的注意力却不在他身上，她开始担心了！如果剑龙在这个星

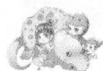

球上早就灭绝了的话，自己现在来到了有剑龙的地方，难道她穿越了时空，回到了过去？！

这个想法让她整个人都震了一下，不，绝对不可以！如果这样的话，那她的丈夫和孩子该怎么办？！

"你身上有手机吗？你……你知道恐龙帝国吗？你知道卓飞吗？他是中央大陆的国王！"何薇抓住一线希望，焦急地逼问黑发男人。

但对方只是沉默着摇了摇头，然后将一串烤好的肉递到她面前，似乎在邀请她吃。

可现在何薇哪有心情吃东西啊？！她摇摇头："谢谢，但我现在不饿……"

"吼嗷嗷嗷！"她的话还未说完，天空中就忽然传来了一阵恐龙的凶猛咆哮声。何薇吓了一跳，就在她愣神的那一瞬间，黑发男人已经冷着脸快速站起，光脚踩灭了火堆，然后一把抱住了她，两个人一起滚进了旁边的灌木丛里。

何薇被他这突如其来的行为吓住了，条件反射地就想大叫，却被男人眼明手快地捂住了嘴。他用那双鹰一样锐利的眸子牢牢地盯着她，微微摇了摇头，似乎在对她说：别出声。

何薇也是经历过战争、受过训练的人，看到他的动作立刻识相地屏气噤声，可周围传来的吼叫声越来越残暴，其间还夹杂着小动物们的惨叫，何薇又不能变身成龙保护自己，因此不由得害怕地发起抖来。

如果，如果现在，卓飞在的话，该有多好啊！如果他在的话，肯定会立刻怒吼一声，撕掉衣服变身成霸王龙的样子，将那些个妖魔鬼怪全都打跑，然后巴巴地凑到自己面前来，张着满是锋利牙齿的大嘴问："老婆，我是不是很英勇？"

何薇正心酸地想着，就感觉到自己被面前的男人紧紧搂住了，她以为这个男人察觉到了她的恐惧，可是当她抬头朝他看去时，却发现他的双眸紧紧地盯着灌木丛上方的缺口，紧紧留意着那群恐龙的动向，而把她抱紧似乎只是无意之举。

这样亲昵的拥抱稍稍缓解了何薇的恐惧，却又同时带给她许多尴尬，

想她长到这么大，也就只有卓飞在睡梦中这样紧紧地拥抱过自己了，而现在她却被这样一个完全陌生的男人搂着，他身上的热度源源不断地朝她传递过来……

喀喀，冷静，何薇，你要冷静！在这种危急情况下，被抱一下也是没办法的啊！

于是她咬紧了嘴唇，屏气听着外面的动静，只听灌木丛外传来咚咚咚的几声巨响，似乎是恐龙们踩在地面上发出的震颤，接着便传来一个听起来很尖酸的男人的声音："可恶！又让那小子给跑了！老大，怎么办，我们已经追他三个多月了，次次都被他逃掉！这回要是还不能给大王子一个满意的答复，只怕……只怕这次一回王宫，咱们就会被杀头啊！"

"哼，怕什么！离大王子的截止期限不是还有几天吗？我就不信了，继续找，他肯定就在这附近！前天我一箭射中了他的腿，猎狗可是一路嗅着他血的味道寻过来的，那臭小子肯定就在这里！"那个老大气愤地说。

何薇立刻低下头去，映着斑驳的月光朝黑发男人的下身看去，果然在他的大腿上找到了一个还未完全愈合的伤口，看来这些恐龙要找的人就是他吧？也不知他究竟犯了什么罪，竟然让这些人口中的"大王子"亲自下命令捉拿。

尖酸刻薄的声音再度响起，但这一回语气里带了点忐忑不安："可是……可是老大，这小子特别英勇善战，之前已经打伤我们好几个战士了啊！我怕我们追到最后，不仅拿不到大王子给的赏金，只怕连命都要丢了！"

"哼，怕什么，你真是没种！他身上注射了禁止变身的药物，不过是人类一个，人类有什么好怕的？"

"但我听说他曾经以人类的形态屠杀了一只霸王龙幼崽！那可是霸王龙啊！"

何薇听到"霸王龙"三个字顿时也怔了一下，卓飞就是霸王龙啊！再准确点来说，中央大陆一直是由霸王龙统治着的地方，但在这片陌生的土地上，人们竟然能够随意地屠杀霸王龙？！

她顿时对抱着自己的男人防备起来，身体也不由得朝后退了退，想

脱离他的掌控。但有着敏锐洞悉力的男人立刻感觉到了何薇的挣扎，低头皱着眉头瞪了她一眼，然而就是这个低头的动作，却让他不小心碰落了生长在灌木丛上的一颗果实，果实掉落在地，发出很轻微的声响"吧嗒"。

就是因为这个声响，灌木丛外的两只恐龙快速朝这边跑了过来，何薇只觉得眼前一花，原本遮蔽在她和男人身上的灌木丛就被扯掉了，而她眼前正站着两只身高三四米的剑龙！他们的背上长着一排锋利的骨板，似乎随意挥动一下就能割断人的脖子！

个头稍大的那只兴奋地咆哮一声："哈哈哈，老子就说他跑不了多远，快点把他抓住！"

但他的话还未说完，男人已经拽着何薇从地上爬了起来，带着她敏捷地跳进了灌木丛深处。

身后传来那个老大愤怒的叫喊："跑？我让你跑！看我把这片树丛都铲光了，我看你还怎么躲！"说罢，他便低垂下身体，用自己背上那像剑一样锋利的骨板将灌木丛连根铲起！

原本带着何薇快速逃跑的男人忽然停住了脚步，转过身去，从腰侧抽出弓箭，趁剑龙低头的那一瞬间，精准地将箭射出，牢牢地钉入了剑龙最为脆弱的脖颈深处。

剑龙老大只来得及发出"啊"的一声，接着便轰然倒地。他的小跟班顿时慌了神，凑到老大面前看了眼他脖子上正流淌着黑血的伤口，不由得惊慌失措道："天哪！是毒箭！是毒箭！老大，老大你怎么样？你振作一点，我背你回营地！"

何薇早就因为这突如其来的一切而愣住了神，眼睁睁地看着那只剑龙小跟班拖着中毒的老大朝另一个方向走去，没走出多远，便听见那个老大从喉咙间发出一声不甘的咆哮，然后便闭上了眼睛。小跟班早就吓得浑身乱颤，见状立刻抛下老大一个人逃命去了。

死了？那只剑龙就这么死了？！何薇只觉得面前的这个男人简直就像一个冷血的杀手，不带丝毫犹豫就可以随随便便结束一条生命！虽然她明白刚刚的境地不是你死就是我活，但她还是被黑发男人这种冷绝而不带感情的态度给吓住了。

而现在，刚刚射杀了一只剑龙的黑发男人缓缓地转过身来，他的手上还握着弓箭。他只是用那双深如黑墨般的眸子看了看何薇，接着便转过身，毫不留恋地朝着灌木丛深处跑去。

或许拯救了何薇的性命对他来说已经是仁至义尽，而接下来何薇该怎么办，就完全不关他的事了。

何薇站在冷飕飕的灌木丛里愣怔了一两秒，眼看着黑发男人离自己越来越远，她终于狠下心，咬牙追了上去："请等等我！请等等我可以吗？让我和你一起走！"

她不知为何失去了变身的能力，而这个地方似乎又处处都是杀机，为今之计，她只能跟上这个刚刚救了自己的男人了。

尽管他杀人不眨眼。

但男人似乎完全没听见何薇的乞求，依旧保持着飞快的速度，像一只猿猴一样灵敏地在灌木丛中穿梭，很快便要消失不见了。

何薇心下一急，想要加快脚步追上他，却在忙乱中踩中了一根长满刺的藤蔓，顿时疼得大叫一声，栽倒在了地上。

她摔得满脸满身都是泥，却顾不得擦，而是强忍着疼痛想要再度爬起来，不行，一定要忍住，一定不能让那个男人走掉！如果他走掉，不能变身的自己接下来又该如何生存？！

她咬着牙再度站起来，试着跑出几步，却因为脚心扎进了尖锐的刺而支撑不住，眼看着就要再度摔倒在地，然而就在她要栽倒的最后一刹那，一只手臂忽然从前方伸了过来，抓住了她的肩膀，将她整个人带进了那人的怀里。

何薇回过神来一看，发现刚刚的黑发男人竟然去而复返了！她不由得舒了口气，半是欣喜半是紧张地说道："谢谢……谢谢你！"

黑发男人没说什么，只是手臂一扭，便将何薇像面口袋一样扛在了肩头，何薇立刻惊讶地大叫："哎……不对，不对！你……你放我下来！你放我下来先！"

可是男人却像什么都没听到似的，像风一样快速朝着灌木丛深处进发。

何薇知道叫喊也没有用，又怕自己的声音会把之前那群剑龙给召回来，便只好闭了嘴，任由他扛着自己朝前跑，但因为颠簸，她的身体很快就朝下滑去，黑发男人见状便伸出手捏住她的臀部，将她朝肩膀上一提。

何薇顿时哇哇直叫，伸出小拳头一下一下砸在他壮实的后背上："嗷嗷嗷！谁让你碰我屁股了！可恶，把你的爪子从我屁股上挪开！不然我就不客气了啊！"

奔跑中的男人扭头看了一眼自己捏着何薇臀部的右手，皱了皱眉，但还是将手朝下挪了几分。

何薇继续号叫："不行不行！大腿也不可以摸！"

男人的眉头越皱越深，又将手朝上挪了一些。

"腰也不可以！放手放手！"

黑发男人忽然停住了脚步，何薇以为他被自己激怒了，正想解释点什么，整个人就被男人从肩上甩了下来。她以为自己要被摔到地上去了，赶忙护住了脸，可是身体一个旋转，竟然又重新回到了男人的肩膀上。

只是，这次换了个方向。

男人用那只无处安放的手捂住了何薇的嘴，听着她只能发出抗议的呜呜呜声，再不能像只鸭子一样吵吵嚷嚷，眉头终于舒展开来，扛着她继续朝深处进发。

第二章

山洞中的相处

两人在夜色下一路狂奔，最后终于在一个漆黑的山洞口停下了。男人用树枝拨开用来遮蔽洞口的藤条和杂草，然后扛着何薇走了进去。他把她朝黑漆漆的山洞里面一放，接着便走到洞口有光的地方，取出身上的打火机点燃了挂在墙壁上的火把。

　　漆黑的山洞顿时被照得透亮，何薇顺着这光线朝四周看去，只见山洞里面光秃秃的，除了墙上挂了几串鲜红的生肉之外，就什么都没有了。看来想从他这里找到通讯工具也是不可能的。何薇心想，莫非这是一个生长在山林中的野人？

　　她感觉到手下触摸到的东西十分柔软，低头一看，这才发现黑发男人将她放在了一片柔软的枯草上，难怪刚刚他甩她下来的时候屁股一点也不痛，这片有枯草的地方，应该是他的床吧？

　　何薇正想着，就发现原本蹲在那边摆弄火堆的男人忽然站了起来，他伸手摸了摸自己的腰间，然后一双幽深的黑眸忽然锁定了她，接着便站起来朝她走了过来。

　　他健壮厚实的肌肉线条看起来丝毫不输给卓飞，在月色的映照下显得富有侵略性，何薇的心顿时咯噔一下子，惨了，他把自己救回来，该不会是另有所图吧？刚刚还专门把自己放在了他的床上……

　　不！不行！何薇立刻往后退去，后背都抵了冰凉的墙面，硬着头皮警告道："别……别过来！虽然你救了我我很感激，但是如果你想对我做什么，我一定会反抗的！我警告你，我很厉害的，你再走近一步，我就把你的腿打断！"

　　黑发男人果然停下了脚步，望着她微微蹙起眉头。何薇以为他害怕了，刚刚舒了口气，眼前的男人却又再度朝她逼近。何薇吓了一跳，抓起地上的枯草朝他扔过去，忽然在这个时候摸到了一把锋利的刀，她赶忙把刀抓住，可是才举到半空中就被男人抢走了。

　　"啊！救命啊——"何薇顿时害怕地抱住了自己，不管不顾地大声尖叫起来。

　　可是……一秒过去了，两秒过去了，有凶器在手的男人为什么没有了下一步的动作？何薇小心翼翼地睁开眼，这才发现他已经回到火堆旁边了，正蹲在那里用那把刀处理着生肉，然后串起来放在火上烤。

难道……难道他刚刚走过来，只是为了拿那把刀吗？何薇忽然想起，刚刚他把自己放下的时候，似乎听见了什么东西掉落的声音，难道就是那把刀？

所以，所以人家对自己根本就没有什么别的意图，全都是她自己在胡思乱想是吧？！

想明白之后的何薇顿时红了脸，她几时变得这么自恋了啊？她不由得拍了拍自己的脑袋，稍微镇定下来一点后，便试图走过去向男人道歉。

可是她却忘记了自己的脚上还扎着刺，才刚刚触碰到地面，便吃痛地叫了一声，跌回了枯草堆上。

黑发男人听到她的声音，从腰间的皮囊袋里找出了一瓶药和一团白纱布，凌空扔给了她，然后便继续烤肉去了。

何薇赶忙道了谢，做了个深呼吸，一口气将几根刺都拔了出来，强忍着痛上好了药水、包上了纱布，她在心底不断地安慰自己，不痛的不痛的，这点小伤小痛跟她生孩子那一次比起来简直差远了嘛！

一想到孩子，她的动作便停了下来，对啊，现在自己身在一片陌生的土地上，也不知道自己和卓飞的孩子怎么样了。如果三个可爱的宝宝发现妈妈找不到了，一定……一定会很伤心的吧……

不行，她一定要快点回去！想到这里，何薇顿时振作起来，既然想要回去，那就要先搞清楚自己现在到底在哪里！

于是她勉强站起身，朝那个男人走过去，见他似乎没有要理会自己的意思，她只好硬着头皮拍了拍他光裸的肩头："喀喀，那个……刚刚对不起啊，是我自己……是我自己想太多了，希望你不要生气，我很感谢你救了我的！"

男人这才扭头看了她一眼，然后把手中已经烤好的肉串递给了她。

在这片陌生的土地上，有人救了自己还不计前嫌，何薇顿时觉得很感动，将肉串推回去："你先吃，我不要紧的！那个……我就是想问，你知道我们现在在哪里吗？又或者说……你听说过中央大陆吗？"

男人眨了眨眼，捡起一根树枝开始在地面上画图，他画了三片相连

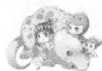

的大陆，在最中央的那块大陆上写了个"中"字，何薇顿时明白了，指着中间说："这里是中央大陆，对吧？那旁边的就是北部荒原和南极地冰川，对不对？那我们现在到底在哪里呢？"

之前她一直是生活在中央大陆这片最为富饶祥和的土地上的，那里一年四季春暖花开，气候宜人，一直是恐龙帝国的疆土；北部荒原则土地贫瘠，狂风大作，卓飞的哥哥在数年前带领军队征服了那里，从此那里也成了恐龙帝国的疆土；而南极地冰川则是由冰原蛇颈龙统治的地方，气候严寒，不久之前他们还侵略过恐龙帝国，最后被卓飞率领的军队打败，自此之后便一蹶不振。何薇一直定期给南极地冰川的居民们提供食物，希望能够改善他们的生活状况。

所以，无论她现在处在哪一片土地上，只要知道方位，她便有办法回到皇宫去。

但男人却没有回答她，而是拿着树枝，在三块相连大陆的旁边，隔了一段距离，又画了一块大陆出来，用树枝点了点这块大陆，告诉她他们现在在这里。

何薇大惊："什么？可是我看过地图，中央大陆的西边只有汪洋大海，根本没有别的大陆啊！这片海上的大陆是从哪里冒出来的？"

男人不回答了，举起手中的烤肉开始大口大口地吃，留下何薇一个人对着地上的地图发愁。

这片新大陆和中央大陆之间隔着那么宽的大海啊！她要怎样才能回去呢？也不知道这里的科技文明发展状况如何，有没有船和飞机？或者她去找一只能飞的翼龙载她飞回中央大陆也可以？

短短几秒之内，何薇已经想了好多种回去的办法，但眼看着自己还身在一个漆黑的洞穴里，外面或许还有几十只剑龙虎视眈眈地包围着这里，她便叹了口气。当务之急，只怕她应该先找到一个有人的地方，然后……然后尽快远离这个被人追杀的男人吧？

不过不管怎么说，他都是救了自己的人啊，何薇一向是个知道感恩的人。于是，她便坐在火堆边，用树枝写出自己的名字，然后对他说："那个，之前太仓促，我都没有问过你的姓名……这是我的名字，何薇，你呢……

你叫什么名字？”

男人一边大口吃肉，一边在土地上画出两个字：顾轩。

"顾轩……"何薇默默念了一遍这个名字，又问，"顾轩，你……你能告诉我，怎么从这里去一个有人的地方吗？我需要回到中央大陆上去，那里是我的家乡。"

顾轩皱着眉思考了半晌，终于在地面上写出几个字：明天我带你去城镇。

"真的？太感谢你了！"何薇大喜，继而又有些担心，"可是……可是外面好像有很多剑龙在追杀你……你带我去，会不会被他们抓住啊？"

他很认真地想了想，然后又写道：抓住了的话，你就自己去城镇吧。

"……"

何薇被他噎得没话说了，只觉得这个人怎么好像有点呆呆的，不过看他刚刚射杀那只剑龙的时候那么狠绝凌厉，又不像是那种好欺负的主啊。

她不由得好奇地问："那个，顾轩，你为什么会被剑龙追杀呢？你和他们有什么过节？他们说的那个'大王子'又是谁啊？"

说前面几句话的时候，顾轩还平平静静的，没什么表情，可是当何薇说出"大王子"这几个字之后，这英俊的野人的神色就忽然变了！他猛地眯起眼睛，黑眸中很明显地透露出一种幽深憎恨的神情，抓着烤肉串的手一用力，就将串着肉的树枝给折断了，发出咔嚓一声脆响。

何薇吓了一跳，不由得朝后退了半步，而顾轩扭过头冰冷地扫了她一眼，似乎在用眼神对她说：不关你的事！

他将手中剩下的半截烤肉扔进火堆里，然后转身走到了山洞门口，伸开健壮的长腿席地而坐，就那么靠着洞口的墙壁睡了。

何薇心里有点后悔，是不是自己管得太多了啊？唉，人家好心救了自己，自己却还要问东问西……她想道歉，又怕现在去道歉只会惹得他更生气，便打算等第二天早上再开口。

火上还架着一串烤肉，何薇虽然眼馋，但一想到这是顾轩的食物，

便咽了咽口水，缩在枯草堆上饿着肚子睡了。

　　经过刚刚的被追杀事件，何薇十分疲惫，蜷曲在枯草上很快就沉沉入睡了，因此她根本不知道在自己睡着之后，原本靠在山洞口的顾轩重新回到了洞内，他站在她刚刚写过字的地方，蹲下身，低头看着"何薇"两个字，缓缓地眯起了眼睛，眼底闪过一抹晦暗的光。

　　这一觉何薇睡得很沉，等她被外边的鸟叫声吵醒，迷糊地睁开眼睛时，灿烂的阳光正从洞口照射进来，而手表上的时间显示已经快到中午了。

　　何薇从枯草上爬起来环顾四周，却没能找到顾轩的身影，而且旁边的火堆也熄灭了，顿时紧张起来，惨了，该不会是自己昨天说的话得罪了顾轩，人家生气了，因此撇下自己走了吧？

　　如果这样的话，自己该怎么到附近的城镇上去啊？！

　　何薇赶忙爬了起来，快步冲到了山洞外面，放眼望去，外面一片翠绿，到处都是灌木丛，根本找不见顾轩的影子！

　　她的心脏怦怦直跳，试着呼唤了几声："顾轩？顾轩？"

　　树丛间只有小鸟鸣叫着回应她。

　　难道他真的不管自己了？何薇的心一沉，事已至此，她继续留在这里也没有意义，不如自己主动出击，去附近看一看，说不定能找到去往城镇的路呢？以前在恐龙大学读书的时候，她也是接受过野外训练的人，这么一个树林应该难不倒自己！

　　何薇一边给自己加油打气，一边找了几片厚实的叶子包裹住自己的脚权当草鞋，然后捡起一根较粗壮的树枝，便朝树林当中进发了。

　　好在树林中没有什么凶猛野兽，只是偶尔有一两只小松鼠或者野兔从何薇眼前穿过。她摘了几个果子，一边吃，一边用树枝开辟道路朝前走，但眼前的葱绿灌木丛似乎永无止境似的，她走了半个多小时，也没见到任何除了自己之外的人类。

　　何薇有些累了，正站在草丛里喘气，就听见前方的树林中忽然传来一阵窸窸窣窣的声响，接着便有个陌生男人的声音传了过来："怎么回事，老大和卢克都出去一天一夜了，现在还不见他们回来，该不会是出事了吧？"

老大？！何薇顿时明白过来，难道树林后面说话的这两个人和昨晚追杀他们的是一伙儿的？虽然这伙人追杀的是顾轩不是自己，但看他们昨晚那凶残的模样，何薇还是觉得，离这些人远一点比较好！

于是她屏住呼吸，轻轻转过身，想要不动声色地离开，谁知自己刚迈出一步，就不小心踩中了正在草地上觅食的一只松鼠。小松鼠吱吱地叫了两声，飞快地挣扎出来，蹿到树林当中不见了。

何薇闭了闭眼，心里暗道这下惨了。果然，下一刻树林那边就响起了那个陌生男人的声音："谁？谁在那边？！"

完蛋了完蛋了，这下该怎么办？！何薇慌乱地环顾四周，想找个地方躲起来，可周围都是草丛，她稍有动作就会发出声响，那人肯定会发现的！听着那人的脚步声离自己越来越近，何薇咬了咬牙，正想藏进草丛里，身后就忽然伸出一只健壮有力的手臂，将她拦腰抱起，另一只手还捂住了她的嘴，带着她跳到了大树枝上，隐藏到了重重的树叶之下。

何薇抬眼看去，一颗心顿时放松了不少，是顾轩！原来他没走啊！

她赶忙向他投去一个感激的眼神，但对方似乎误会了她的眼神，皱起眉头，立刻将她的嘴捂得更紧了一些，似乎在说：不准出声！

何薇无奈，自己到底是为什么给他留下了很爱乱叫的错觉啊？她也是很识大局的好不好？

这时，树下那人走了过来，在四周察看了半天，没发现人的踪迹，便耸了耸肩转身回去了，还一路自言自语着："真是的，这段时间，大家为了抓那个臭小子都变得神经紧张了！"

直到他走远，顾轩才放开了捂着何薇的手，抓着她在树枝上快速跳跃，远离了那个男人所在的区域。

两人重新回到了之前所在的山洞里，顾轩将背上的猎物卸了下来，开膛破肚，分出鲜嫩的肉来，然后挂在墙壁上，在腰间的麻布上随意地擦了擦沾满鲜血的手，又忽然想起什么，从他腰间的皮囊袋里拿出了一双女式运动鞋，扔到了何薇面前。

何薇看着那双半新不旧的鞋，正想开口道谢，却又愣住了，她快速

明白过来："你……你是不是去了城镇？"不然这鞋他是从哪儿找来的？！

他快速地点了下头，接着便似乎打算再次出去了。

"啊，等一下！"何薇赶忙叫住了他，冲上去拦住他，"那……那你什么时候带我去城镇呢？"她需要尽快联系到卓飞啊！

顾轩在地面上写出几个字：天黑，现在不安全。

也对啊……光天化日之下被抓住的概率肯定比较高，何薇接受了这个理由。顾轩见她没有反对，便绕开她打算离开，却再次被她拦住了："啊——再等一下！"

他停住脚步，漆黑的眸子盯着她，何薇不确信自己有没有在他眼底看见不耐烦，便赶快说："我……我是想跟你道歉，对不起，昨天晚上我似乎问得太多了，希望你不要生气！"

顾轩摇了摇头，举起手中的刀，示意她自己要出去砍柴。

何薇明白他的意思之后赶忙说："能带我一起去吗？我也想帮忙！"

他考虑了半分钟，终于点了点头，接着便纵身一跃，从山洞口跳到了灌木丛中。何薇赶忙低头穿上那双运动鞋，然后快速追了上去："啊，拜托你等等我啊！"

已经一整天了。

距离何薇消失，已经差不多过了整整一天。

卓飞坐在酒店的临时作战指挥部里，皱着眉头盯着屏幕里的监控录像，一遍又一遍地看着画面中何薇消失的那一幕，试图从中找出什么有价值的线索来。

旁边的几名高官有些不忍，他们敬爱的国王陛下已经为了王后失踪的事一整天没有进食、没有喝水，甚至没有睡过觉了！众人互相对视了一眼，想要劝国王陛下先去休息一下，却知道陛下根本不可能同意这个建议。

就在这时，指挥部的门忽然被人打开，只见一个扎着马尾辫，身穿军服，看起来很干练的女子出现在了众人面前，她先是对卓飞敬了个礼，才开口道："皇家护卫队第三分队队长云莉前来向国王陛下报到！抱歉，我们比约定的时间晚了三分钟，还请您责罚！"

卓飞终于把视线从录像中挪开了，扭头扫了一眼这名叫云莉的女队长，摇头道："我知道你们已经尽快赶来，辛苦了。接下来，就让第三分队尽管展开搜索工作吧，记得把搜寻进度随时反馈给我。"

云莉点了下头："明白！"

卓飞点了点头，重新转过头去，但云莉却在这个时候再次开口："陛下，我有件事想对您说。"

卓飞没有看她，语气有些消沉："什么事？说吧。"

"刚刚我在来的路上，听到几位将军议论说，您为了王后殿下在海边失踪的事已经一整个晚上没有休息过了，我个人认为您这样做是非常不合理和非常不负责任的！"

云莉的话一出，指挥部里顿时鸦雀无声，几个高官睁大了眼睛，惊愕地打量着这个女人的面庞，她竟然敢这么和国王陛下说话！众人都知道霸王龙一族是十分凶猛暴躁的，卓氏皇族就更是如此，因此下属在同国王陛下交流的时候便十分谨慎，一方面是因为对方是国王，另一方面则是出于他们本能的对霸王龙的恐惧。

在众人的印象中，只有王后陛下敢当着众人的面教训国王陛下，而这姑娘不过是个小小的分队队长，非亲非故的，竟然敢用这种口气同陛下说话！

果不其然，听到云莉的话，卓飞也略微有些惊讶，他再度看向她，只是这回眼底带了一抹冷意："不负责任？这话怎么说？"

云莉毫不惧怕，反而上前一步，挺胸抬头道："我知道王后失踪了您很焦急，但您要明白，您不仅仅是何薇殿下的丈夫，还是整个恐龙帝国的主人！如果您因为操劳过度而病倒，那整个国家该怎么办？所以，我建议您先去休息一下，这里有我们负责，绝不会错过任何一条关于王后的重要讯息，请您放心！"

她说的话虽然太过直接，但也是在场其他人的心里话，卓飞顿时有些动容，他知道自己现在不再是大学时那个毛头小子了，他肩上背负着更多的责任，如果自己因为何薇的事情荒废了其他的政务，那么等把她

找回来时，她肯定……肯定会责怪自己的吧？

之前他就是因为太幼稚而伤了何薇的心，他不能再犯同样的错误。

于是他从椅子上站起来，朝云莉点了点头："你说得对。各位，对不起，之前是我没有考虑周详，让你们为我担心了。"

"那么请您现在就去休息！"云莉说道。

卓飞颔首："我会的，你刚刚说……你叫什么名字？"

"回陛下的话，我叫云莉，目前是皇家护卫队第三分队的队长。"

"很好，去财务部长那边领五千恐龙币，就当是你直言进谏的奖赏。"卓飞一向赏罚分明，说罢，便转身走出了指挥部。

"多谢陛下！"云莉面无表情，像个军人般回答道，一双棕色的眸子却一直追随着国王陛下的背影，直到他从自己的视线里完全消失。

何薇还是高估了自己的战斗力。她不过是跟着顾轩在灌木丛中行进了半个多小时，就累得气喘吁吁了。原本打算帮顾轩忙的她，现在却似乎成了对方的累赘。

为了不把何薇弄丢，顾轩不得已放慢了行进的脚步，直到天黑，也只砍到了一点点可以用的柴火。傍晚时分，两人坐在火堆前，何薇一边吃着他烤好的肉，一边道歉："不好意思啊，早知道下午会这样，我就不应该逞强跟你一起去了。"

他像大多数时间那样，对何薇的话毫无反应，只是用树枝拨弄着火堆，直到夜色完全降临，才从地上站起，用眼神示意她：我们可以去城镇了。

何薇顿时激动起来，随便收拾了一下便和他一起趁着天黑走出山洞。虽然树林里幽暗无光，但顾轩却像是长了一双能够夜视的眼睛似的，带着她毫不犹豫地在林子间穿行。没过多久，何薇就发现周围的树丛变得稀疏起来，不远处隐约有嘈杂的人声传来，闪烁的灯光也透过树枝照射到了她的脸上。

她激动得手脚都在颤抖，朝前跑了几步，却又想起什么，扭头对顾轩说："谢谢你带我来这里，那个……请问这附近哪里有电话亭？"

顾轩给她指了个方向，又从皮囊袋里掏出几个钱币递到她手上。何薇感激地笑了笑，接着便快速蹿出树林，来到了这座看起来有些冷清的小镇上，果然在路边发现了一个电话亭。她拉开门走进去，正想把钱币塞进电话机的小孔里，却在抬眼时忽然怔住了。

因为电话亭侧面的玻璃上，贴着一张很大的通缉令！上面清晰无比地印着顾轩的脸，何薇一怔，低头去看底下的悬赏说明：

"杀害亲生母亲连同皇宫十几个无辜仆从，二王子顾轩的罪行简直无可饶恕！他虽是我的亲生弟弟，但我实在无法容忍这样凶狠残暴的人继续在社会上流浪作恶！因此现在悬赏九千万剑龙币捉拿这个忘恩负义的凶手！希望大家予以配合，给无辜丧命的人一个交代！"

这番激烈愤怒的悬赏词的落款是"约翰"。

何薇终于明白为什么之前在山洞中时，顾轩不愿提及自己的姓氏，一听到"大王子"就反应那么激烈了，原来大王子正是他的亲哥哥！但直觉告诉她，顾轩不像是那种会杀害自己亲生母亲的人，这张通缉令后面是不是另有隐情？

但她很快摇了摇头，现在她还一个人在陌生大陆上流浪，哪有工夫管别人的事？还是先联系到卓飞再说吧。

她将那几枚形状特异的钱币塞进小孔，输入卓飞的手机号码，满含期待地屏住呼吸，幻想着卓飞听到自己声音时的反应，可是等了两秒，那边却传来一个电子女音："您拨打的号码有误，请重拨。"

什么？怎么可能有误？这个号码她是烂熟于心的啊！何薇又重拨了好几次，可是次次都提示号码有误，但这个号码是卓飞的私人号，为了确保能够联络上他，他是不可能更换的啊！

那么……剩下的唯一可能性……难道自己真的穿越到了别的时空？！

何薇顿觉浑身无力，靠在电话亭上久久不能回神。

然而就在这时，电话亭外却忽然跑来了一个衣衫褴褛的人，那人急促地拍着玻璃，对何薇大喊："救救我，求你救救我！"

何薇还没反应过来是怎么回事，就看见一群壮汉凶神恶煞地追了上来，一脚将那个男人踢倒在地，然后便围着他，对他拳打脚踢，嘴里不

断地嚷嚷着："叫你跑！不能变身的哑巴龙就应该死！"

"对！你这种人活着只是浪费社会资源！"

何薇大惊，这些人口中的"哑巴龙"是恐龙星球上比较特殊的一类人群，他们虽然是恐龙的后代，但也许是基因有缺陷的缘故，生下来之后就一直保持着人的状态没有办法变身，因此比较弱小。从前，何薇刚刚从地球穿越到这里来的时候，也因被人误当作了哑巴龙，而遭受到了不少歧视。

但就算她在恐龙帝国受到了歧视，却也从来没有因此而被人围着殴打过啊！这片大陆到底是有多么不开化，竟然对一个弱小而不能变身的同胞痛下杀手！

眼看那人被揍得浑身是血，求饶的力气都没有了，何薇再也忍不下去，推开电话亭的门走了出去，大喊一声："你们住手！"

几个壮汉闻言抬头，发现阻止他们的是个姑娘家，便皱了皱眉："住手？你是什么人，竟然敢管我们的事？难道你和他一样，也是哑巴龙？！"

"对，你是不是哑巴龙？不是的话就快点变身给我们瞧瞧，不然我们连你一起揍！"

何薇心底暗叫不好，不知道为什么，自从来到这片大陆之后，她就不能变身了！现在的自己简直比地上那个挨打的人还要弱小，她……她刚刚为什么不好好考虑一番，就这么莽撞地冲出来了呢？她根本连自己都无法保护啊！

几个壮汉发现何薇没有变身的打算，很快便认定她也是哑巴龙，立刻围了上来，伸出拳头。何薇正想着该怎么躲，眼前就忽然闪过一道黑影，他一把抓住了壮汉即将落下的拳头，然后冷眼看向对方。

是顾轩！他来救自己了！何薇顿觉万幸！

壮汉开口欲骂："你又是从哪里滚出来的东西，小心大爷我连你也一起——啊！"

他原本还颇有气势，但在看清了面前这男人的面容之时，忽然惊恐地大叫了一声，和其他几人朝后退去："你……你……你是二王子！你杀了自己的母亲！"

顾轩原本冷漠的面容上忽然闪过一丝杀意，抽出腰间的短刀，气势汹汹地朝他们逼近了几步。

壮汉们立刻朝后跑去，一边跑还一边叫嚣："你们两个有种别跑，我要去通知皇家护卫队！我们找到了二王子的下落，怎么也能拿到一点酬劳！"

惨了，被他们这么一说，那现在何薇岂不是和顾轩一样成了通缉犯？！何薇顿时大叫不好，这样的话，她就没办法大大方方地去城镇上行动了啊！这下又该怎么渡过大海回到中央大陆？

顾轩似乎也意识到了这个问题，转头看向何薇，指了指树林的方向，似乎在询问她愿不愿意跟自己回树林里去，城镇里对她来说已经不安全了。

何薇却还想拼一把！她咬了咬唇，问他："你……你还有钱吗？可以借给我一点吗？我……我想去打探一下这里有没有可以乘坐的飞机或者是飞行恐龙……"

顾轩倒是毫不吝啬，拿出一大把钱币递给她，然后在地上写了一行字：我等到十二点。

何薇明白他的意思，倘若自己十二点还没回来，那他就彻底不管自己了。

她点了点头，快速转身朝城镇中央跑去，好在城镇里有专门的交通售票处。何薇跑到柜台前，问道："请问，这里可以买去往中央大陆的票吗？哪座城市都可以，只要是中央大陆就行！实在不行，北部荒原和南极地冰川也可以！"

谁知售票员在听到她的话之后猛然皱起眉头，用一种很警觉的神情看向何薇："你刚刚说什么……你想去中央大陆？"

何薇急切点头："是啊是啊，有票吗？"

售票员凝视着她："小姐，请出示你剑龙帝国的身份证。"

何薇一怔，自己身上的东西都被水冲走了，就算没被冲走，她也没有这个剑龙帝国的身份证啊！

见她没有动作，售票员更为警觉了："你……该不会不是我们国家

的人吧？"

何薇一时之间不知该说什么，对方拿起话筒，眼睛牢牢锁定她："小姐，请稍等一下，我帮你联系一下，看有没有去中央大陆的票。"

她看自己的眼神绝对不是在帮自己联络，只怕是在报警！何薇不敢再待下去，转身就跑，那个售票员果然在身后大叫起来："抓住她，抓住那个穿白色衣服的女人！她是从中央大陆潜来的奸细，快抓住她，别让她跑了！"

周围立刻冒出了几个人想把何薇拦住，她喘着气，像无头苍蝇一样乱跑一气，眼看就要被人抓住手腕的时候，顾轩再度出现了。

他利落敏捷地将几个人撂倒在地，然后抓住她的手腕，用眼神询问：你跟不跟我走？

事已至此，何薇也只能先回到树林里躲避了。

她一路无言地和他回到山洞里，静寂了许久忽然爆发："到底为什么？为什么这里的人一听到中央大陆就那么惧怕？"

顾轩看了她一眼，在地上写道：剑龙食草，霸王龙食肉，惧怕是自然的。

"所以这里根本就是封闭起来的对不对？根本没有办法去到中央大陆，对不对？"

顾轩望了她好一会儿，才点了下头。

何薇顿时就支撑不住了，这些天的丛林流亡生活让她彻底崩溃，难道以后自己就要在这里生活下去了吗？那她的孩子怎么办？她深爱的卓飞怎么办？

绝望的时刻，哭泣或许是唯一的发泄方式了。何薇捂着脸，蹲在地上号啕大哭起来。她哭了很久，最后渐渐没了力气，就这么躺在枯草堆上抽噎着睡去。恍惚间，她似乎感觉到有人伸出温热的手掌覆盖在了她的肩上，轻轻拍着她，好像在助她入眠。

已经第十天了。

距离何薇在海边失踪，已经过去了整整十天。

卓飞站在指挥部的窗前，漠然地盯着窗外的海浪，那双原本异常明亮好看的眸子如今像是被蒙上了一层厚重的灰尘，再看不见任何的喜悦和快乐。他只是淡漠而恍惚地看着窗外的景色，整个人的精神状态看起来非常不好。

云莉走进来递交报告的时候，看到的就是国王陛下沉默眺望窗外的情景。

她皱起眉头，走上前去敬了个礼，说道："陛下，您之前是怎么答应我们的？为了恐龙帝国的安危，您不能这样折腾自己的身体！"

卓飞缓慢地眨了下眼睛："我知道……我不是折腾自己……我只是……真的睡不着而已。"

他很努力地尝试着去睡觉了，可是如今大床上只剩下自己一个人，身边不再躺着那个温暖的、软软的、会说会笑的何薇，他的怀抱空了，便怎么都睡不着觉。

云莉怔了怔，但还是坚持道："就算……就算睡不着，您也应该去躺一下，起码这样能恢复一点精神！"

卓飞不回答她的话，只是问："怎么样，有新的进展吗？"

"已经派出搜查队将西弗拉海岛方圆几百公里的地方都搜寻过了，目前……还是没能找到和王后有关的线索。防恐专家正在讨论王后被人挟持的可能性。"

"如果是挟持，已经过去十天，对方应该早就提出条件了吧？"卓飞反问，然而现在却连一个挟持者都没站出来声称自己绑架了王后，只怕何薇并不是被挟持了，"去地球找过了吗？"

何薇是从地球来的，北部荒原那里一直留存着可以通往地球的时空隧道，他也考虑过何薇是不是一气之下回到了地球。

但云莉摇头："北部荒原时空隧道的看守兵回报说，这三个月以来他们确信没有任何人从隧道通过。"

不是去了地球，也不是被人挟持，周围也找不到任何线索，那么她到底去了哪里？

难道……难道真的已经被大海——

卓飞猛地闭上了眼，不敢再想。就在这时，桌子上的手机响了起来，

那是他的私人手机。卓飞眼睛一亮，赶忙将手机拿起，眼神却又顿时黯淡了下来……

是他的大女儿小粉打来的，并不是何薇。

但他还是咳了两声，尽量让自己显得开心一些，这才接起了电话，柔声道："小粉，怎么这么早就打来了啊？"

那边传来一个稚嫩又有点骄傲的女声："老爸！你和老妈怎么还不回来，不是说好了昨天就回来的吗？"

卓飞心里一酸，捏紧了手机，故意训斥道："你这孩子，你老爸和老妈好不容易放个假出来旅游，你就着急催我们回去，就不能让我们两个多相处一段时间吗？在皇宫里每天被你们三个捣蛋鬼吵得我头都疼了。"

"哦……我懂了！"小粉用一种故作老成的口吻说，"老爸，你是不是在和老妈偷偷瞒着我们造弟弟妹妹呀？哼，我就知道你们两个不爱我们了！"

那边立刻传来另一个稚嫩的女声，是小女儿小白："姐姐，姐姐你说什么，爸爸妈妈不爱我们了吗？"

"对！他们在背着我们偷偷造孩子呢！"

小白立刻哇的一声大哭起来，即使隔着话筒，卓飞都能想到她哭得有多伤心，他好说歹说，才把这两个调皮的家伙给安慰好了。

"可是……老爸你们到底什么时候回来，我们在皇宫好无聊，晚上没有妈妈陪着睡觉，我……我害怕。"小粉低声委屈地说道。

卓飞心里一疼，压抑住声音里的哽咽，说道："其实妈妈她在给你们挑礼物呢，因为没有挑到合适的，所以才一直不回来。乖，你们再等等好不好，等她买到合适的礼物，我们就立刻回来看你们。"

"哇？真的？太好了！那我和哥哥妹妹在家等着哦！老爸，你帮我跟妈妈说我最爱她啦！"

小粉兴高采烈地挂断了电话，留下卓飞一个人在电话这头黯然神伤，是啊，如果可以，他也好想亲口告诉何薇，他最爱她了。

旁边的云莉见状有些不忍，问道："刚刚和您通话的……是小公主吗？

就算是为了他们，您也要好好休息啊！"

他揉了揉纠结在一起的眉心，点头道："我知道了，多谢，有什么消息请第一时间告知我。"

云莉点了点头，再次朝他敬了个礼，然后转身走了出去。她靠在走廊里，有些失神和恍惚地看向窗外的天空，不由得喃喃自语道："陛下……您真的一点都不记得我了吗？"

艳阳高照，何薇顶着烈日，在树林中央那条蜿蜒的小溪边洗着采来的果子。偶尔，她会停下动作，伸手擦一下额头上的汗水，摸一摸到小溪边来饮水的小兔子，脸上却没办法露出哪怕一丝一毫的喜悦之情。

她已经离开自己的丈夫和孩子十多天了，在这片陌生的土地上，她完全找不到回到家乡的办法，这让她如何能够开心得起来？

何薇正闷闷地洗着果子，原本缩在她身边的小兔子忽然被一只有力的手揪住耳朵给提了起来。何薇一怔，扭过头去就看见顾轩从腰间拿出短刀，似乎想把这只自投罗网的兔子给宰了当午餐。

"啊！不要！"何薇赶忙出声，站起来把那只兔子从他手中救回来，抱进怀里，"你怎么忍心杀它，多可爱的小兔子啊！"

顾轩扯了扯嘴角，露出嘲讽的表情，似乎在讥笑她：如今两个人身在树林间，吃食都成了问题，她竟然还有心思怜惜一只兔子！

不过他也没和她争抢，只是背起弓箭朝丛林深处进发，看来是去打猎了。

何薇将小兔子放生了，继续留在溪边洗果子，然而没过多久，树林那边忽然传来了一阵猛烈的震颤，接着便是男人的大吼："哈哈，我看见他了，他在那边！快来啊！"

何薇的心咯噔一下，不好，看来是顾轩被追杀他的人发现了！她赶忙放下手中的东西，抓起顾轩留给自己防身用的砍刀冲进丛林里。

顺着声音的方向一路追过去，她很快就在树林间发现了两只剑龙的身影。这两只剑龙比那天晚上攻击他们的那两只还要大一些，正张开大口，将顾轩围在中央。顾轩的右手臂上全是血，看来是刚刚被他们抓伤的。

奇怪，他怎么不进攻呢？何薇不解地想着，然而一转头就看见躺在不远处的弓箭，顿时就明白了，顾轩在逃跑的过程中把弓箭弄掉了，难怪他现在被围攻也只能防守！

她赶忙捡起弓箭，她记得顾轩在箭头上涂了剧毒，眼看着两只剑龙就要上前将顾轩抓住，只好咬牙冲了出去："住手！"

两只剑龙闻言转过头来，在发现阻止他们的是一个弱质女流之后，立刻哈哈大笑："哈哈哈，二王子，您好大的本事，竟然找了一个女保镖来保护你！哎哟，我好怕啊！"

顾轩趁他们分神那一刻举起短刀想要攻击，却因为手臂受伤而动作迟钝，被对方发现了意图，剑龙立刻一脚将他踹翻在地，眼看着就要狠狠踩上去！

何薇赶忙大喊："住手！再不住手我就不客气了！"

两只剑龙转过头去，哼笑着朝何薇走去："怎么，小姑娘，凭你这细胳膊细腿，也想打败我们两兄弟？我告诉你，二王子的赏金我们是要定了！既然你自己送上门来，就别怪我们两兄弟不客气！"

何薇神经一紧，看着他们咆哮着朝自己冲过来，赶忙拉开弓箭，使出吃奶的力气将毒箭放了出去。她原本只是想吓唬一下他们让顾轩趁机逃走的，却没想到这一箭阴错阳差地射中了一只剑龙！而且恰恰射在了最脆弱的脖颈处！

只见那只剑龙喉咙里发出几声嘶吼，接着便瞪大眼睛倒下了，另一只见状，立刻惊恐地大喊："弟弟，弟弟？！啊！我想起来了，那天晚上老大也是这么中了一箭才死掉的。可恶，原来是你这个女人干的，我要杀了你！"

但他还未来得及冲过来，就突然睁大了双眼，然后颤颤悠悠地朝侧边躺了下去。何薇发现顾轩不知道在什么时候纵身一跃跳到了剑龙的背上，然后一刀扎进了他的脖颈！接着顾轩又连续补了好几刀，确信对方真的断气了之后，这才松了口气，从尸体上跳了下来。

看着另一具脖子上插着箭的尸体，何薇这才反应过来，她……她……她刚刚竟然杀了一只剑龙！正想着，手心突然传来一阵麻麻的感觉，何薇低头一看，发现自己的手心被划破了，淡紫色的血正从伤口溢出来，估计是她刚刚射箭的时候不小心弄破的吧？

　　她正呆呆地盯着手心，顾轩已经快步走了过来，抓住她的手，低下头去吮住了她的伤口。

第三章

他不会是凶手

他唇上的炙热温度让何薇一惊，她想把手抽出来，但下一秒就反应过来，人家这是想把毒血吸出来吧？但这个动作还是太亲密了，何薇有些尴尬地开口："那个……我……我……我自己来就行了！"

但是顾轩就像什么都没听见似的，依然专心致志地低着头吮吸着伤口。何薇发现这家伙有个特别坏的习惯，那就是只要碰到他不想回复的话，他就会装作没听见！

两分钟后，在确认毒血都被吸出来之后，顾轩终于松开了何薇的手。何薇刚松了一口气，面前的男人就忽然伸出手在她的脑袋上拍了一巴掌！

"哎哟！你……你丁吗啊？"何薇吃痛地捂住脑袋，不解又有些吃惊地看着他。

顾轩皱眉盯着她的神情，忽然在她面前竖起了一根手指，似乎在用眼神询问何薇：这是几？

何薇扯了扯嘴角："这是一！"

手指又变换成了两根，何薇的脸黑了一半："二！"

顾轩总算放心了，露出一副"还好没被毒素弄傻"的表情，转过身去把刀从剑龙的身上拔了出来，然后朝前走去。

迟钝的何薇这才回过神来，顿时气不打一处来："喂！你刚刚是什么意思啊？我看起来像是那么蠢，连一和二都分不出来的人吗？"

奇耻大辱，简直是奇耻大辱，她竟然被一个生活在山林里的野人当成了不识数的傻瓜！

不过也不对，之前何薇在通缉令上看过，记得顾轩应该是这个剑龙帝国的二王子……所以她就更不解了，二王子的身份如此尊贵，为什么会沦落到被人追杀、有家不能回的地步？而且通缉令上还说他杀害了亲生母亲……虽然没有证据，但何薇还是觉得顾轩不会做出这种事。

已经走出一段距离的顾轩发现身后静悄悄的，回头一看才发现何薇仍旧站在原地发呆，便朝她挥了挥手。何薇这才回过神来，追上去几步又觉得不对："咦？我们要去哪儿？难道不回山洞吗？"顾轩走的方向很陌生，她之前还从未去过。

只见他蹲下身，在地上写道：不安全了，换地方。

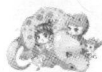

何薇想想觉得也对，既然这两只剑龙都已经追到了这个地方，只怕不远处的山洞很快就会被其他剑龙发现吧？

于是她背起行囊，和他一起朝陌生的丛林深处进发。

两人在树林间找到一片空地，顾轩像往常那样架起火堆，将猎来的生肉放在火上烤。

何薇看了眼他还在流血的左手臂，问："你受伤的地方难道不需要处理一下吗？"

顾轩垂眸扫了一眼手臂上的伤口，摇了摇头，似乎根本没把这点伤放在心上，何薇也只好不再说什么了。这片树林离海边很近，她隐约能听见海浪拍击沙滩的声音，想起那天晚上自己就是因为一时好奇，凑近那个海上的白色漩涡看了一眼，才被卷到了这个陌生的国度，不由得叹了口气："唉……我到底什么时候才能回家呢？"

顾轩转动烤肉的动作顿了一下，抬眸看了她一眼，脸上的神色似乎有些欲言又止，然而他还什么都没来得及表示，周围的树林间忽然传来了数只剑龙的咆哮！

"吼嗷嗷！顾轩，我们已经将你包围了！快点乖乖出来投降吧，我们还可以考虑给你留一具全尸！"

"杀了老大的凶手，有种就出来，和我们决一死战！"

剑龙们在咆哮着，地面的震颤越来越明显，他们离得越来越近了！而且这一次貌似数量很多的样子！何薇暗叫不好，而顾轩已经扔掉烤肉从地上站了起来。他快速收拾好行囊，朝她指了指海边的方向，示意她：逃！

事情紧急，何薇来不及思索逃到海边这个举动是多么不合理，只是抓起短刀，和他一路朝前狂奔。

身后剑龙的脚步声越追越近，两人磕磕绊绊地穿过丛林，终于来到了开阔的海岸边，何薇这才察觉出不对劲，焦急地质问顾轩："喂！我们为什么要逃到海边来啊？这样一来不就等于被它们堵在死胡同里了吗？"一望无际的大海就像是一面墙，她和顾轩就算会游泳，也不能游到海里逃命啊。没有船只和食物，他们肯定过不了多久就会脱水而死的！

顾轩不回答，只是将何薇挡在身后，一边注意着从树林里追过来的剑龙，一边分神留意海面上的动静。

何薇着急地大叫："这种时候就不要看大海了啦！难道你还指望有一艘船开过来救我们吗？"

她话音刚落，十几只身强体壮的剑龙便从丛林中钻了出来，形成一个扇形包围圈将顾轩和她围在中央，为首那只猖狂地大笑："哈哈哈，终于抓住你了，后面是大海，我看你这个臭小子还怎么逃！这回我一定要为死去的老大报仇！"

"哎，二老大，你看，顾轩这小子还带着个姑娘啊！"身边的小喽啰们叫嚷道。

"哈哈哈，都什么时候了，二王子您还有心情和姑娘花前月下啊？"那个二老大笑道，"二王子果然是无情无义的混血恶魔！小姑娘啊，我劝你还是尽早离开二王子吧，你也许不知道，这家伙可是杀了他亲生母亲的人呢！"

顾轩的眼睛猛然眯起，漆黑如点墨般的眸子中闪过一线杀意。何薇知道这种时候他若是失去理智冲上去，那肯定是送死！因此赶忙抓住了他的手，朝那些剑龙大喊："不可能，我绝对不相信他是这样的人！"

"哈哈哈，大王子连通缉令都发了，不然我们哪有胆子来抓二王子？"

何薇捏紧了拳头："反正我不相信，顾轩绝对不可能杀害他的母亲，倒是你们这些个贪图钱财的小人，才会为了金钱做出忘恩负义的事情！"

剑龙们立刻怒了："你这女人，你说什么？不想活了是不是？！"

眼看着这群剑龙将攻击的重点都转移到了自己身上，她赶忙转头对顾轩说："趁他们的注意力都在我身上，你快跑吧！反正他们要抓的是你不是我，肯定不会把我怎么样的！"

谁知顾轩却纹丝不动，他只是低着头，用那双漆黑的眸子紧紧地凝视着何薇的脸，眼底划过了许多她看不太懂也不想看懂的流光。

"别……别看我了，你……你快逃啊！"何薇被他看得有些不好意思，赶忙推了他一把，谁知却被他趁机抓住了手，被带着转了半圈。

何薇正在奇怪这人在做什么，就看见顾轩从皮囊袋里拿出了一个白

色的发光球，盯着它看了两秒，然后忽然把球扔进了海水里。

海面上顿时出现了一个白色漩涡，跟何薇那天晚上在海边看见的一模一样！

她吃惊地看向顾轩，但还没来得及张嘴说什么，就被对方紧紧搂住，然后两个人一起跳进了漩涡当中。

那种熟悉的天旋地转感顿时向何薇袭来，她什么都看不见，想要说话嘴里却被灌满了海水，在惊惧之下只能伸手紧紧搂住身边的男子。对方似乎感觉到了她的情绪，也用力拥紧了她，似乎在无声地安慰，但最后她还是支撑不住，终于在这片昏暗中失去了意识。

距离恐龙帝国的王后何薇消失那晚，已经过去了整整二十天。这期间，国王卓飞调度出手下一切可以调度的军事力量，全部集结在这座原本以旅游胜地闻名的西弗拉海岛上，昼夜不停歇地搜寻着王后的下落。

事实上，不仅仅是国王一个人在为失踪的王后感到担忧，恐龙帝国的子民们也都在为这位活泼又亲民的王后的失踪而感到惴惴不安。何薇王后变身之后的龙形是一条中国龙，在恐龙帝国的历史上，中国龙象征着最为强大和古老的力量，何薇的亲生父亲更是被众人称为"龙神"，多年来一直作为最强大的信仰占据在人们心中。

人们自发地结成队伍，为王后祈福，只希望她能尽快回到众人的视线中。

卓飞更是如此。随着时间的推移，他变得一天比一天沉默，那个原本脾气火暴、走到哪儿吼到哪儿的霸王龙如今竟然能整整一天不开口，只是用满含阴霾的眼神盯着指挥官交给他的搜寻报告。

报告上的字句千篇一律，和昨天、前天基本没什么分别……还是没有她的消息，还是没有。

卓飞闭了闭眼，将报告捏成一团，浑身颤抖，转身走出了指挥室。

"陛下，您要去哪里？"一名将士惊愕地询问道，想要追上去阻止，却被旁边的云莉拦住了，她摇了摇头："让陛下一个人冷静一下吧，他的心里一定很难受。"

　　众人不由得叹了口气，看着卓飞一路走出海边酒店，然后来到了沙滩上。

　　现在的他满心满眼都是后悔，那天晚上，他就是站在这个位置，用埋怨的口吻斥责何薇对自己不够关心，还指责她越来越享受众人对她的注视……

　　卓飞不想承认，却又不得不承认，已经过了二十天了，何薇还是毫无踪影。那天晚上或许……或许就是他们最后的一次见面……而他竟然对她说出了那样的话！他完全无法原谅自己会这么幼稚！

　　各种各样的情绪从心底涌了上来，内疚、后悔、伤心、茫然、惊惧……一种接一种，压得他喘不过气来。他不受控制地朝海里走了两步，似乎这样，他就能离何薇近一些。

　　身后传来巡逻兵的叫喊："陛下，您……您要干什么？千万不能想不开啊！"

　　卓飞茫然地继续朝前走，但就在这个时候，海面上忽然冒出了一个奇异的白色漩涡。这漩涡越来越大，变成一个漏斗状，卓飞的心忽然怦怦直跳起来！他猛地睁大眼睛——

　　只听噗的一声，漩涡中心忽然喷出两个搂在一起的男女来，他们在沙滩上滚了半圈才停下来，即使潮湿的头发遮挡住了女孩大半张脸，但卓飞还是一眼就认出了她，不由得激动地大喊一声："何薇！"

　　不知在昏暗的海水中旋转漂流了多久，何薇渐渐失去了力气。然而就在这个时候，抱着她的人忽然箍紧了她的腰，用力带着她朝头顶上有亮光的地方游去，然后忽然有一股巨大的吸力将她朝上拽了出去——

　　啊，空气！她终于呼吸到久违的空气了！何薇一边咳嗽，一边贪婪地呼吸着，但眼前却一片模糊，还没反应过来发生了什么事，身边就忽然传来了一道让她魂牵梦萦的声音："何薇！"

　　她一震，强忍住咳嗽，扭过头去看向那道声音的发出处。眼前有个十分模糊却又万分熟悉的身影朝自己跑来，何薇不由得颤抖地向这个身影伸出了手："卓飞——"

她终于回到了那个温暖而熟悉的怀抱里。

卓飞浑身颤抖地抱住自己的妻子，紧紧地搂住，似乎想将她就这么揉进自己的身体里，两人合为一体，这样她就再也不会和自己分开了！但没过多久，他又带着忐忑不安稍微将怀中的人放开一些，捧起她的脸仔细打量："何薇……你是我的何薇对不对？"

"喀喀……嗯！"何薇一边咳嗽一边哭，连句完整的话都说不出来，"我……喀喀……我以为再也见不到你了，呜呜呜……"

卓飞的语气无比温柔，生怕他稍微提高一点音调，怀里的姑娘就会被自己吓跑了似的："不会的，不会的，你这不就见到我了吗？何薇，以后我再也不会让你离开我的身边，我向你保证！"

何薇一边点头，一边伸出拳头一下下砸在他身上，号啕大哭着把这二十天的胆战心惊和孤单寂寞都发泄了出来。

卓飞只是任由她打着，伸出手轻轻摘掉沾在她发际上的海草，眼神温柔得似乎能将一切融化。

两人都太入神，因此全然忘记了旁边还站着一个"电灯泡"顾轩。

这个黑发黑眸的男人依旧沉默不语，只是站在沙滩上，看着那个小小的女人扑在另一个男人怀里哭泣，眼里有晦暗不明的光彩划过。

王后回来的消息很快传遍了整个西弗拉海岛，无数将士和岛上的原住民都赶了过来，带着欣喜的表情围在海滩上相拥的两人身边，不断对他们送出祝福的话语，但也有几个高级将士用很警觉的眼神看向一旁的"电灯泡"顾轩："你是什么人？难道之前是你把王后殿下劫持走的？"

将士说出"王后"两个字的时候，顾轩的眼睛忽然微微眯了一下，但他却丝毫没有要解释的意思，只是低头收拾自己被海水浸泡了的皮囊袋，似乎根本没留意到周围已经聚集了成百上千的人。

原本靠在卓飞怀里低声抽泣的何薇听到了将士的质问，这才回过神来，赶忙对其他人说："不是的，请大家不要误会，是这位好心的顾轩先生救了我，不然我是没办法回来的。"

既然王后都这么说了，民众对顾轩的态度很快便从怀疑和畏惧变成感激和赞叹："好心的先生，谢谢你救了我们的王后！"

"您辛苦了，要不要去我家吃顿饭呢？我做最丰盛的晚餐给您！"

之前面对将士的质问还面不改色的顾轩，如今却似乎被众人的热情吓到了。他趔趄地朝后退了几步，很防备地看着这些朝自己露出真切微笑的人们，还伸手握住了腰间的短刀，晃动的眼神里闪过一丝不安。

但何薇似乎能够明白顾轩为何会表现得如此异常，他之前在剑龙帝国被亲生哥哥下了通缉令，以至于要在山林间逃亡生存，还被人诬陷杀害了亲生母亲……经受过这么多的波折之后，只怕顾轩很难对人产生信任感吧？

何薇顿时有些同情他，赶忙说："请各位放心，我和卓飞一定会以最高规格的感谢礼感谢顾轩先生！"

卓飞立刻点了点头，上前抓住她的手，对众人说："非常感谢大家的关心，不过何薇现在身体还有些虚弱，我需要立刻带她回去接受身体检查，等确认她没事之后，我们会和大家当面说明情况的。还有……这位顾轩先生，我很感激你救了我的妻子，看得出你身上伤痕累累，也需要休息，请先随医疗队员回去接受检查吧。"

几个身穿白衣的医护人员闻声立刻从包围圈中走出，很礼貌地请顾轩跟他们一起去一趟医务室。

但顾轩却紧皱着眉头不肯走，只是站在原地，手里握着短刀，做出一副"谁要靠近他，他就让谁血溅当场"的架势。

两方僵持了良久，任凭何薇和围观群众如何劝说，顾轩就是不肯让医护人员近身。后来大家没有办法，便只能将可能用到的医疗用具都放在他周围，然后散去了。

其他人也善解人意地渐渐散开，医护人员想带何薇回去接受检查，谁知卓飞却突然走过来揽住了她的腰，将她一把搂进怀里，说："我带她去。"

何薇的脸顿时有点红，她想说周围还有人在看呢，卓飞身为帝国的领导者，这么亲昵地抱着自己只怕不太妥吧？但当她看见卓飞那长满胡楂的下巴和浓重的黑眼圈后，便心里一酸，什么都说不出口了。

罢了罢了，就算是王后又怎么样，现在，就让她作为一个女孩子，

这么小小地任性一回吧。

于是何薇把脑袋埋在了他的脖颈间，用力地呼吸着他身上那熟悉好闻的气息，一路来到了医务室。

他将她放在床边，用大毛巾擦干了她湿漉漉的头发和脸，原本是想立刻让人进来给她做检查的，可是看着她微微泛红的大眼睛和尖尖的下巴，却舍不得放开她了。他低下头去，捧起她的下巴轻轻地吻了上去，一边吻一边轻声地呢喃："对不起……是我不好……让你吃了这么多苦……那天晚上我不应该那么跟你说话的……你……你还生我的气吗？"

他小心翼翼的口吻和乞求原谅的眼神让何薇心里一疼，她赶忙伸手抱住了他，使劲地摇头，想说自己一点都不生气，可是眼泪却不争气地向下流，而抱着她的手臂顿时收得更紧了，她甚至能感觉到他的身躯在微微颤抖。

两人又相拥了好一会儿，何薇忽然想起一件很重要的事："对了！我……我失踪的这段时间，你怎么跟孩子们解释的？"

一说起孩子，卓飞脸上总算露出一丝笑意："放心，我一直跟他们说你赖在外面旅游不肯回来，孩子们都没有担心。"

"呼……那就好。"孩子还小，何薇生怕他们的内心因此而受创，如今发现卓飞处理得很妥当，脸上不由得染上了几分自豪的神色，"卓飞，我能嫁给你，真的觉得好幸福。"

她这番话让卓飞的心微微触动了一下，卓飞用严肃而认真的表情看着何薇："不，你愿意嫁给我是我的幸运。对不起，那天晚上我用那样的话指责你，我知道你不是那种人，但是……但是我就是管不住自己的嘴……可能是因为工作太繁忙了，我错把你当成发泄的工具……"

经历过这一次生离死别，何薇哪还有心思计较这些小事？她伸手捏了一把他的脸，露出笑容道："喂，我说你装深情装够了没有啊？好肉麻哎！我还是比较习惯你平常那副跩里跩气的样子，快点变回来啦！"

卓飞揉了揉被她捏过的脸，神色终于放松下来，伸手在她的脑袋上乱揉一通："喂！老子好不容易静下心来想跟你表露一下感情，你这死女人怎么这么不领情啊？"

"谁要领你的情啦,你快点出去,人家护士小姐还等着给我检查身体呢,不要在这里碍手碍脚!"何薇佯装生气地推了他一把,"去睡觉啦笨蛋,你不知道自己的黑眼圈有多严重吗?"

可是倔强的霸王龙怎么肯走呢?卓飞下巴一抬:"老子不走,老子就要在这里陪着你。睡觉是吧?可以啊,老子就在这里睡!"说罢,就倒在了病床上,闭上眼睛,故意做出一副"我已经睡着了,你不要吵我"的搞笑表情。

何薇拿他没辙,只好就这么让护士进来帮自己检查,好在她受的都是些轻伤,稍微涂一点药膏便没事了。何薇舒了口气,感激地将医护人员们送出门去,这才回到房中,看着那个还在床上装睡的男人,不由得凑过去用手捏了捏他的脸:"喂,人都走光了,你还装?"

可是卓飞却依旧闭着眼睛,呼吸沉稳而深长,何薇一怔,这才发现他是真的睡着了。

想必这二十天的焦急等待对他来说是种折磨吧,现在何薇回到了自己身边,卓飞的精神终于松懈下来,因此很快就睡着了。

何薇心里一软,想陪他一起睡,一转头忽然发现窗户没关,傍晚的冷风正急促地朝他的方向吹着。她赶忙走过去,正想把窗户关上,谁知一低头,却赫然发现窗外不远处的沙滩上站着一个人。

只见顾轩独自一人站在傍晚的沙滩上,依旧保持着他那套山林野人的装束,正抬着头,用那双墨色的眸子牢牢盯着何薇所在的方向。

"你是说,中央大陆西方的海岸那边还有一个国家,叫剑龙帝国?"卓飞一边展开世界地图,一边询问着何薇。

何薇点了点头,看了看聚集在周围的军事专家和将军们,指着地图上那一片汪洋大海说道:"就在这个地方,但我不知道为什么,咱们的世界地图上完全没标注出来。"

军事专家甲摸了摸自己的胡须,问:"王后殿下是说,这个国家上生存着许多剑龙?可是据我所知……剑龙早在一百多年前就……就灭绝了啊?"

"是啊，百年前剑龙在咱们中央大陆上的数量还是不少的，但据历史记载，那个时候他们竟然起了侵占皇宫、抢夺统治权的主意，烧杀抢掠、无恶不作，好多无辜的平民因此丧命，当时的皇帝凯伦震怒，下令出动霸王龙大军镇压他们。自此一战之后，剑龙基本上在中央大陆销声匿迹了，而我们的霸王龙大军也遭受了不少损失。剑龙背上那些尖锐骨板还是有很大杀伤力的。"军事专家乙说道。

"不过……也不能排除他们有少部分逃走了，逃到了何薇王后说的那片新大陆上去的可能。"军事专家丙说道。

众人正议论纷纷、争执不下，作战指挥部的房门忽然被人推开，只见一个有着银色长发、身穿整齐军装的男人走了进来。他对卓飞敬了个礼后，说道："抱歉，陛下，我来迟了。"

"程亚伦！"看到这个英俊却略显冷漠的男人，何薇高兴地叫了出来，眼前这个名叫程亚伦的男子是她的大学同学，那个时候，程亚伦和卓飞一样，都是学校里的风云人物，他凭借着自己帅气的外形，不知迷倒了多少小女生。

起初何薇以为程亚伦一定是那种走冷酷路线的帅哥，谁知道接触下来才发现，这家伙根本就是个外表冷漠、内心呆萌的家伙啊！每次他说的话都能把自己笑到半死。不过，自从自己和卓飞结婚之后，这家伙在自己面前就变得越来越拘谨了。

比如现在。

听到何薇对自己的呼唤，现在接任了自己父亲职位，身为帝国首席大将军的程亚伦立刻转过头来，向她微微躬身道："尊敬的王后殿下，您好。"

何薇刚想说让他别客气了，旁边的卓飞就急匆匆地把她拉到了自己的身边，皱眉问："程亚伦，你对这个剑龙帝国有什么看法？"

程亚伦看了眼地图，回答道："回陛下的话，我认为，我们可以去问问那个叫顾轩的人，他对那片大陆一定比我们熟悉。"

卓飞点头："其实我也有这个想法，但是据何薇说，那人貌似是剑龙帝国的二王子，目前正被自己的亲生哥哥追杀。我担心这么直接去问他，会打草惊蛇。"

军事专家甲赞同道:"国王陛下言之有理,依臣之见,或许这一次王后的失踪和这个剑龙帝国有一定的关系,如果这个名叫顾轩的男人是他们派过来的奸细呢?如果他们想借机重新攻打回恐龙帝国呢?"

何薇在心底摇了摇头,因为她觉得顾轩不像是那种阴狠毒辣的人,却也没有证据证明他是清白的——倘若剑龙帝国真的有什么阴谋,那么她如果对顾轩盲目信任,就是对中央大陆的极度不负责啊!

她也只好缄口不言了。

但程亚伦却说:"在来这里之前,我暗中观察过顾轩的状况,我发现他似乎非常警惕,对于任何想要靠近的陌生人都表现出一种防御状态。在这种状况下,如果我们想从他那里获取剑龙帝国的消息,只怕……"程亚伦说着说着,忽然转身看向何薇,"只怕只能让王后殿下去询问了,因为目前,顾轩似乎只对她一个人没有表现出敌意。"

"啊?让我去问?"何薇吓了一跳,这个呆萌的家伙提出的建议果然很呆萌!但她一点信心都没有,"可是……"

"嗯,程将军这个提议也有道理,据我的研究表明,偏向于自保的人类对女性的警惕性比对男性要低一些。另外,这二十天里,何薇王后和顾轩朝夕相处,怎么说也该有点共患难的感情——"军事专家丙话还没说完,就收到了一旁卓飞一个凶巴巴的瞪视:"喂,你刚刚说什么?!"

迟钝的军事专家丙这才想起他们的国王陛下不仅是个妻管严,还特别爱乱吃老婆的醋,犹记得上次作战指挥部来了个新的实习生,他直言不讳地夸奖何薇王后:"王后殿下,您真美丽,如果我能娶到你就好了!"

然后可怜的实习生就被卓飞叫出去决斗了,卓飞变身成霸王龙的样子,咬着变身成雷龙的实习生的脖子,把他甩了出去,最后还大吼了一声:"再敢接近我老婆,老子让你高位截瘫!"

想到这里,军事专家丙的冷汗唰的一下就下来了,赶忙改口道:"不不不,我的意思是说……不一定要王后殿下去,找其他女性去接近顾轩也可以!"

卓飞被挑起的怒火这才稍微压下去了一点:"明白了,那我这就找

个人去。”

何薇正奇怪他打算找谁去呢，就见他拿起桌上的电话说道：“把云莉叫进来，对，就是那个第三分队的队长。”

不一会儿，指挥部的门就被人敲响了，一个扎着马尾辫，看起来雷厉风行的御姐走了进来，敬了个军礼后道：“我是云莉，请问国王陛下叫我来这里有什么事？”

卓飞背手做出一副指点江山状，将接近顾轩套取信息的任务告诉了她，她立刻点点头：“明白！我保证完成任务！除此之外，陛下您还有什么指示吗？”

“没有了，出去吧。”卓飞用公事公办的口吻说道。

云莉点了点头，又看向何薇：“王后殿下，欢迎您回来。那我就先走了。”说罢，就转身大踏步走了出去。不愧是受过军事训练的人，一举一动都利落洒脱。

可是何薇心底却隐隐泛出一丝疑惑来，现在的她都已经是三个孩子的母亲了，再不是从前不谙情事的小姑娘，因此她觉得……刚刚云莉看卓飞的眼神，似乎有那么一点点特别。

她正思索着，面前就忽然出现卓飞那张放大了的俊脸，他带着紧张的神色看向她，把她的脸蛋捧在手心里摇来摇去：“老婆！你在想谁呢？”

何薇被摇得头昏脑涨，赶忙说：“别……放手啦，旁边还有人看着呢！”

“哪里有人，我刚刚已经让他们都走了啊！你到底在想谁，是不是在想那个叫顾轩的家伙，是不是？”卓飞一边说，一边把他满是胡楂的下巴在何薇脸上蹭来蹭去。

何薇被他蹭得想笑：“没有啦，我想他干什么？哎哟，我都说了让你去剃胡子，你怎么就是不听呢？很痒啊！”

卓飞噘着嘴，撒娇道：“我一直在等你回来给我剃胡子啊，你不在，我就只好让它这么长着了。”

一股甜丝丝又略带酸涩的感觉涌上何薇的心头，她抱住他：“好啦，那我现在就去帮你剃，好不好？”

于是两人腻歪着来到卧室的卫生间，何薇给他涂上剃须泡沫，两人一边剃胡子一边有一句没一句地聊天，何薇问："咱们什么时候回皇宫啊？我好想宝宝们哦。"

卓飞鼓着腮帮子，斜眼睨她："哼，想他们都不想我！"

何薇好笑地在他腰上拧了一把："快点回答老娘的问题！"

霸王龙委屈地呜咽一声："后天吧，等军队准备好撤离就走。"

何薇忍不住摸了摸他的脑袋："这才乖嘛。"

剃完胡须之后，卓飞像只大狗一样一头扎进何薇怀里："老婆，你说，那个顾轩的身材是不是比我好？"

"你怎么还在纠结他的问题啊？"何薇张开双臂，无奈地支撑着这个比自己重好多斤的家伙，都快站不住了，只能气喘吁吁地说，"你最好啦，卓飞，对自己有点信心好不好？"

可是卓飞不能不担心啊，那天顾轩抱着何薇出现在沙滩上的时候，起初他全部心思都在何薇上，可是出于雄性的占有欲，他很快便本能地对顾轩产生了敌意。

他发现那个男人一身蛮力，浑身上下的肌肉都充满了爆发力，而且长得也很英俊。和长期在皇宫处理政务，疏于锻炼的自己比起来……好像真的有些势均力敌的感觉！

虽然对方只是食草的剑龙，但战斗力的强弱并不是取决于双方是食草还是食肉。百年之前剑龙和霸王龙大战之时，就有许多霸王龙不及剑龙的凶猛，丧命在他们的攻击下。

想到这里，爱妻如命的卓飞顿时从何薇怀里蹿了出来，在对方惊愕的神情中吼了一句："老子要去锻炼身体！"然后就从房间里冲出去了，留下何薇一个人在屋子里哭笑不得："这家伙到底在乱想什么啊？"

傍晚时分，卓飞来到了海边临时给军队们搭建的训练场，刚刚单手抓着单杠做了几个引体向上，眼角余光一扫，就忽然发现身侧站了一个人。

他皱眉，就这么保持着引体向上的动作扭过头去看向站在夕阳下的顾轩，眉宇间尽是帝王才有的气势："你有什么事？"

剑龙帝国，皇宫。

一个身穿盔甲的男人神色匆忙地踏入宫殿中，在确认周围没有人偷

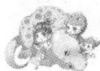

听和监视之后，才对坐在前面宝座里的男子鞠了一躬："大王子殿下，臣……臣有要事禀报。"

宝座里的男人有着过肩的黑色长发，一双丹凤眼微微眯起，过于白皙的皮肤看起来似乎有些病态。他就这么斜斜地倚在座位上，也不知是因为宫殿里光线幽暗，还是他身上自带的气息，他整个人都散发出一种生人勿近、狠绝凌厉的气场。

他正是剑龙帝国的大王子顾曦。

这是一个阴冷而又俊美的男人，见座下的男子神情焦急，他只是眨了眨眼："是王亚将军啊，有什么事，说吧。"

身穿盔甲的男人咬了咬牙，硬着头皮豁出去道："今天上午，微臣的手下来报，说……说二王子……不，顾轩那个杀人犯，逃走了！"

大王子的眉毛微微挑了一下："逃走了？西大陆四面都是海，他能逃到哪里去？"虽然这么问，但大王子心底已经隐约有了些不祥的预感。

只见名叫王亚的将军擦了把冷汗，才接着说："手下来报说……他们亲眼看着……看着顾轩拿出一个白色的光球扔到了海里，海上便出现了一个漩涡，他抱着那个女人，一起跳到漩涡里不见了！"

顾曦的眼睛紧紧眯起，只留下一道满含杀机的细缝："他用了时空之石？他怎么会有这种东西？！"

这种时空之石是他们剑龙王宫的珍宝，一共只有三颗，是当年的祖先们为了以后能够重新攻回恐龙帝国而研究出来的法宝。只要将它投入大海当中，时空之石便能建立起一个空间通道，让进入通道的人穿过重重大海，回到中央大陆上去。

时空之石一直是剑龙皇宫最高级别的宝物，只有国王本人才有权接触，连他这个大王子都是只听过没见过，那么自己那同父异母的弟弟又是怎么拿到的？！

王亚将军将脑袋垂下，恨不得就此钻到地缝里再也不出来。他根本不敢看顾曦的表情，只是用很小的声音说："据说……据说国王陛下他……他将三颗时空之石当中的两颗，送给了……送给了顾轩的母亲，作为生日礼物……"

　　顾曦的表情凝滞在一个阴冷的状态上，许久都没有变化，但他捏着座椅扶手那骨节分明、微微发白、青筋暴起的手却透露出了他的真实情绪——

　　时空之石，那可是皇宫中最珍贵的宝物，而自己的父皇竟然这么轻易就给了那个小子的母亲！既然如此，他顾曦去世许久的母亲又算是什么？自从这个亲爱的弟弟出生以来，他便渐渐占据了父王所有的目光，一切好的东西全都要先奉送到他手上……

　　那他这个大王子又算什么？

　　只听砰的一声，顾曦终于因为极端的愤怒和忌妒，将手下的椅子扶手掰断了。

　　王亚将军浑身一抖，赶忙双膝跪地，求饶道："大王子殿下饶命！饶命啊！"

　　王亚深知大王子顾曦的狠辣阴毒，自从国王陛下身患重病，无法处理政务以来，皇宫里的实际权力便慢慢地全都被大王子用尽各种手段夺了过来，明日帝王似乎非他莫属，因此皇宫中的大部分臣子都归顺到了大王子这边。

　　少数支持二王子的臣子不是失踪，就是被发现在家中自杀。这样一来，敢于支持二王子的人便基本上销声匿迹了。

　　王亚将军就属于那些原本支持二王子，但却因为怕死而归顺了大王子的人。他在心底叹了口气，唉，他们剑龙帝国最讲究血统的纯正，倘若不是因为二王子的血统不够纯正的话……只怕民众就不会对性格正直的二王子那么反感了吧？

　　见座上的人久久不再出声，王亚顿时紧张起来，再次开口道："大王子殿下，请……请您饶命啊！"

　　"嗬……"顾曦脸上那忌妒的神情渐渐消失了，他勾起嘴角，露出了一个不带温度的假笑，"王亚将军，您这是做什么？快起来，别跪着了，您的忠诚我一直看在眼里，又怎么会因为这点小事便责罚你？我像是那种冷酷严厉的暴君吗？"

　　二王子殿下逃走了，这在顾曦看来，怎么可能是小事？！王亚满是

疑惑地站起身来，还是不敢抬头，只听大王子又说："不过……王亚将军，你刚刚是不是说，顾轩最后用时空之石逃走的时候，带着一个……女人？"

"嗯，是的，我们已经调取到她在公共电话亭的图像了，并且和剑龙帝国的所有女性人口做了比对，但是完全没有找到相似的，而且她还去了售票处，试图买一张回中央大陆的票……这个女人绝对不是咱们这里的居民！"王亚说道。

"是吗……"顾曦的眼底闪过一抹精光，"我记得咱们派去中央大陆的人拿到了他们的人口信息资料吧？"

"是的，陛下，臣明白了，臣这就去将这名女子的图像与中央大陆的人口数据进行对比！"王亚领命而去，但没过多久就又折返回来，脸上带着不可置信的表情。

顾曦眯起眼睛，问道："怎么，没有比对出结果？"

"不……不是的，殿下！"王亚将两张图片递给大王子，"图片比对出来了，只是……这个女人……这个女人好像是当今恐龙帝国的王后啊！"

夕阳之下，原本应该散发出一片浪漫气息的西弗拉海边沙滩上，如今却杀机四伏。

卓飞单手抓着单杠，绷紧了全身的肌肉扭头看向一旁的顾轩，冷声问道："你有什么事？"

顾轩双手环胸，看了一眼卓飞抓着的单杠，眼底似乎微微掠过一丝不屑，他蹲下身，在地上写出几个字：何薇在哪儿？

霸王龙顿时就怒了，从单杠上一跃而下，捏着拳头朝他面前逼近："何薇也是你能叫的？再说了，我老婆在哪儿关你屁事啊！"

顾轩丝毫没有畏惧退缩的打算，只是冷眼看着对方朝自己冲过来，然后站起身来。两个一身横肉的男人就这么大眼瞪小眼地冷冷对峙起来，眼看就要剑拔弩张、血溅当场时，不远处忽然传来了一个女人的声音——

"卓飞陛下！顾轩先生，你们……你们要做什么？！"

皇宫护卫队第三分队的队长云莉带着紧张的神色快步朝两人跑了过

来，伸手将他们两个分开了一段距离，不解地看向顾轩："顾轩先生，您这是在做什么？您刚刚不是说，只是去找何薇王后吗？为什么会在这里和卓飞陛下起冲突？难道我没跟你解释过吗？他是我们恐龙帝国的国王！"

顾轩只是点了下头，似乎在说：我知道他是国王。然后他伸手指了指自己刚刚在沙滩上写的那几个字，意思是：我正在问他何薇在哪里。

卓飞皱眉看向云莉："怎么回事？你为什么同意他去找何薇？"

云莉有些愧疚地半垂下头："回陛下的话，我刚刚已经努力地和这位顾轩先生交流过了，希望他能……他能告诉我们一些有关剑龙帝国的消息，他同意了，但是他有条件……那就是他只和何薇王后一个人谈……"

"谈个屁！"卓飞忍不住爆粗口了，凶巴巴地瞪大眼睛看向顾轩，伸手指了指大海的方向，吼道，"去去去，给老子游回你自己老家去，别在这里站着碍眼！想和我老婆谈话，你等下辈子吧你！不对，下辈子也不行，你就在旁边干瞪眼吧，何薇永远是我的！"

好在这种情况下云莉还是理智的，她面带难色地看向卓飞，试图劝解："可是……陛下，我们对于这片新出现的西大陆一无所知，不能就这样让顾轩先生回去啊！"万一西大陆有进攻中央大陆的打算呢？他们必须要防患于未然啊！

卓飞自然也明白这其中的道理，可是现在他就是无论如何都咽不下这口气。一想到顾轩和何薇在树林里度过了二十天的时光，从漩涡中涌出来时他还紧紧抱着她，卓飞就忍不住想揍人！而现在，瞧着顾轩一副践兮兮的样子，卓飞简直恨不得变成霸王龙，一口咬断他的脖子！

但国家安危如此重要，他只能勉强压下火气，冷冷道："你有什么想说的，对我说就行，我会转告给何薇的。"

可是对方却冷着脸，一副没把霸王龙放在眼里的态度，在地上再度写道：何薇在哪儿？

"你想死是不是啊，好，老子现在就成全你！"忍无可忍，无须再忍，卓飞扯掉衣服就要变成霸王龙上去把这家伙咬死，可就在这个时候，身后却忽然传来了自家老婆焦急的呼唤："卓飞，别别别，别动手！"

第四章

脾气不受控制

何薇的想法其实很简单，不管怎么说，顾轩都是剑龙帝国的二王子，虽然现在他身上还背负着一张通缉令，但在不远的将来，恐龙帝国肯定是要与剑龙帝国建立外交联系的，因此，如果现在自家暴躁的老公就这么把人家国家的二王子给揍了，只怕以后要建交就难了啊。

但何薇的阻止却让卓飞深受打击，他扭过头去，用一脸委屈的神情看向何薇："老婆？"

那眼神，那动作，根本就是在无声地质问何薇：老婆，你是不是变心了，喜欢上这个不会说话的家伙了？

何薇翻了个白眼，快速走上前去在他脑袋上拍了一下："你瞎想什么呢？怎么回事啊，不是说出来锻炼的吗？为什么会和顾轩打起来啊？"

一旁的云莉赶忙解释："回王后殿下的话，这其实应该怪我……之前卓飞陛下将和顾轩先生交流的任务交给了我，但是……但是他说——"说到这里，云莉不由得停住了，她用询问的眼神看向卓飞，想知道对方愿不愿意让她把之前的事情告诉何薇。

卓飞自然是不愿意的，可如果不说的话何薇肯定会生气，他只好从鼻子里愤愤地喷了口气，扭着脖子不吭声了。

于是云莉接着说道："顾轩先生的意思是……想让他交出有关剑龙帝国的消息可以，但是……他只愿意同王后殿下您一个人说。"

何薇稍微有些吃惊，扭头看向旁边的顾轩："云莉说的是真的吗？"

黑发男人缓缓地点了点头，深沉的眸子就这么一眨不眨地盯着她。

于是何薇就不明白了："和谁说不都是一样的吗？再说，这位云莉小姐学习过专门的军事课程，我觉得她和你交流起来，肯定会更顺畅。"

听到何薇这么说，顾轩立刻耸了耸肩，做出一副"你不愿意那就算了"的表情，转身就要走。

这下何薇急了："哎！等等！顾轩，你等一下！"

而卓飞也生气了："喂！你对我老婆什么态度啊？老子才不管你是不是什么剑龙帝国的王子，这里是老子的地盘！你要是不想被我打得满地找牙，就把态度给我放尊重点！"

黑发男人果然停住了脚步，眼神沉沉地转过身来，浑身上下的肌肉都绷紧了，刚刚好不容易被何薇阻止的乱战眼看就要被再度触发，她只好硬着头皮说："好了好了，我答应你，我代替云莉来跟你交流，行了吧？"

　　对方果然稍微收敛了身上渐长的怒气，点了下头，何薇刚刚把心放下，正准备去安慰乱吃醋的卓飞，但顾轩却又在这时蹲下了身，在地上写了一行字：我还有要求。

　　"你还有要求？！"卓飞立刻怒吼一声，"什么要求，有本事说出来，看老子不打断你的腿！"

　　何薇无奈地拉住自家冲动的老公："卓飞……你冷静一点好不好？稍微注意一下礼仪风范啦！"真是的，虽然她了解卓飞的性子，知道他的脾气就是这么火暴，可是现在面前站着的是剑龙帝国的二王子，他也不能总是这么任性随意发脾气啊！

　　卓飞被何薇这么一吼，顿时乖乖安静下来了，只是脸上的表情还稍微透露着一点不情愿。

　　何薇在心底叹了口气，唉，他都已经是三个孩子的爸爸了，为什么现在还是这么不成熟？好像……好像根本没有成长过一样……可是现在卓飞已经是帝国的王者，他必须尽快成长成熟起来啊。

　　她不由得有些担心。

　　见众人都安静下来，顾轩便继续在沙滩上写字：想知道我的条件吗？

　　也不知道这个神秘的男人到底会开出什么奇怪的条件，何薇正在低头犹豫，但就在这时，旁边的卓飞却忽然抓住了她的手，代替自己向顾轩发问道："你说吧，我和何薇会考虑的。"

　　她顿时面带惊喜地转头看向卓飞，对方虽然还微微蹙着眉头，可是眼神却很坚定，仿佛在对自己说：何薇，我并不像你想象的那样只是个不懂事的孩子。

　　何薇心里一暖，便也跟着点了点头，于是顾轩在沙地上继续写道：何薇，我可以告诉你们关于剑龙帝国的一切信息，但在这期间，我要留在你身边。

夜色沉沉，恐龙帝国的现任国王卓飞一个人在空荡荡的酒店回廊里站着，背对着月光，整个人看起来有些阴沉。

他就这么一动不动地站了许久，仿佛就要与夜色融为一体，就在这时，走廊的另一头忽然出现了一个人的身影——

程亚伦，如今恐龙帝国的首席大将军，也是卓飞手下最为忠诚的臣子。

"卓飞陛下，时间已晚，您为什么还在外面逗留，不回去陪王后殿下？"程亚伦在他面前站定，认真地问，"要知道王后殿下才从劫难中逃出来，回到陛下的身边，陛下更应该好好珍惜才对。"

背对月光的男人终于缓缓点了点头："我知道，你说得对。我只是……在想一些事情。"

"有没有臣能够为您分忧的地方？"程亚伦很尽职地问。

卓飞皱眉思索了一会儿，这才开口，用一种不确信的语气问道："程亚伦……在你看来，和我父亲比起来，我究竟算不算一位合格的君主？"

卓飞问了一个对于臣子来说最难以回答的问题。如果换作别人，或许会立刻说出一大堆好话，将卓飞恭维一番，但程亚伦却没有这么做。他们程家世世代代辅佐卓氏皇族治理这个国家，凭的不是谄媚和奉承，而是直言不讳和忠肝义胆。

程亚伦也不例外。

于是他认真地思索了一番，这才回答道："倘若您的父亲做到了九分，那么陛下您现在只达到了六分。"

听到这个消息卓飞并不生气，反而有些坦然，他点了点头："你果然和我想的一样，我也觉得……我根本没有父亲做得好。"

程亚伦安慰道："陛下，任何事要做好都需要一个练习的过程，没有人能一蹴而就的，更何况是治理国家这种大事！臣敢肯定，您绝对拥有治理国家的天分，只是现在还没有发挥出来而已。"

"没有发挥出来吗？"卓飞认真地想了想，又问，"那你觉得我目前最大的问题是什么？"

程亚伦径直注视着他的眼睛："臣个人认为，您在控制情绪这方面

还有待提高。虽然霸王龙一族生性暴躁，但在必要时刻，您必须要让自己保持冷静。"

"我明白。"卓飞微微捏紧了拳头，"其实我心里很清楚，无端发火是不对的，可是不知道为什么……大概就是从我和何薇出来度蜜月开始吧，我就越来越难控制自己的脾气了……"

这句话让程亚伦警觉起来，他上前一步，询问道："您确定无法控制情绪是从度蜜月开始才出现的吗？"

卓飞也很快明白了他在怀疑什么："你觉得有人在试图控制我的情绪？"

"是。"程亚伦点头，"您是帝国的主人，倘若您因为情绪失控而做出什么错误的决定，那么对国家的打击必然是巨大的，是毁灭性的！臣不得不怀疑有人在试图操纵您的情绪……臣认为，陛下您最好尽快去接受一次全面的身体检查。"

卓飞同意了："皇宫有全套精密的检测仪器，后天我和何薇回去后，我立刻就去。"

一提到何薇，程亚伦顿时怔了一下，将对话转移回他一开始问过的那个话题上："陛下，您还没回答我，这么晚还不回去陪何薇殿下，到底是为什么？"

"唉……"卓飞长长地叹了口气，"我今天又让她生气了。那个剑龙帝国来的顾轩同意向咱们提供信息了，可是他的要求很过分，他提出只和何薇一个人交流，还要一直留在她身边……我无法接受，便和她吵了起来……"

"您爱护王后殿下的心情臣能够理解，但夫妻总是以和为贵的，只怕您如果经常这么和她吵架，就算再深厚的感情也会因此而磨灭。"程亚伦说道。

"我知道……我心里都明白，但不知道为什么，我就是控制不住自己，想要发泄，想要把胸腔中的火气都大声吼出来……以前我不会这样的，就算担心何薇会被人抢走，我也会非常自信地站在她身边向她展示我的优点，而不是像现在这样，无时无刻不在猜测她是不是已经不爱我了。"

卓飞的话让程亚伦更加确信他的情绪一定是受到了某种因素的影响，至于究竟是意外还是人为的，就得看检查后的结果了。

"那么您最后到底答应顾轩的条件了吗？"

"答应了啊。"卓飞苦笑着摇了摇头，"虽然不愿意，但是我知道这是迫不得已的，更何况……"

他如何舍得让何薇因此而发愁呢？

想到这里，卓飞终于从阴影中缓缓走出："时间不早了，我也该回去陪她了，多谢你，程亚伦。"

程亚伦单手击向右胸口，向他行礼道："这是臣应该做的。"

于是卓飞轻手轻脚地回到了他和何薇在酒店的临时卧室，屋内的灯关着，他本以为何薇已经入睡了，便悄悄地从床的侧边爬了上去，刚想伸手拥住她，背对着他的女孩就忽然转了个身，将自己投入到他温暖的怀抱里："我还以为你不回来了……卓飞，我知道今天的事情你可能很生气，但是……不管怎么生气，你都不要因此而不理我，可以吗？"

这般带着乞求和讨好的语气顿时让卓飞的心融化成了一汪水，他赶忙伸出手去，将何薇小小的身子抱进怀里，急促地解释道："对不起对不起，我……我之前是有那么一点点生气，但我不是生你的气，更不会不理你！"

"没有生我的气？"何薇不解地抬起自己泛红的眸子看向他，"那你为什么一直不回来？我躺在床上，听着墙上的钟表嘀答嘀答地走，除此之外房间里安静得一点声音都没有，真的觉得好孤单……"

卓飞心疼地将她抱得更紧了些："对不起，以后我绝对不会这样了，你相信我好不好？刚刚……刚刚我其实是在生自己的气，我就是觉得，自己这段时间实在是太幼稚了，一点儿国王的样子都没有！有很多时候都会莫名其妙地把火气撒在你身上……我……我实在是太失败了！"

何薇把脑袋埋到他胸口里，轻轻点头，哽咽着说："嗯……你最近真的好幼稚。"

她能这么说，那肯定就是不生自己的气了。卓飞轻笑一声，摸了摸她的脑袋，在她的额头上轻轻地吻了一下："我知道，对不起，以后我会注意的，我一定会尽快成长起来，成为一个成熟又稳重的好丈夫。"

　　何薇点了点头，用力呼吸着他身上那股熟悉的味道，或许是有他在身边的缘故，她原本忐忑不安的心顿时就平静下来了，就这么抱着他强健有力的臂膀，安心地陷入了沉睡。

　　何薇王后的归来让全民都感到欣喜不已，一直负责找寻的皇家护卫队也松了口气，在稍作休整之后，大家便在卓飞的带领下踏上了回中央大陆的归途。

　　何薇归家心切，干脆变成中国龙的形态，直接腾空而起，从海面上空翱翔而过。说来也奇怪，自从她从剑龙帝国所在的西大陆回来之后，身体便恢复了变身的功能，她只当是之前把自己吸进去的那个白色漩涡有阻止人变身的效果，因此也没多想，只是把这件事跟作战指挥部的人说了一下。

　　现在的她满心满眼都是留在皇宫里的那三个孩子，只希望自己能够快一点见到他们，因此完全把自家不会飞的霸王龙老公给遗忘在了身后。卓飞一个人站在军舰上，对着红色中国龙远去的背影悲凉地咆哮："老婆！你把我忘了啊！"

　　说罢，火急火燎的卓飞就想撕了衣服变成霸王龙，跳到大海里追逐自己跑远的老婆，身边的将士们见状赶忙将他拦住："国王陛下，不要啊，下面是大海，您忘了霸王龙是不会游泳的吗？"

　　一旁的程亚伦见状，不由得摇头叹了口气，走上前来说："陛下，如果您不介意的话，我可以变身了载您飞回去。"

　　卓飞心急如焚，立刻就同意了，于是程亚伦在众目睽睽之下，伸出手优雅地解开了自己身上的铠甲，然后腾身一跃，忽然化身成一只臂展长达十多米的巨型翼龙！他们程家是中央大陆中血统最纯正、力量最强大的翼龙家族，程亚伦则更是他们程家这几十年以来的骄傲，还从未有一只翼龙的体型能有他这么健壮勇猛！

于是军舰上的其他人就看着国王陛下爬到了翼龙的背上，指挥着翼龙快速朝前追去。大家其实也都见怪不怪了，毕竟卓飞陛下爱老婆在全国都是赫赫有名的，在甲板上看了一会儿便都纷纷散去，只有顾轩一个人还留在那里，面无表情地看着翼龙朝着那只中国龙飞去。

因为程亚伦的帮助，卓飞很快就追上了飞在前方的何薇，不由得站在翼龙背上朝她大声呼喊："老婆！你怎么能把我忘了？"

一路闷头朝前飞的何薇这才回过神来，扭头看见巨大的翼龙背上那个金发的身影，不由得惊讶道："哎呀！卓飞！对……对不起哦，我赶着回家看孩子……"

"哼！早知道会这样，老子就把他们都送去北部荒原的封闭学校！"

红色中国龙忍不住笑了，扭头问一旁的程亚伦："哎呀，程亚伦，你有没有闻到什么味道？好酸好酸呀！"

呆萌的翼龙摇了摇头："臣并没有闻到什么酸味。"

"哈哈哈，可是我闻到了啊，就是从卓飞身上散发出来的！"红色中国龙开心地在空中转了个圈。

卓飞立刻明白了，好啊，敢情自家老婆是在暗示自己吃醋了啊！可恶！他叉着腰指着何薇道："现在先让你嚣张一会儿，等回到家看我怎么收拾你！"

红色中国龙不理他，加快速度冲到云端里不见了，没办法。她实在是太想念自己的三个孩子了。虽然大儿子橙子和大女儿小粉都很调皮，经常惹自己生气，但大多数时候他们都是很可爱的。还有小女儿小白，简直是又乖又软，每次见到都恨不得把她揉进自己怀里。

何薇就带着这样的想法，一路飞回了皇宫，随便换了件衣服，便朝着孩子们经常玩耍的花园跑去。

还未走近，她便听见树林那边传来了孩子们的声音，先是小粉的："我刚刚又去问过护卫队的姐姐们了，可是她们还是什么都不肯告诉我，你们说，爸爸会不会是骗我们的呀？妈妈这么久都不回来，该不会是……"

出……出事了吧？"

哥哥橙子立刻反驳道："不会的！爸爸和妈妈都那么厉害，怎么会出事呢？按老爸的话来说，那就是'只有他们让别人出事的份'！我看，肯定是老妈贪玩，不想回来了……"

小妹妹小白顿时有些惊慌："那……那假如妈妈永远不回来了怎么办啊？她是不是不喜欢我们，不喜欢爸爸了？"

小白说着说着就快要哭出来了，小粉赶忙上前安慰："怎么会呢，小白这么可爱，妈妈平常很喜欢你的呀，一定……一定会回来的……"

小粉平时是个很自信、很有女王范儿的姑娘，但如今说起话来却也有些底气不足了，连勇敢的橙子也沉默下来，一时之间树林那边只能听见小白轻轻抽噎的声音。何薇顿时心疼得再也忍不住，快速从树林里冲了出来，扑上去一把将离她最近的小白抱进了怀里。

小白一开始还吓了一跳，但一转头看见抱着自己的人是妈妈时，整个人怔了一下，接着眼泪就像珠子一样扑簌簌地从眼眶里滚了下来："妈妈……呜呜呜！"

何薇紧紧抱着她，也哽咽得说不出一句完整的话，一旁的小粉和橙子见状，也立刻跑过来扑进了她怀里。三个小家伙将何薇团团围住，一时之间，花园里孩子们哇哇哭叫的声音混作一团，好不热闹。

哭了一会儿，小粉忽然松开何薇，伸出小拳头一下下砸在她身上："坏妈妈，不要我们了，你这个坏妈妈！"

橙子也故意装出一副小大人的样子，皱眉看向自家老妈："你今天要是不跟我说清楚你为什么这么晚才回来，吃晚饭的时候我就不给你喂苹果了！"

何薇眼含泪光，将他们一股脑儿全都搂进怀里："对不起，是妈妈不好……其实我很想快点回来的……真的对不起！"

小粉却还是很委屈，用小拳头打她："坏妈妈，竟敢不要我，呜呜呜！"

小白一直缩在何薇怀里，见状不由得担心地开口："姐姐你不要打了，你要把妈妈打伤了！"

小粉倒吸一口气，赶忙收回拳头，睁着水汪汪的眼睛察看妈妈刚刚被自己打过的地方，哽咽着说："妈妈，疼吗？对不起，我不是故意的，呜呜呜！"

何薇哪里会觉得疼，现在她整颗心里都只有甜蜜和幸福，又安慰了孩子们好一会儿，他们才算平静下来。虽然现在他们还小，但怎么说都是皇族的王子和公主，将来要承担很多的责任，何薇不想一直将他们困在完美的象牙塔里，因此便斟酌着字句，把自己之前在西大陆的奇遇告诉了他们。

当然，那些血腥和危险的场面她都是能省则省，但尽管如此，孩子们依旧是带着紧张的心情听完了妈妈的叙述。之后，他们立刻就冲上来将她抱得更紧了，橙子更是说道："外面的世界太危险了！老妈你以后哪儿都不准去，就留在这里，要是敢往外跑我就不理你了！"

何薇噗的一声笑了，正想问这小大人到底是从哪儿学来了这么多大道理，身后就忽然传来了孩子们他爸的声音："橙子说得对！老子以后就把你锁在房间里，你哪儿都别想去了！"

"老爸！"三个孩子立刻放开何薇，朝卓飞扑过去。不得不说，在力量上他比何薇强得多，这几个孩子简直是见风就长，现在何薇用尽力气也只能抱起一个小白，可是卓飞就不一样了，他左手一个小粉，右手一个橙子，脖子上还架着一个小白，整个人看起来轻松极了，还带着他们在花园里转了几圈，兴奋地问："喂，你们想不想老爸啊？"

三个孩子异口同声："想！"但很快就接着补充了一句，"但是你竟然把妈妈弄丢了，实在是太笨了！"

卓飞也很抱歉，抱着他们郑重地保证道："宝宝们相信爸爸，以后爸爸一定不会再把妈妈弄丢了。"

一家人又在花园里亲昵了好一会儿，何薇这才发现程亚伦一直站在旁边的树林间默默地注视着他们，发现她把视线投向自己，便躬身道："臣已经将国王陛下送到皇宫，如果您没有别的事，臣就先退下了。"

"嗯，谢谢……啊不对，等一下！"何薇忽然想起什么，"顾轩呢，

他什么时候能到？"

这个剑龙帝国二王子如今可算是他们最为重要的线索和客人了，何薇可不能马虎招待。

程亚伦看了看时间："三个小时后顾轩先生应该能到达皇宫，殿下您是否要准备宴会迎接他？"

何薇点了点头："当然，不管怎么说他都是剑龙帝国的二王子，一定要用应有的礼数招待他。"

自从那晚和程亚伦夜谈之后，卓飞平静了许多，没有像之前那样谈顾轩就变脸，他和何薇一起在皇宫中准备了盛大的宴会欢迎剑龙帝国二王子的到来。三个小时后，顾轩在数名将士的带领下来到了皇宫。

他丝毫不忌讳其他人看他时怀疑和不信任的眼光，他也明白自己的身份很特殊，其他人在私下猜测自己来意不善也是应该的。顾轩只是昂首挺胸，带着那副冷漠的神情朝前走，一双漆黑的眸子牢牢盯着不远处的那个女人。

那个在树林里，明明可以自己逃命，却不顾自己安危试图救自己的傻女人。

然而他的脚步很快顿住了，不是因为卓飞站在何薇身旁，而是因为……

她的另一侧，竟然站着三个小孩子！何薇看见了顾轩，立刻朝他友好地挥了挥手，介绍道："之前情况紧急，我都没来得及告诉你。顾轩，这是我和卓飞的孩子们！"

顾轩只觉得似乎有一块巨大的石头砸到了他的后脑上，耳边嗡嗡一片，顿时什么都听不见了！

但经历过种种生死磨难的他很快就平静了下来，面色上并没有什么改变，只是不动声色地捏紧了自己的拳头，低头看向那几个小孩子。他们一男二女，全都长得水灵灵的，像极了何薇，如今正在用好奇的目光打量着他："妈妈，这个叔叔是谁啊？"

何薇赶忙俯身对他们温柔地说："这就是刚刚妈妈跟你们说，在海

边救了妈妈一命的顾轩叔叔啊，如果没有他的话，现在妈妈肯定没有办法回来见你们的。"

孩子们立刻惊呼一声，朝顾轩围了过去："真的吗？叔叔你真厉害！"

"谢谢你救了我们的妈妈！"

顾轩一向是生人勿近的，如今被这么几个软绵绵的小家伙给围住了，他顿时条件反射地想要撤退逃走，却又害怕自己动作太大而让他们有什么闪失，因此只好战战兢兢地躲避着孩子们伸过来的手。就算从前他遇到再强大的敌人，都没发现在这么紧张和害怕过！

何薇发现了他的异样，心里不由得觉得很好笑，但周围还有许多其他重要宾客在场，她不能让他失了体面，赶忙将自己的三个孩子都拉了回来："好啦好啦，你们不是说自己饿了要吃东西吗？那就先去桌边乖乖坐好。"

三个小家伙虽然调皮，但一到重大时刻还是很有礼仪风范的，立刻在椅子上端端正正坐好，虽然肚子很饿，桌子上的美食很有诱惑力，但他们全都没有动餐具，而是等着老爸宣布宴会开始。

卓飞换了一身出席重大活动才穿的黑色盔甲，整个人站在大厅里就是一个雄伟而强壮的王者，英俊的脸上尽是睥睨众生的强者之气。他敲了敲手中的高脚杯，面带微笑看向众人："各位，今天这场宴会是为了庆祝我敬爱的王后归来，同时，也是为了感谢这位来自剑龙帝国的二王子，因为他的倾力相助，我的王后才能安然无恙地回到我身边来。顾轩，谢谢你。"

卓飞很诚挚地看向顾轩，对他举了举手中的酒杯致敬，一点儿都没有不久前和他吵架时的幼稚，何薇在旁边顿时都快看呆了……

嗯，她的卓飞果然是最帅的！如果现在旁边没有这么多人的话，她肯定会忍不住扑上去，抱住他亲几口的！

国王陛下的话说完之后，四周顿时响起了热烈的掌声。在这片掌声中，顾轩也缓缓举起面前的酒杯，朝卓飞回了个礼，似乎在用眼神对他说：不客气。

何薇顿时就被顾轩那优雅大方的动作震住了，想不到这个树林里的野人竟然也有这么礼貌的一面！啊，不对不对，人家本来就是剑龙帝国的二王子，只是因为被追杀才流亡在外，又不是真的野人！她怎么就忘了呢？

众宾客似乎也对顾轩大方礼貌的举止感到很满意，虽然还是不确定这个二王子硬是要跟在王后身边的意图是什么，但到目前为止他的表现都很正常，大伙儿便也不再完全把他当作敌人，开始在饭桌上聊天了。

顾轩不能说话，因此只是沉默着慢慢吃饭，听着何薇和其他客人在饭桌上热切地聊天，偶尔会抬起黑色的眸子静静地看她几秒，然后再低下头去吃盘子里的饭。

他这么反反复复看了几次，很快就被坐在对面的小白发现了，她用稚嫩的口音问："顾轩叔叔，你为什么要盯着我妈妈看呀？"

小白的声音很有穿透力，此话一出，饭桌上的讨论声顿时就停了下来，大家纷纷转头看向顾轩，何薇也扭身看去。好巧不巧，这个时候顾轩正抬头看着何薇，两人视线交会，顾轩赶忙收回视线，却猛地被吃进嘴里的肉给呛住了，猛地咳嗽起来。

立刻有侍者为他递上水和纸巾，顾轩一边咳嗽一边捂着嘴，尽管皮肤黝黑，可是却明显有些泛红了。

于是天真的小白又想继续问："顾轩叔叔，你的脸怎么——"话只说到一半就被旁边的姐姐小粉给捂住了嘴，她凑过来在小白耳边低声说："笨笨笨，不要乱说话啦！"

小白乖乖地点了点头，但还是不明白："姐姐，叔叔为什么要一直看妈妈呀？"

小粉故意做出一副老成的表情："哼，这你都看不出来？依我看呀，这个顾轩叔叔一定是被咱们老妈的美貌给迷倒了！"

小白顿时露出恍然大悟的表情："对哦！顾轩叔叔看妈妈的眼神，和爸爸看妈妈的眼神好像！"

"小声点啦。"小粉赶忙叮嘱她，"千万别让老爸听见了，不然他又要吃醋了，难道你忘记上次那个夸老妈长得漂亮的实习生哥哥被老爸咬住脖子扔出去的事了吗？"

小白赶忙捂住了嘴，不敢再乱说话了，这个顾轩叔叔救了妈妈，是大好人，而且长得也很帅，她可不希望顾轩叔叔也被爸爸咬住脖子扔出去。

两个小姑娘却不知道，其实她们家爱吃醋的老爸早就看出顾轩的意图了。看到顾轩被呛到的样子，他不由得在心底哼了一声，心想：嘁，这家伙根本无法跟自己比，连看何薇一眼都会紧张，没出息啊没出息！

旁边有个眼尖、会来事的大臣也发现了这其中的玄妙，不由得凑上来想讨好卓飞："国王陛下，那位顾轩先生，他似乎对王后陛下……咳咳，总之您要多留心啊。"

听大臣这么说，何薇顿时有些紧张了，之前卓飞就和顾轩对峙过，这一回要是在这么多宾客面前和他吵起来，那可真是不好看。她正想说点什么缓解一下气氛，卓飞却忽然抓住了她的手，牢牢地握在手心，然后用稳重的、在场所有人都能听见的声音说道："我的王后这么优秀，自然有很多人倾慕她。"

这语气自信又淡定，言外之意就是：虽然有很多人喜欢她，但我永远是最爱她、最适合她的那个，没有人能抢走。

何薇只觉得心底暖暖的，他好像真的比之前成熟了哎！她不由得夹了几块肉放进他盘子里，低声说："快吃啦，你都瘦了。"

"好！"卓飞顿时露出灿烂的笑容，一口白牙简直可以去做电视广告了。

看着他阳光地笑，何薇不由得在心底感叹，自己当初为什么会喜欢上这只暴躁的霸王龙呢？大概……大概就是因为他的笑容吧？每次看到他笑，何薇就觉得自己什么烦恼也不会有了。

旁边的顾轩看着何薇和卓飞如此亲密无间，脸上依旧没什么表情，只是低头闷声吃饭。

然而就在这时，眼前却忽然伸过来一只小小的手，他的动作顿时就停住了，抬起头警备地看向这只手的主人——

竟然是小白。只见她吃力地舀来一勺水果沙拉，颤巍巍地放进顾轩的盘子里，说道："叔叔你试试这个，这个很好吃的！"

顾轩低头皱眉盯着盘子里多出来的那些沙拉，那表情简直就像盯着一堆毒药。

何薇知道他不喜欢别人亲近他，吃别人递给他的东西那就更不可能了，正想说点什么安慰小白，但怎知小白却已经先自己一步呜咽了起来，大眼睛里聚集起水汽，眼看就要哭出来："呜呜！叔叔……你为什么不吃呢？是担心不好吃吗？"

小白一直特别容易哭，何薇一看到她委屈的模样顿时心疼起来，却又碍于四周全是客人。她正犹豫着该怎么安慰小白，却没发现不远处的顾轩看见她焦急的表情，忽然低下头，二话没说将那些水果沙拉都吃进了肚子里。

何薇一惊，小白破涕为笑，拍着小手问："叔叔叔叔，沙拉好吃吗？"

顾轩囫囵吞下，其实根本没吃出沙拉是什么味，但看小白的眼神如此期待，而且何薇还在旁边看着……他便快速地点了下头。

小白立刻欢欣雀跃："那我再给你舀一点吧！"

顾轩只好硬着头皮把那些沙拉都吃掉了，客人们也都纷纷赞叹，夸小白是个懂事的好孩子。

宴会结束之后，何薇和卓飞一起将客人们都送走，这才卸下了一身的疲惫，回到皇宫寝殿里和自己的孩子们相聚。

何薇刚刚给小粉洗完脸，一回屋子就发现卓飞正和小白坐在床上，大眼瞪小眼。何薇正想问他们这是怎么了，就见卓飞伸出手在自己女儿脸上掐了一把，故作凶巴巴地问："说！你老爸和那个顾轩，哪个比较帅？"

小白立刻说："当然是老爸帅呀，老爸是世界上最帅的人了！"

卓飞一把将她举起来摇晃："嗯？那你今天为什么给顾轩夹菜，都不给老爸夹菜？他那么笨，看起来那么呆，一点都没有老爸好，对不对？"

小白被晃得晕头转向，茫然地点了点头："对……啊！爸爸，我懂了！"

"你懂什么了？"

"你是在担心我们和妈妈都喜欢上顾轩叔叔，就不要你了，对不对？"

卓飞的脸顿时就红了，就像脖子上顶了一颗巨大的西红柿似的。何薇以为他肯定会反驳的，谁知他忽然梗着脖子大吼了一声："对啊！"

何薇再也忍不住，捂着肚子哈哈大笑起来。

清晨，何薇正埋头在软绵绵的枕头里睡觉，就感觉到身边的人似乎翻了个身。

她揉了揉眼睛，缓缓睁开，就看见卓飞正站在旁边穿制服。见何薇睁开了眼，他脸上立刻露出几丝内疚的神情："对不起啊老婆，我把你吵醒了？"

何薇摇摇头："没事啦……现在几点了？"

"才六点半，你再睡一会儿吧。"卓飞一边说着，一边试图扣上制服上有些繁复的纽扣，但试了几次都没弄好。

何薇爬起来，伸手将他的制服扣子整理好，这才问："这么早你就要去会见那些大臣了？"

卓飞点点头："嗯，在外面待得太久了，皇宫里积压了好多事情等我去处理，你睡吧，不要管我。"

"不行不行，你都起来了，我怎么能一个人偷懒？"何薇坐了起来，伸了个懒腰，"让我想想我今天的任务是什么……先带着孩子们去吃早餐，然后还要去找顾轩谈话……"

卓飞用一副拿她没辙的表情看着她："别光顾着孩子，你也要好好吃饭啊知不知道，我中午回来看你们。"

何薇点点头，送卓飞走出寝殿，心里觉得很开心，他刚刚都没有问有关顾轩的事情呢！看来自家老公是真的成长成熟了呀。

但何薇却不知道，卓飞一走进书房，便对程亚伦下令："今天何薇要和顾轩见面，找人暗中监视那小子。"他并不是不相信何薇，而是担心顾轩这个外来的神秘王子会对何薇不利。

"明白。"程亚伦点了点头，又说，"另外，陛下，您的身体检查已经安排在半个小时后了，请做好准备。"

卓飞颔首，带着严肃的表情坐在书桌前，开始处理一天的事务。

和顾轩的会面被安排在了皇宫花园里，四周绿树如茵，流水潺潺，环境很好，一看便让人心情愉悦，何薇的心情也不由得跟着轻松起来。

她坐在花园间的小桌子前，很认真地在桌子上摆了一台电脑，等着一会儿顾轩来了之后，把他告诉自己的信息都记录在电脑上面。

不一会儿，就有护卫人员走了过来："王后殿下，顾轩先生已经带到了，您现在要召唤他进来吗？"

"嗯，让他进来吧，谢谢你！"何薇坐直了身子，对护卫礼貌一笑，对方立刻领着顾轩走了进来。

今天的顾轩身上穿了一件黑色衬衫，但是头发和脸颊看起来还是有些乱糟糟的。何薇立刻就明白了，想必生人勿近的他是不会让人帮他整理的，因此现在虽然穿得很体面，可是光看脸的话却依旧像个从树林里蹿出来的野人。

不过何薇也不好多说什么，便站起来招呼道："顾轩，请坐请坐！"

一言不发的男人稳步走来，在小桌子的对面坐下，健壮的身材和这小桌子搭配起来，顿时就显得很不协调，何薇赶忙道歉："那个……不好意思，要不我让人给你换张桌子？"

顾轩摇了摇头，一副无所谓的模样，只是双手抱臂，抬起那双黑色的眸子打量着花园的四周。他既然不介意，何薇便也不多说什么了，把手放在键盘上，说道："那我们现在开始吧？能告诉我你们剑龙帝国大概的方位吗？之前我们的地图上完全没有标绘出来呢，你放心，我们不需要特别具体的信息，只需要给我一个大体的地点就可以了。"

顾轩看了一眼何薇的动作，什么都没说就想伸手将那台电脑拿过来，然而他的手才刚刚伸出去，旁边的树丛里就忽然蹿出来几个护卫。他们神情紧张地围了过来，大喊："你！离王后殿下远一点！"

黑发寡言的男人猛地抬起双眸，眼底全是凌厉和防备的光芒，眼看

就要起身和他们打起来，何薇赶忙跟上去阻止："别别别，先别着急动手！"

何薇挡在中间，两方只好暂时收敛了进攻的意图，但还是虎视眈眈地瞪着对方。

"你们怎么在这里？刚刚我不是吩咐过了，让你们都退下吗？"

其中一名护卫回答道："回殿下的话，臣等只是想保护殿下的安全！"

何薇点点头："我知道你们是好心，不过这位顾轩先生绝对不是坏人，我敢保证。当时在剑龙帝国，是他救了我的性命，将我带回这里的，如果没有他，我现在肯定没办法站在这里。"

"我们……我们知道，只是……只是……"护卫挠了挠头，不知该说什么。

何薇笑了，眼看气氛没有刚刚那么剑拔弩张了，她顿时想把气氛变得更轻松一点，便转身指了指顾轩，叹气道："唉，其实主要是因为这位顾轩先生特别怕生和害羞，你们要是围过来的话，他就没办法和我正常交流了。不信你们看，他现在还有点脸红。"

护卫们闻言顿时把目光转移到了顾轩脸上，而他也很争气地红了脸，有些慌张地看向别处。

护卫似乎没那么担心了，便说："那……王后殿下，我们守在旁边的树林间，不过来打扰你，可以吗？这真的是臣等能做出的最大的让步了。"

何薇扭头看向身为客人的顾轩："这样可以吗？拜托了！"

顾轩皱眉凝思了一会儿，然后微不可察地点了点头。何薇顿时松了口气，他们总算能重新坐回小桌子前。只见顾轩拿过她的电脑，双手十指快速而熟练地在键盘上敲打着，何薇顿时就看愣了。她还没回过神来呢，顾轩已经把电脑重新推到了她面前，然后她惊愕地发现屏幕上有一张世界地图！

虽然地图描绘得比较仓促和草率，可何薇还是能清楚地从地图上看出几块大陆大体的方位！这……这……这么复杂的东西，顾轩只用了十几分钟就画好了？简直是天才啊！

她带着惊讶和佩服的眼神看向顾轩，干巴巴地拍了拍手："哇……你真的好厉害啊！"

顾轩微微地摇了摇头，似乎在说：这不算什么。

十几分钟绘制出一张大体的世界地图，这还不算什么？何薇不由得在心里想，难道他们剑龙皇族的基因比较优秀？还是说顾轩特别优秀？

不过不管是哪一个，何薇都有点羡慕嫉妒，如果她的孩子们长大了也有顾轩这么聪明该多好啊……

可能是她把心情在脸上表现得太明显了，一旁的顾轩被她阴森森的眼神盯得有些不安，他低头看了看自己的衣服，好像没问题啊？难道是脸上有什么？他伸手摸了一把，顿时摸到了下巴上乱糟糟的胡子，难道……她嫌自己这副尊容太邋遢了？

好在这个时候何薇已经回过神来了，咳了一声继续说："对了，那天咱们两个被追杀的时候，你把一个白色的球扔进海里，然后海里就出现了一个漩涡，那个球……是什么呀？可以告诉我吗？"

顾轩的眉心微微触动了一下，眼底似乎划过了一丝伤感，何薇赶忙摆手："啊，我只是突然想起来，然后随便问问，如果是你的机密信息，就不用告诉我了。"

对方轻轻地摇了摇头，拿过电脑继续打字，只是这一回速度却比之前慢了许多，似乎不知该如何描述似的。何薇在旁边如坐针毡，怎么办，她刚刚应该没有看错吧？这个野人硬汉竟然露出了伤感的表情！难道她提到了他的伤心事？

好一会儿，顾轩才把电脑屏幕重新转向她，她带着忐忑内疚的心情看过去，只见上面写着一段话："那个白色光球叫作时空之石，是我们的先祖研究出来的，将它放入海水中，产生的时空漩涡能够将人从一片陆地送到另一片陆地上去。"

"啊？"何薇大惊，"那……那天晚上我在西弗拉海岛的海岸边，忽然就被白色漩涡吸进去了，难道也是有人在海里扔了时空之石？"

顾轩点点头，用手指了指自己。

"是你扔进海里的？"何薇顿时就明白了，"我知道了，你是为了躲避那些剑龙对你的追杀，所以想逃到恐龙帝国来，但是却阴错阳差被我挡住了，是不是？"

对方再次点了点头。

"原来是这样啊……真是抱歉，如果当时我不在海岸边的话，只怕你当时就能脱离危险了。"何薇有些内疚地道歉。

顾轩很快摇了摇头，拿过电脑缓慢地打出了几行字，何薇正想探头过去看，却被他快速地挡住了屏幕，然后他将整段话都删掉了。

嗯？这是怎么了？何薇不解地看着他，眨了眨眼睛："你刚刚打了什么啊？为什么全删掉了？"

顾轩小麦色的皮肤竟然在阳光下泛起了一层浅浅的红色，何薇更困惑了："你怎么脸红了？难道是这里太晒了？"

何薇清澈的眼神顿时让沉默又不善表达的男人不知如何是好，到最后他实在是如坐针毡，只好嗖的一下从凳子上站了起来，整个人慌乱得像只小动物，哪还有之前刚刚见到何薇时的气势？

何薇正想问他到底怎么了，然而就在这时，树林那边忽然传来了一个稚嫩的嗓音，是女儿小白的："妈妈！妈妈我需要你的帮助！"

第五章

顾轩也有回忆

听到女儿的声音，何薇立刻扭过头去，只见小白手里拿着一把弓箭，正呼哧呼哧地朝自己跑过来，她便心疼地迎了上去："慢点慢点，小心别摔了。"

小家伙迈着小短腿呼哧呼哧地跑到何薇面前，立刻张开双臂："妈妈，抱抱！"

何薇笑着将她和那把弓箭一起抱起来："怎么了啊，跑得这么急？"

只听小白说道："今天，今天我们的武斗课开始学习射箭了！可是……可是不管我怎么使劲，都拉不开这把弓箭……呜呜，妈妈，是不是因为我太笨了？"

看着孩子手里那把明显是给成年人用的弓箭，何薇赶忙笑着安慰："不是不是，我们小白一直很聪明的！你拿的这把弓箭太重、太大了，所以才会拉不开，我让护卫叔叔给你换一把轻一点、小一点的好不好？"

但小白却摇了摇头："不行不行！我是公主，以后要给大家做榜样的，不能用小的！"

何薇又自豪又担心，自豪的是她的女儿小小年纪就这么有决心和志气，担心的是……这把弓箭看起来就很笨重，只怕就算是她也拉不开，小白又怎么可能拉开呢？

她正在纠结该怎么劝解女儿才好，就在这时，小白手里的弓箭忽然被旁边的顾轩拿走了。何薇惊讶地转过头去，只见顾轩伸出手，抓过弓箭。何薇以为他要给小白展示怎么使用弓箭，却见他一只手紧握弓身，另一只手扯着弓弦，朝后拉了半天都没反应。

到最后，他的额头竟然还微微渗出了一丝汗水。顾轩咬牙，好像手中那把弓箭比猛兽还难对付似的。

以他的力气来说，使用这把弓箭根本就是小菜一碟，可现在顾轩却为了安慰小白，而故意装出一副自己也拉不开弓箭的样子……

何薇不由得有点感动，原来这个沉默寡言的家伙背后，还隐藏着这么温柔体贴的一颗心啊。

过了一会儿，顾轩气喘吁吁地将弓箭放下，向何薇怀里的小白无奈地摇了摇头，用眼神告诉她：我也拉不开这把弓箭。

"咦……叔叔你也不能用吗？"小白的心情顿时缓解了不少，何薇赶忙在旁边说道："是啊，你看，顾轩叔叔可是救了妈妈的人呢，他也用不了这把弓箭，说明它确实不好用，所以，妈妈帮你换一把别的弓箭，好不好？"

小白这才同意了，还小大人一样地安慰顾轩："叔叔你别难过，等以后咱们长大了，就能拉动这把弓箭了！"

顾轩嘴角微微抽搐了下，但还是配合地点了点头。

何薇又叮嘱了小白好几句，才放她回去上课了。待女儿走后，她扭头对顾轩一笑："看不出来，你哄小孩子这么有一套啊！"

顾轩挠了挠脸，别过头去重新坐在了凳子上，何薇见他似乎有些不好意思，便不再开玩笑了，走过去换了话题："对了，那个很厉害的时空之石，你现在还有吗？"她问这话的本来目的是想说：如果他还有的话，只要想家了，就可以偷偷回去看一眼。

但顾轩却摇了摇头，在键盘上打字：时空之石一共只有三颗，我用掉了两颗，剩下那颗还在剑龙帝国的皇宫里。

说起这个，何薇顿时想起了她在剑龙帝国看到的通缉令，她不由得压低了声音，轻轻问道："对了……关于那张通缉令……你能不能跟我说说到底是怎么回事啊？你放心，我不是不相信你，我只是想知道……发通缉令的人应该是你亲哥哥吧？他和你之间……是不是有什么误会？"

顾轩猛地捏紧了手中的鼠标，鼠标发出咔嚓一声，顿时就裂了。

何薇一怔，知道她又触碰到了不该触碰的东西，赶忙说："对不起，是我管得太多了，我不问了，你不要生气。"

顾轩神色微动，抬头看了眼何薇惊慌的神色，立刻松开了手中的鼠标，摇了摇头，快速在电脑上打字：没关系，我没有生气。你……真的想知道？

出于对恐龙帝国安全的考虑，何薇需要知道他们国家到底发生了什么事，而出于对救命恩人的关心，她很想了解他和他哥哥之间到底产生了什么误会。于是，她点了点头："如果你可以告诉我的话。"

顾轩低头沉思了一阵，伸出手，慢慢把过往的事都打在了电脑上。

他本来是剑龙帝国的二王子，从出生起父王就对他十分喜爱，这其中有大半部分可能都是因为他的母亲。他的母亲并不是帝国的王后，而是在王后过世之后父王娶进来的王妃。母亲虽然没有得到王后的头衔，却和父亲很相爱，她自己也不是很介意身份的问题，只希望能够好好将顾轩抚养长大。

可是好景不长，在他才十几岁的时候，帝国里忽然掀起了一股反对混血恐龙的势头，各种科学家站出来发表声明，声称混血恐龙的寿命不如纯种恐龙的长，且战斗力和免疫力也大大地低于平均水平，留在世界上只是有百害而无一利，还要浪费社会资源。于是有很多纯种剑龙站了出来，声称要把被混血龙夺去的工作机会抢回来。

而他顾轩……也是一只混血恐龙。他的母亲并不是剑龙，而是一只翼龙。他本以为父王一直对自己如此爱护，肯定不会像那些无聊人士一样在乎自己的血统，可是没过多久，他便发现了周围人的变化。

父王虽然依旧对他很好，却总是会时不时地叹气，又或者用一种深沉而遗憾的眼神看着他，仿佛在说：孩子，如果你不是混血龙该有多好。

而母亲也从之前的温婉乐观渐渐变得多愁善感起来，她每日每夜提心吊胆，生怕有人在父王面前提起顾轩的血统，晚上睡觉的时候还会偷偷流泪……

这些顾轩都能理解，他不怪他们，他知道父母只是因为爱自己才担心，如今他们变成这样，他心底虽然有些难受，但更多的却是感动。

感动他们没有在这种时候抛弃或者诋毁自己。

而他唯一不能原谅、不能理解的人，便是自己同父异母的哥哥，顾曦。

顾曦是已逝的王后生的孩子，血统纯正，各方面其实也很优秀，可是不知道为什么，从顾轩能记事起，他就觉得这个哥哥对自己的态度不太友好。

顾曦抢走自己的玩具，或者在父王面前编造自己的坏话，顾轩都不介意，他想，可能是因为自己抢走了父亲太多的注意力，所以哥哥心里不好受吧。没关系，如果是因为这样的话，那么自己可以多多包容他，那毕竟是自己的亲哥哥啊。

但顾曦却并不这么认为，帝国里反对混血恐龙的流言传开后没多久，父王就病倒了，病得很严重，根本没办法处理事务。这个时候大臣们站出来，有很大一部分支持顾曦出来代为主持大局，只有很少几个人支持顾轩。

而顾轩其实根本不介意，他的志向并不远大，他最爱做的事情是钓鱼，只想以后能够脱离皇宫，在海边开个钓鱼场，安安稳稳地过完没有尔虞我诈的一生。

可是顾曦偏偏不如他的愿！他不仅不让顾轩好过，竟然还趁父王病重，将母亲以"血统不纯正"的借口抓了起来！顾轩想要反抗，想要把母亲救出来，却被母亲含泪劝阻了："孩子，你不能这么做，快回去，这一切都是我的错，和你没关系，你好好地向哥哥求情，他不会伤害你的。"

当时的顾轩隔着铁栏杆对母亲大吼："不！他不会！母亲，到现在你还不明白一切是怎么回事吗？顾曦为了继承父亲的王位，故意在外界散播混血的谣言，是他把我们母子害到如此地步，你以为我向他求情，他就能让我们母子活着离开皇宫吗？我要带你逃走！"

他一边说着，一边试图打开牢门的大锁，可是没过几秒钟，顾曦的亲信队伍便赶了过来，用针头向他注射了抑制变身的药物，尽管他拼尽全力反抗，但还是很快就被抓住了。

然后他看着自己的哥哥缓慢地走了进来，优雅地踱步到他面前，摇头叹气："啧啧……弟弟，你这么说就不对了，混血恐龙寿命短暂、性格易怒、不受控制，这本来就是事实，怎么会是我散播的谣言呢？如果这些是假的，那你现在这般癫狂暴躁的样子，又该怎么解释？唉，父王现如今重病不起，若是看到你这般模样，不知道会有多伤心呢。"

"你闭嘴！你没资格提父王！他身体那么好，为什么忽然就病倒了？是不是你做了手脚，是不是你？！"顾轩愤怒地大吼。

顾曦眼睛一眯，眼底划过一丝杀意："本来还想留你母亲一条命的，她只不过是个没有威慑力的女人……只可惜，谁让你刚刚那么多话呢？"然后他对旁边的几个手下挥了挥手，示意他们打开牢门，将刀架在了母亲的脖子上！

顾轩猛地睁大眼睛："你要干什么？顾曦，你疯了吗？你不能这么做！

如果你一定要杀的话，就杀我吧！我母亲对你没有威胁啊！"

"你以为我不会杀你吗？"顾曦冷笑，"多一个人给你陪葬，你应该开心才对啊！"

然后他转身朝那些举着刀的人挥了挥手，然后……然后便……一片血红……

顾轩不知道他是如何冲出重围离开皇宫的，等他恢复意识的时候，就发现自己蹲在一片无人的丛林中，手中握着母亲临死前塞给他的两颗时空之石，那上面全是血迹，不知道是他的，还是母亲的……

他愣了许久，最终张了张嘴，想要哭，想要呐喊，却在那一刻发现，自己再也无法说出一个字。

何薇不知道自己是带着怎样的神情看完顾轩一点一点敲打在电脑屏幕上的话的。

等她终于能稍稍回过神来时，她却不知道该用什么样的表情去面对顾轩。

她咬了咬嘴唇，抬起头看向旁边的顾轩，对方的脸色倒是很平静，好像丝毫没有被那段痛苦的回忆所影响，可是捏紧甚至暴出青筋的拳头还是显现出了他心底的难过和痛苦。

何薇做了个深呼吸，正想说点积极一些的话开导一下他。谁知她还未张口，他就先一步在键盘上敲下几个字：没关系，别难过。

这……这明明是何薇想安慰他说的话啊！为什么现在反倒变成由顾轩来安慰自己了呢？

何薇顿时觉得很内疚："我……其实我也想对你说……不要……不要太难过，虽然你之前经历了很多不好的事情，但是你要相信，生活是美好的！人生是灿烂的！未来一定是光明的！"

顾轩微微扯了扯嘴角，似乎对何薇这教科书似的劝导感到有些……好笑。

何薇顿时红了脸，但还是坚持不懈地说："你……你不要笑啊，我是很认真地在跟你说这些话。你……你应该不知道，我的养父母在我刚上大学的那一年去世了，当时我也很难过，而且不知道以后该怎么生活下去，可是……可是一想到他们肯定希望我能乐观开心地活下去，我便重新有了坚持的勇气。"

顾轩却微微蹙起眉头，在电脑上打字道：你的养父母？你不是龙神的女儿吗？

何薇点点头："是的，不过我……我是通过北部荒原上的时空缝隙来到恐龙星球的。在那之前，我生活在一个名为地球的星球上，一直由养父母抚养长大。后来到了这里，经过许多机缘巧合，我才和自己的亲生父亲相认。在那之前，我也以为自己以后的人生会很灰暗，可是你看，现在我有了父亲，有了丈夫，还有了这么多可爱的孩子，我相信你也一定能像我这样的，所以……请不要太伤心，好吗？"

他就这么坐在阳光下，那一直冷淡的英俊脸庞，终于染上了一丝丝的温和。看着眼前这个对自己叽叽喳喳说个不停的女孩子，顾轩只觉得那些原本无法透射进自己内心的阳光，如今全部照了进来，将他幽暗而封闭的内心渐渐地照亮了。

他记得那天在海岸边，这个单薄瘦弱的女孩子竟然有勇气直面一群凶神恶煞的剑龙战士，朝着他们大喊："顾轩绝对不可能杀害他的母亲！"

那些剑龙明明一抬脚就能将她踩死，可是她却依旧转过身让他先逃命……

想到这里，顾轩不由得微微勾起了嘴角。其实他早就知道何薇是恐龙帝国的王后——恐龙帝国虽然对他所在的国家一无所知，可是反过来，他们剑龙帝国却在时时刻刻获取着关于中央陆地的消息。因此，当那晚他把一个看起来很瘦弱的女孩子从海里救出来，看见她在岩洞里写下她的名字时，他心底是觉得有些……怀疑和鄙视的。

卓氏皇族是那么强大好战的种族，竟然娶了这样一个弱不禁风的女孩子做王后！他听说过卓飞在还是王子时对何薇疯狂追求的传言，好像整个世界非她不娶了一样。所以顾轩就更不解了，也不知道那个叫卓飞的新任国王究竟看上了她什么。

而现在，顾轩终于明白了卓飞到底喜欢她什么。

大概就是那种……只要她在身边，就会觉得整个世界都明亮起来的……感觉吧？

如果换作顾轩的话，只怕他也会……

但他及时将这个念头从脑海里抹杀掉了，眼前的姑娘就算再美好，都已经是别人的妻子和母亲了，他已然错过了时机。

所以说，现在的他又该怎么去相信何薇刚刚安慰自己的话呢？"一切都会好起来的"？真的是这样吗？那为什么他的母亲惨死在自己的亲哥哥手下，他也被迫流亡在外，而他活到这么大，第一次对一个女孩子产生好感，对方却已经是别人的妻子……

这样扭曲和悲惨的命运，如何让顾轩相信，他的未来是美好的？

这一天，何薇问了顾轩很多问题，却独独忘记问他……会不会回去复仇。

"检查完毕，国王陛下您可以从测试仪上下来了。"穿着白大褂的医务人员恭敬地对卓飞说道。

"嗯，辛苦了。"卓飞把贴在身上的传感器一个个撕下来，然后穿上白衬衣，从测试仪上跳下去，走过去问道，"我的检测结果怎么样？"

"这个这个……我们还需要分析一下，最快的话，两个小时就能出结果。"医护人员推了推鼻子上的眼镜，尽职尽责地说道。

卓飞点了点头："我明白了，那等结果一出来，你们就立刻通知我。"

"遵命，国王陛下。"

检测做完之后，卓飞并没有给自己丝毫的歇息时间，便接着投入到工作当中去了。

他在书房里听着大臣和将军们一个个向他汇报情况，时而微皱眉头，时而露出满意的笑容，就在不知不觉中，原本悬挂在天空中的太阳已经缓缓地沉了下去。

一天的忙碌工作终于要结束了。

卓飞一边整理桌子上的文件，一边听着站在旁边的程亚伦对自己评价道："陛下，您今天的表现比从前进步了许多。"

卓飞点点头："有你们辅佐我，我自然是事半功倍……不过，现在这个点，你应该已经下班了吧？为什么还没走？"

程亚伦有些罕见地怔了怔，才转头看向门外的夕阳："家里没什么人，还不如在这里工作。"

卓飞自然知道他这些年一直都是孤家寡人的，从前他们还在上大学时，程亚伦有一段时间似乎对何薇很好，可是最后何薇却跟自己在一起了……想到这里，卓飞不由得叹了口气，上前去拍了拍好哥们的肩膀："你再这样下去，绝对会因为过度工作而搞垮身体的！要不我放你一个月的假，你出去散散心？"

程亚伦笑了："陛下，您出去散心，有王后殿下陪着，自然觉得开心，我一个人出去散心……只怕是越散心越伤心吧？"

"那……不然我给你介绍个对象？"卓飞搓了搓手，自从当上国王之后，他每天除了工作，还多了一项新爱好，那就是给下属们介绍对象牵红线，俨然有帝国第一媒人的风范。

程亚伦听完立刻往后退了三步："不必了。上次您硬是要把佐罗将军家的女儿介绍给护卫队第四分队的队长，对方差点上吊自杀。陛下，佐罗家的女儿身高两米零九，您偏偏要把一米七的队长和她配在一起……别人不知道的，还以为你和那位队长有仇呢……"

"咯咯！"卓飞有些不好意思地摸了一下鼻子，"我那时没打探清楚情况，有些着急了嘛！这次给你介绍，我肯定会很认真的，你放心！就别拒绝我了，我都已经为你找好对象了！"

程亚伦一抖，顿时又往后退了几步，差点被绊倒："您千万别和我开这个玩笑。"

"谁跟你开玩笑了，我真的帮你找好对象了，那个姑娘年龄和你相仿，也挺有责任心的——"

卓飞的话还没说完，一个女声就凭空插进来打断了他的话："卓飞陛下！护卫队第三分队队长云莉求见！"

哎？怎么说曹操曹操就到啊？

卓飞顿时觉得这两个人肯定有缘，但还是先按捺住了激动不已的情绪，说道："请进。"

扎着马尾辫的干练女子推门而入，对卓飞敬了个礼："陛下！"

"怎么了？有什么事吗？"卓飞问道。

云莉说道："是这样的，皇家护卫队马上就到一年一度招募新队员的日子了，陛下，您看具体定在哪天比较好？还有就是这回的招募规格，要不要有所扩大或者是缩小？"

"哦，这个事情不着急。"卓飞从椅子上站起来，朝她走过去，正想趁此机会介绍她和程亚伦两人认识，但他还没来得及把话说出口，她就忽然上前走了一步，说道："陛下，您的衬衫扣子扣错了。"

"嗯？"卓飞刚刚低下头想去看，面前的云莉就已经伸出手，将卓飞衬衫上面那颗扣错的扣子解开，然后按照正确的顺序重新扣好了。

迟钝的卓飞还没觉得这有什么，但一旁的程亚伦却微微蹙起了眉头，这个女子的动作……也未免太不合礼数了吧？

但他还没来得及提醒对方，门外就传来何薇那有些疑惑的声音："卓飞？你……你在干什么？"

完成了和顾轩的交流，何薇心底对他的遭遇感到怜悯和可惜，因此情绪一直不太好，这种时候，能够安慰她的人似乎只有卓飞了。于是她带着求安慰的心情跑来找他，顺便也想和他一起回寝殿，和孩子们一起吃饭。

可是，她才走到卓飞的书房门口，就看见那个叫云莉的女孩状似亲昵地伸出手帮卓飞整理衬衫。

她的脚步顿了一下，心头涌出一股说不清道不明，但是很异样的情绪，于是身体比大脑里的思绪先一步行动，等她反应过来的时候，自己已经站在书房门口，用不解的口吻问出了那个疑问。

房间里的卓飞听到何薇的声音，脸上顿时露出了灿烂无比的笑容，快步掠过云莉朝她走去，大喊一声："老婆！"

这声音里的喜悦和想念，哪怕是傻子都听得出来。

于是何薇心底的异样情绪稍稍减轻了一些，再一转头，发现程亚伦也站在书房里，她顿时觉得自己刚刚肯定是想多了！

"老婆，你怎么来了？是不是想我了？"若不是不久前程亚伦才叮嘱过自己要注意国王的礼仪规范，卓飞现在肯定已经激动地把面前的何薇一把抱起来了。

何薇被他这雀跃的样子逗笑了，点了点头："是啊，我看你也应该忙完了，过来叫你回家吃饭。"

"好好好，那咱们现在就回去吧！"说着，卓飞便牵住何薇的手，转身要朝外走。

"哎，等等！"何薇赶忙拉住了他，扭头看向程亚伦和云莉，"他们呢？你把事情都处理完了吗？"

卓飞现在只想着老婆孩子热炕头，哪还顾得上程亚伦的终身大事，便摇了摇头："那些事情不着急，明天再处理。走吧，老婆，我好饿啊！你做晚饭给我吃好不好啊？"

何薇只好被这只急躁的霸王龙拉走了。

"老爸！老妈！"一回到寝殿，何薇和卓飞就被三个孩子团团围住了，"你们回来了，快点开饭！"

"老妈，我要吃你炒的鱼香肉丝！"

"还有红烧茄子！"

何薇认命地系上围裙，敲了敲女儿小粉的脑门："好好好，去那边先等着，我现在就去给你们做饭。"

本来做饭这件事根本用不着身为王后的何薇来做，可是她却不愿意把这件事假手于人。每天看着孩子和丈夫开心地吃着自己做的饭菜，何薇便觉得很有成就感。

因此，虽然现在的她比从前忙碌了许多，但还是坚持一有空就给他们做饭。

她正在厨房里切着菜，就感觉有人走过来从背后抱住了她，那熟悉的气息和力量，她不用回头，就知道一定是卓飞。

于是，她坏坏地笑了一下，拿起一块切开的洋葱故意凑到他面前晃了晃。卓飞最受不了这个，顿时眼眶一红，鼻涕眼泪一起跟着流了下来，他惨叫一声："啊！老婆你怎么能这样？"

何薇放下洋葱，转过身看着他一副惨兮兮的样子，顿时捂着肚子大笑起来："哈哈哈，你的样子……真的……真的好搞笑哦！"

要是被子民们看见卓飞这副凄惨的模样，还不知道他们该有多震惊呢！

卓飞一边用手擦着眼泪，一边用埋怨的小眼神瞪她。何薇盯着他笑了一会儿，又有些心疼了，赶忙拿纸巾替他擦着眼睛："对不起哦……我一时没忍住就……噗……对不起啦，你不要生我的气哦。"

卓飞一边吸鼻子一边说："你让我亲一下我就不生气。"

何薇在他脸上亲了一口，怕他得寸进尺，赶忙转过身去："我还要切菜呢，你先出去等着吧。"

"不要，我要帮你。"卓飞一边说着，一边从旁边拿起一把大菜刀，挤在何薇身边，学着她的样子，有模有样地切起菜来。

何薇很享受两个人在一起的时光，因此即使他切菜切得很难看，她也只是抿着嘴笑，由着他去了。

可是过了没多久，刚刚在书房看见的那一幕便再一次浮现在她的眼前。

她……她还是想问清楚，刚刚云莉为什么会帮他整理衬衫……

尽管已经努力克制，让自己不要乱想，但何薇最终还是没能战胜自己的好奇心，开了口："你——"

"那个——"

却没想到卓飞也在这一刻开了口。

何薇轻笑一声，难道真的是心有灵犀吗？便说："你先说吧。"

两个人都是夫妻了，没什么好客气的，卓飞便点了点头，努力地组织着语言："那个……你今天……和顾轩……聊得怎么样啊？"

"哦……他人挺好的，把他们那边的一些大体信息都告诉我了，我记录在电脑上，已经交给指挥部了。"何薇如实说道。一想到顾轩，她又不由得有些同情他，便忍不住把他的悲惨遭遇告诉了卓飞。

卓飞听完之后叹气道："想不到……竟然会是这样……"

"是啊！"何薇点了点头，"他……他实在是太不容易了！不过他

确实很聪明，今天早上他只用了十几分钟就画出一张大体的世界地图来，都把我吓到了。"

卓飞的手一顿，啪的一声把刀下的辣椒斩成两段："老婆……你……你觉得他很聪明？"

何薇点了点头："是啊，我真希望咱们的孩子长大以后能像他那么聪明，要是比他还聪明就更好了。"

"一定会的！"卓飞忽然扬起菜刀大吼一声，"我和我老婆的孩子，怎么可能没有他聪明呢？"

何薇赶忙把他手里的菜刀压下去："小心点啦……万一伤到自己怎么办？"

"哦。"卓飞沉思了几秒，这才转头巴巴地看向何薇，"那……老婆，你觉得……在你心里……是顾轩比较聪明，还是我比较聪明啊？"

何薇用手擦了擦他下巴上的辣椒籽，真心地说道："当然是你啦。"

虽然顾轩真的很有才能，可是她的心，却早早地就被另一个人占据了啊。

卓飞闻言立刻露出灿烂的笑容，伸出手在何薇的脑袋上揉了半天："哈哈哈，这才乖！对了，你刚刚有什么要对我说的？"

何薇顿时想起了自己的心结，便试探性地开口问道："那个……今天云莉在书房里捏着你的衬衫做什么啊？"

"她？"卓飞挠了挠自己的脑袋，"她说我衣服的扣子扣错了，可能是我今天……没……没什么。"

"嗯？什么没什么？"何薇没听明白。

卓飞摇了摇头，伸手指了指旁边的锅："哎，老婆，油好像已经冒烟了，你是不是该把菜放进去了？"

"啊！你为什么不早点提醒我？"何薇手忙脚乱地把葱姜蒜扔进锅里，然后又去拿菜，一时之间忙得焦头烂额，也就忘记之前的纽扣事件了。

而卓飞看着她炒菜时那忙碌的样子，只觉得满心满眼里都是幸福。可是有时候她太忙了，他又会觉得心疼。

他不想让她过于担心，因此并没有把今天做了检查的事告诉她。虽然之前他怀疑自己的情绪是受到了药物的影响，可是现在结果还没出来，一切都没定论，他不想让何薇白担心一场，因此刚刚话说到一半的时候便止住了。

等何薇做好了菜，三个孩子早就坐在饭桌前嗷嗷地喊叫着肚子饿了，不过小家伙们却没有急着吃饭，而是先给何薇和卓飞夹了许多菜。儿子橙子看见老爸红红的眼眶，顿时撇了撇嘴，对何薇摇头："老妈，你又用洋葱欺负老爸了是不是？"

何薇朝他吐了吐舌头："难道你不觉得你老爸眼眶红红的样子像只可爱的小兔子？"

"像是像啦……"橙子评价道，"但是老爸怎么说也是霸王龙啊，你这么做，让他的面子往哪儿搁？"

"哈哈哈……"何薇笑得停不下来，伸手捏了一把他的脸，"那以后老妈不拿洋葱欺负他啦。"

卓飞这个时候把脑袋凑了过来，大义凛然地说道："没事，老婆我不怕！"

饭桌上顿时一片欢声笑语，何薇也很开心，可是……可是脑海中却依旧会时不时地跳出云莉在书房的那幅画面……

这个状况直到晚上歇息前依旧没有好转。

何薇咬着手指头，靠在枕头上，而旁边的卓飞已经睡着了。她努力告诉自己不要再乱想了，但越这么告诉自己，心里想到的事情就越糟糕。

就在她感觉自己今晚可能会失眠的时候，寝殿外忽然传来了"咚咚咚"的敲门声。

卓飞一向警觉，立刻便从睡梦中醒来，将何薇抱进怀里，这才抬头问："什么人？"

"陛下，抱歉，我是云莉。"门外传来了云莉的声音，"我……有件事得告诉您。"

卓飞眉头一动，便明白了——肯定是他的身体检查结果出来了！他立刻爬了起来，穿好衣服，回头亲了亲何薇的面颊："我出去一趟，一会儿就回来，你先休息吧。"

何薇惶然地点了点头，眼睁睁地看着他离去，刚刚脑子里那些可怕的幻想似乎都成了现实。她知道自己应该信任自己的丈夫，可还是没能忍住偷偷地跟了上去。

"你还好吧？"第二天早晨，顾轩见一旁的何薇久久没有反应，只好在电脑上打下了一行字，然后把屏幕推到她面前，但对方依旧呆呆地盯着某个角落，脸上的神情看起来似乎有些惶然和落寞。

顾轩没办法，只好伸出健壮的手臂，在何薇面前打了个响指"啪"！

"嗯？"听到声音，何薇顿时回过神来，顺着眼前的手扭头看去，这才发现顾轩正坐在旁边，用关切的眼神盯着自己。

"啊……对不起对不起，我们刚刚讲到哪里了？"何薇这才想起来，自己正像昨天那样从顾轩这里获取信息，可是刚刚也不知道怎么的，她竟然走神了……

顾轩摇了摇头，打字道：不着急，你先休息一下吧。这已经是你今早第四次走神了。

何薇有些愧疚："对不起……可能……可能是我昨晚没休息好吧……"

唉，何止是没休息好，她昨晚整夜都失眠了啊！卓飞接到云莉的消息离去之后，何薇便也悄悄跟了上去，把耳朵贴在门口听门外的动静，只听云莉道："陛下，您的检测——"

"嘘，噤声。"她的话还未说完就被卓飞急速打断，"不要在这里说，这件事我不想让何薇知道，我们去书房说吧。"卓飞道。

"哦……好的！"云莉怔了一下才回答道，而房间里的何薇听到卓飞这么说，一颗心顿时猛地跳动了一下，他……他到底要和云莉商量什么事情？为什么不能让自己知道？

从前，卓飞无论有什么事，肯定都会告诉自己的啊！

何薇靠在门上，听着两人走远的脚步声，又想起之前在书房云莉伸手帮卓飞整理衬衫扣子的情景，顿时就觉得浑身上下的力气都被抽光了，再也无力动弹。

而卓飞一整晚都没回来，直到天色微亮，才回到寝殿当中。何薇一整夜没有合眼，见他进来赶忙闭上眼睛佯装睡着，而卓飞只休息了一小会儿便又起身去工作了，留下何薇一个人坐在空荡荡的大房间里，心底慌乱又惶然。

她……她到底要不要去问问他，昨天晚上云莉到底告诉了他什么事？他又是为什么不能告诉自己呢？

何薇心里很纠结。如果问出口的话，卓飞会不会觉得自己很不信任他？

但如果不问的话……只怕她就会一直有个心结了……

你又走神了。——顾轩伸手在何薇面前挥了挥，在电脑上打字——到底发生了什么事？可以告诉我吗？或许我可以帮你分忧。

何薇朝顾轩露出善意的笑："谢谢你……不过……这是我个人的事，只怕你帮不上什么忙……"

顾轩在听到"个人"这两个字的时候，神色微微有些失落，但很快就恢复过来：那么今天我给你讲一些我们国家的趣事吧。

"嗯，好啊好啊。"本来，昨天顾轩已经将大部分信息告诉何薇了，今天只是进行一些收尾工作，她也想借此机会让自己放松一点。

于是顾轩在电脑上打出了许多搞笑的人和事情，何薇总算是被逗乐了，脸上露出笑容，再也不像刚刚那样落寞，顾轩的神色也跟着缓和了一些。

就在这个时候，何薇笑着看了看顾轩，却忽然怔住了："咦？顾轩，你……你今天把胡子剃了？"

都快到大中午了，一颗心都系在自家老公身上的何薇这才发现顾轩脸上那些毛毛躁躁的大胡子全都不见了，他的头发似乎也梳理过了！如今的顾轩再也不像当初在树林间见到时那般粗野，反而透露出一股文静的气息……

不过，和他一身强壮的肌肉对比起来，这还是显得有些滑稽啊。

顾轩的脸微微红了一下，轻咳一声，就听到何薇笑道："哇，果然人靠衣装，你这样一收拾，顿时就不像野人，像个王子啦！"

他的脸顿时更红了，在电脑上打字：多谢夸奖。

"哈哈哈，我说的是实话！"何薇笑着站起来，"快中午了，我得去给孩子们做饭了，那咱们下午见？"

他点点头，看着何薇转身离去，眼底划过一丝丝失落——

都已经面对面一个早晨了，她竟然到现在才发现自己特意刮了胡子……

十小时前。

卓飞神情严肃地坐在书房的椅子上，低头看着手中的检测报告，一言不发。

而他面前站着程亚伦、云莉，还有那个给他做检测的医护人员。

半晌，卓飞才开口："所以……在西弗拉群岛旅游的那段时间，我之所以会情绪反常，容易发火，是因为有人在我和何薇居住的房间里释放了一种影响情绪的气体？"

医护人员点头："是的，陛下。好在您和王后殿下在那里居住的时间并不久，气体并未对你们的身体造成什么实质性的损害，但是它确实能够放大您本身的情绪，让您变得不理智。"

难怪……难怪那段时间自己总是动不动就和何薇吵架……

卓飞揉了揉眉心："查出来是谁做的了吗？"

程亚伦回答道："正在查，一有结果臣一定立刻告诉陛下。"

卓飞颔首，又听到医护人员接着说："啊，还有，陛下，之前您跟我说过，王后殿下在被卷入白色漩涡中后就失去了变身功能，在回来之后没多久就又恢复了，在上次帮她处理伤口时我抽取了她的血液样本，发现她血液里有抑制变身的药品成分残留。"

卓飞的眼睛威严地眯起："也是被气体影响所致？"

"这个并不是，因为当时您还是可以顺利变身的，所以我估计，应该是有人在她的饮食当中做了手脚。"

同时对他们两个下手，只怕对方的目的并不简单啊……卓飞撑着下巴沉思：会是南极地冰川的冰龙帝国吗？几年前他们才和那些冰原蛇颈龙打过一仗，自那之后他们便很安分，看起来不像会做这种事啊……

如果不是南极地冰川，那便只有可能是这个新出现的剑龙帝国了。

再结合那个突然诡异地冒出来的二王子，卓飞心底顿时有了七八分的把握，只怕这个剑龙帝国对他们并不存好意。

他抬起头和自己忠心的下属对视了一眼，两人心意相通，心里所猜测的东西也大体相似，因此，他沉声说道："云莉，你们先出去吧，我和程亚伦还有些话要说。"

"是，陛下。"云莉和那个医护人员立刻转身出去了。

书房的门被关上，在确信周围没有人监听之后，卓飞才开口道："这件事先不要让何薇知道。"

程亚伦点头："臣明白。"

"注意留心那个顾轩的动作，我怀疑他是剑龙帝国派过来的先遣队。"卓飞继续说，"不行……他这么天天围绕在何薇身边，我根本放心不下，反正他该告诉我们的信息也都说完了，明天你寻个理由让他离开皇宫。"

"臣明白，遵命。"

将一切都交代完毕之后，卓飞这才叹了口气，看了看墙上的时间，却没想到已经快到天亮了。

他正打算回去再休息一下，然而程亚伦却忽然问道："陛下，臣有一个疑问想问您。"

"尽管问吧。"对待忠实的下属和多年的老友，卓飞一向坦诚。

程亚伦也不绕弯子："今天晚上，为什么是云莉来通知您检测结果出来了？"

这个问题让卓飞怔了一下："嗯？为什么是她？"

"对，云莉是皇家护卫队第三分队的队长，并不隶属于医疗队，她为什么会在半夜来通知您这个消息？"

程亚伦话里的意思其实是暗指云莉为了能够接近卓飞，故意找机会接过了这个通知他的任务，想提醒他警惕云莉的用心，却没想到迟钝的他完全把事情想偏了！只见他忽然哈哈一笑，拍了拍程亚伦的肩膀："哥们儿，早知道你对她有好感，我就把你们两个撮合在一起啦！你是不是替云莉心疼了啊，嫌我大晚上的还要使唤她？不过这个真的不能怪我啊，

我也不知道为什么是她过来通知我。"

程亚伦百口莫辩："陛下，臣对云莉完全没有什么想法，臣是想让您注意——"

"行了行了，我知道哥们儿你在感情这件事上一直很害羞，就不要辩解了，我懂的！"卓飞做出一副他什么都看透了的表情，"放心吧，明天我就找个机会去问问云莉，看她愿不愿意和你相处试试。不过何薇一个人在房间休息我不放心，我就先走了啊！"

"陛下，臣不是——"

程亚伦还未来得及把话说完，卓飞就急匆匆地走了，留下程亚伦一个人在原地苦恼发愁：事情怎么会变成这样？倘若卓飞陛下误会自己喜欢云莉，那自己以后再怎么跟他解释云莉的别有用心，只怕他都不会相信了吧？

第六章

蠢蠢欲动的人

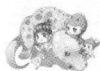

剑龙帝国，皇宫正殿当中，顾曦正靠坐在长椅上，皱着眉头看着手中的文件，就在这时，门外忽然传来护卫的通报："殿下，王亚将军求见。"

"嗯，让他进来吧。"

王亚将军走了进来，顾曦从文件中抬起头来，用那双有些阴冷的眸子看向对方："怎么样，有什么新消息吗？"

王亚将军点了点头，在确认四下无人后，才走近了几步，低声说道："陛下，眼线来报，说二王子……不，是顾轩他已经被恐龙帝国的人邀请进了皇宫。"

顾曦眉头微动，轻哼一声："这么容易就让别国的王子去了皇宫？到底是我那个弟弟真的很聪明，还是……那群霸王龙太蠢了？"

不过，不管是哪一种，现在的结果都很合他的心意啊。

座下的王亚将军见大王子许久不吭声，只好擦了擦冷汗，开口问道："那……殿下，咱们下一步该怎么办？"

"嗯，让我想想啊……"顾曦若有所思地皱眉思考了一阵，嘴角忽然勾出一抹阴冷的笑，"既然我那亲爱的弟弟都去恐龙帝国拜访了，我这个做哥哥的当然是放心不下，要赶过去看看了。"

王亚将军睁大眼睛："您……您的意思是，您要去恐龙帝国？"倘若这样的话，那他们剑龙帝国的存在就完全向世界公开了。

"当然要去。"顾曦说道，"听说那里各项资源都很丰富，风和日丽，四季如春，而我们剑龙却世世代代生活在资源匮乏的西大陆……我怎么能不去看看呢？再说了，你以为我不去，顾轩就不会把剑龙帝国的存在告诉他们？他可是被我发了通缉令的人啊。"

王亚不敢忤逆大王子的意思，只好同意了，过了一会儿又忍不住开口说道："殿下，听说这几天……国王陛下的病情又加重了，医生都说，只怕……只怕他撑不了多久了，您……您要不要趁着还有机会，去看看陛下？"

顾曦的眼底顿时划过一丝冷淡，但脸上却依旧带着那阴沉的笑意：

"去看他？我父亲眼里一直就只有我那个亲爱的弟弟，什么时候有过我？只怕我去了他也不会有多开心吧？"

"可……可是……"

"没有什么可是，王亚将军，你做好自己的本职工作就好了，其他的闲事最好不要多管。"顾曦冷声道。

王亚只好垂下了头，在心底叹了口气：唉，大王子殿下，您一定是误会了，国王陛下他虽然确实比较喜爱二王子，可是他心里对您也是很爱护的啊……现在他重病，您却急着争权夺势，若是让他知道，他该有多伤心呢？

中午，何薇准时回到寝殿给放学回来的孩子们准备午饭。

她正在厨房忙活着，身后就传来了一道脆生生的女声："老妈！"

何薇正在炒菜，回头对她笑了一下："小粉回来了？你哥哥和妹妹呢？"

"都回来啦，正在外面玩呢！老妈，你今天做的什么菜呀，好香！"馋嘴的小粉吸着鼻子凑了上来，在案台前努力地蹦跶着，想要趁机先偷吃一点。

何薇笑着刮了刮女儿的鼻子："馋猫嘴！先出去啦，饭菜马上就好，厨房里油烟太重了。"

"好吧……"小粉闻着香喷喷的气息依依不舍地朝外走，走出几步又问，"老妈，今天中午老爸回不回来吃饭啊？"往常卓飞如果太忙了，不回来也是有可能的。

何薇听她这么说，炒菜的动作顿时就顿住了。小粉看着一动不动的老妈，吓了一大跳，赶忙跑过去抱住她的腿摇晃："老妈，老妈，你怎么了？没事吧？"

"哦！没有没有，我也不知道他今天中午回不回来。"何薇回答道。

"好吧……"小粉这才转身出去了，然而厨房里的何薇却再也没办

法静下心来，她心烦意乱地把锅里的菜炒得乱七八糟，心想，如果他中午不回来的话，会不会……会不会是和那个云莉一起吃饭去了？

这种心慌意乱的感觉直到门外传来卓飞的声音才稍微缓解了一些："老婆，我回来了！"

这种满含家的温馨的呼唤让何薇的心一软，或许只是她想多了呢？或许其实事情并没有她想的那么严重呢？

卓飞开心地冲进厨房里来，帮着何薇把饭菜全都端上桌。何薇看着他欢快地忙活着的背影，不由得想着：罢了，还是先别急着去问昨天晚上到底发生了什么事吧？或许他现在只是不方便告诉自己而已，也许……也许过一段时间，他就会告诉自己了呢？

她实在是不想破坏现在这美好的气氛，也……也稍微有那么一点点缺乏开门见山的勇气。

于是一家几口人依旧其乐融融地聚在饭桌前吃饭，何薇吃饭时有些恍惚，卓飞不由得皱眉揉了揉她的脑袋："喂！吃饭的时候不许走神，快点吃快点吃，多吃点肉！"

说着，他便给何薇的碗里夹满了红烧肉，女儿小粉立刻很不甘心地大喊："老爸！你都不给我夹肉吃！"

卓飞给她夹了一块，然后说："没看你妈最近瘦了吗？你这小不点儿天天在家里吃香的喝辣的，还跟你妈妈抢吃的？"

小粉盯着妈妈看了两眼，好像……好像真的瘦了点啊！她不由得有些心疼，老妈一定是因为照顾他们三个太辛苦了，所以才会瘦的！于是她把碗里的肉放到了何薇碗里："那还是让老妈吃吧！妈妈你快吃呀！"

何薇又感动又心酸，凑过去亲了亲可爱的女儿，这才欣慰地大口吃起饭来。

午饭过后，孩子们都去午休了，何薇听到厨房里有叮叮咚咚的声音，好奇地探头进去一看，这才发现竟然是卓飞正在水池边洗碗！

他似乎觉得穿着衬衫洗碗太麻烦，索性脱掉了衬衫，只穿着一件白背心站在水池边，那健壮的肌肉线条让何薇不由得产生了一种很安心的感觉，她凑上去抱住他："你怎么在洗碗啊？"

虽然做饭是何薇负责，可是洗碗这些后续工作自然是由皇宫中的仆从们处理的啊。

卓飞扭头对她一笑："我就是想体会一下我老婆每天做饭的辛苦，总不能让我只顾着吃饭，其他的什么都不做吧？"

何薇嘴上笑他："笨死了，净做些无聊的事。"可是心底却很温暖很温暖，这么好的卓飞，她怎么舍得放手让给别人呢？她决定了，就算……就算那个云莉真的要来和她抢，她也绝对不会放手的！

"对了……老婆，我有件事要跟你说。"

何薇一怔，顿时竖起耳朵，难道是说昨晚的事？便点了点头："你说吧。"

"那个顾轩……我觉得他一直住在皇宫里不太合适，我可以派人继续保护他，但是……我想把他送到皇宫外去。不管怎么说，他都是别国的王子，若是出了什么事，只怕我们不好跟剑龙帝国的人交代。"卓飞认真地分析道。

何薇其实也是有这个念头的，一方面她同意卓飞的观点，另一方面，她觉得顾轩这种生人勿近的性格，却被天天闷在皇宫里，只怕他自己也觉得很压抑吧？

她总不能让自己的救命恩人受苦吧？

于是何薇点了点头："嗯，我也这么觉得，那我下午跟他说一下吧。"

何薇这么容易就同意了，卓飞顿时松了口气，他……他还担心何薇会舍不得让顾轩离开呢……还好还好，现在看来是自己多想了！

"哎呀，水怎么这么冰？"何薇伸手摸了一下水龙头里流出来的水，不由得惊呼一声，"你怎么不调成热水洗碗啊？"

"啊？热水？"卓飞丈二和尚摸不着头脑，"哪里有热水？"

何薇扑哧一声笑了，伸手指了指水龙头上面的冷热开关，哈哈大笑：

"搞了半天，你连这里有热水都不知道啊？"

被嘲笑了的卓飞顿时有点脸红，为了掩饰自己的尴尬，他一把将何薇抱了起来："再笑我，再笑我我就变成霸王龙把你吃掉！"

"哈哈哈！"何薇还是笑得停不下来。

两人在厨房闹腾了好一会儿才停了下来。洗完碗之后，何薇替他穿好白衬衫，在系扣子的时候，她停顿了一下，抬手揪住他的耳朵："喂，卓飞，你给我记住了，以后只有我，你老婆，才能帮你整理衬衫、帮你系扣子，别的女人都不行，你知不知道？"

"哎哟……"卓飞吃痛地呼了几声，虽然有些不明白，但他一直很听老婆的话，立刻点了点头，"好好好，老婆你松手，疼！"

这还差不多！何薇满意地放开了手，又帮他揉了揉，这才催促着他去上班。

而她则来到了和顾轩会面的花园当中，今天她来得比较早，本以为对方应该还没到的，但是一踏进花园，便看见他已经在小桌子旁等待她了。

"哎，你已经到啦？"何薇笑着走过去。顾轩听到她的声音，顿时嗖的一下站了起来，动作太大，把身后的凳子都给带翻了。

他赶忙俯身将凳子扶起来，有些不好意思地看向何薇，何薇摇了摇头："没事没事，对了，我有件事想跟你说。"

顾轩点了点头，重新坐好，漆黑的双眸专注地盯着她。何薇被他的目光看得有些不自在，轻咳了一声才说："那个，我知道你住在皇宫一直不太自在，所以……我想给你在皇宫附近安排一间住所，你觉得怎么样？你放心，卓飞会派护卫来保护你的！"

她的话刚说完，顾轩就猛地瞪大眼睛，把手中的鼠标给捏碎了。

无辜的鼠标在他的手下发出咔嚓一声脆响，就这么断送了寿命，何薇一怔，赶忙补充道："那个……你千万别误会，我们并不是想要赶你走，你……你救了我的命，我和卓飞都很感激你，实在是，我看你住在这里非常不自在。"

顾轩放开那个无辜的鼠标，快步朝何薇走了几步，微微摇了摇头，似乎在用眼神对她说：我没有不自在！

可是他刚朝何薇走过去几小步，花园旁边就有一队巡逻的护卫队员路过。顾轩立刻绷紧了浑身上下的肌肉，也顾不得向何薇解释了，只是紧张地盯着那些护卫队员们的去向，拳头攥得死紧，尽管知道对方肯定对自己没有威胁，但他还是条件反射地充满了防备。

何薇不由得叹了口气，说道："你看，我没说错吧，连护卫队员的正常巡逻你都会觉得紧张，我觉得再这样下去，对你的恢复不太好，所以才想着让你搬出去住的。在皇宫外面的话，你会少受很多打扰，也……也不太那么容易想起过去不开心的事，不是吗？"

虽然这里并不是剑龙帝国的皇宫，可是看到护卫队员，顾轩心底还是会不受控制地想起从前他在皇宫中生活的日子……

顾轩最终垂下了头，眉头紧紧地蹙着，表情看上去还是有些不甘心。何薇挠了挠头，不解地问："你……还有什么担心的事吗？不管是什么，你都可以告诉我，我一定会在力所能及的范围内帮你解决的。"

她的话刚刚说完，面前那健壮沉默的男人就猛地抬起了头，那双深邃漆黑的双眸紧紧地盯着她，仿佛有什么东西呼之欲出——

我之所以不想离开皇宫，是因为——

但不等顾轩把自己心底的想法表露给何薇，花园一侧就响起了一个男人平淡而略显冷漠的声音："王后殿下所言极是，除此之外，顾轩先生，我个人认为，您还要顾及自己的性别问题，毕竟男女有别，如果您在皇宫里逗留的时间太久，只怕会给何薇王后招来不好的流言。"

何薇顺着这个声音回过头去，就看见程亚伦站在花园的树荫下，飘逸的长发向后高高梳起，身穿着银色的盔甲，远远望去便给人一种金戈铁马，很有震慑力的感觉。

"程亚伦……"她不由得喃喃道。

帝国首席大将军程亚伦向何薇恭敬地行了个礼，这才抬起头平静地看向顾轩："如果顾轩先生您真的为何薇王后着想的话，那么还是尽快离开皇宫比较好，这里人多嘴杂，时间久了，指不定会传出什么样的谣言。"

顾轩捏紧的拳头慢慢地松懈下来，似乎渐渐地认同了他说的话。

他思索了半晌，才在电脑上打出几行字：我同意。我之所以想要留在这里，是因为我在担心我的哥哥。他一向非常有野心、有手段，还请你们注意保护好王后，我担心我哥哥会从她这里找到破绽下手。

他相信顾曦现在肯定已经知晓了何薇就是恐龙帝国王后的事，而如果这个冷血哥哥真的要对付自己，只怕什么手段都使得出来。

程亚伦点了点头："这个自然，请你放心，如果你同意的话，那么下午我会来找你，皇宫外的住处也已经为你安排好了。"

顾轩快速地在键盘上打字，收起了脸上那些纠结的神情，重新恢复到了那个冷酷的形象。他站了起来，最后看了何薇一眼，然后便转身离开，回自己的寝室去了。

待顾轩走了之后，程亚伦才走上前来，对何薇说道："抱歉，殿下，可能我刚刚对他说的话有些过分了。"

何薇摇了摇头："不会不会，我知道你是为了大局着想。不过……顾轩刚刚说他哥哥可能会从我这里下手，是什么意思？难道为了除掉顾轩，那个叫顾曦的大王子会千里迢迢地从剑龙帝国赶到这里来？"

"也不是没有这个可能。为了保证自己继承权的唯一性，顾曦做出什么都不为过。"程亚伦很冷静地分析道。

但何薇却有些不太相信："是吗？可是……可是卓飞他哥哥就和顾曦完全不一样啊，他们也是皇族的两兄弟，但是关系就一直很好，从来没有为了这种事吵过架……"

程亚伦脸上微微染上一丝笑意："这可能是因为环境不同吧，和每个人的性格也有关系。"

何薇点了点头："这么说，其实……卓飞应该算是很幸运的人呢……"

卓飞和顾轩一样，都是一个国家的二王子，他从小就要什么有什么，有爱自己的父母和哥哥，家庭其乐融融，但是顾轩却……

唉，果然人生这种东西，真的非常玄妙啊。

"还请王后殿下注意身体，不要为了这些小事过分伤神。"似乎是察觉到了何薇的感叹之情，程亚伦低声提醒道。

"哦！"何薇点了点头，看向他笑道，"喂，我说，程亚伦，这些年你真的变得越来越……怎么说，越来越老古板了哎！以前上大学的时候，你可比现在有趣多了，现在却只会说一些一板一眼的话，难道你就不觉得闷吗？"

程亚伦低着头，不去看何薇那双亮闪闪的大眼睛，把心底的所有情绪都压在最深处，不泄露出一丝一毫来："回王后殿下的话，身在其职，因此必须要有在这个职位上应该表现出的态度，如果臣让您感到无趣的话，臣向您道歉。"

"哎呀，我不是这个意思啦，我就是……就是跟你开个玩笑嘛。"何薇在心底叹了口气，看着程亚伦现如今古板的样子，她真不知道他究竟是变老了还是变成熟了。

犹记得他们还在上大学的时候，程亚伦可是全校出名的帅哥，一头飘逸顺滑的长发更是所有人注目的焦点。那时候何薇被室友怂恿，想去拔一根他的长头发作为纪念，结果被他发现了。当时，她以为这个冷漠的男生一定会骂自己，谁想到他只是问："请问你在做什么？"

何薇急中生智，信口胡诌："我……我……我最近在写一篇名叫《论头发的颜色与韧度对恐龙战斗力强弱的影响》的论文，看见你的头发，就……就忍不住下手了！真的对不起！"

她本以为以程亚伦的聪明才智，他一定会立刻识破自己的谎言，没想到他只是眨了眨眼，然后亲自割下来一段头发递给她，还用一种鼓励的口吻对她说："加油，我看好你的论文！"

就是从那一刻开始，何薇才知道在程亚伦那冷峻的外表下，隐藏着一颗萌萌的心。

可是……现在呢，好像她再也找不到程亚伦那萌萌的一面了，只剩下古板和严肃。

何薇正在思索着，就听见程亚伦在旁边说："王后殿下，卓飞陛下说如果您有空了，就去书房找他。"

"啊？卓飞要我去找他？好啊好啊！"一听到自家老公的名字，何薇的心情顿时就雀跃起来了，"那我现在就去！"

她带着愉悦的心情来到书房门口，还没进去，就听见房间里传来卓飞那爽朗的大笑："哈哈哈，云莉，我一直觉得你是那种铁血女强人，没想到你竟然也会害羞啊！"

云莉？何薇的脚步顿时就停住了。

半个小时前。

收到国王陛下要面见自己的消息，云莉不由得有些激动，她整理好自己身上的制服，这才带着小鹿乱撞、忐忑不安的心情来到书房门口，站直了身子，大声说道："皇家护卫队第三分队队长云莉前来面见陛下！"

书房里立刻传来卓飞的声音，听起来好像挺高兴的："云莉啊，快点进来快点进来！"

云莉的心情顿时更激动了，推门进去，就看见英俊帅气的国王陛下正坐在桌前，一副君临天下的非凡气度，她不由得回忆起自己第一次见到他时的情景——

那时她才十几岁，还没有进入皇家护卫队任职，她的父亲当时是第三分队的队长。那一年，皇宫要给当时还是二王子的卓飞庆祝生日，父亲受到邀请，很荣幸前去，还顺便带上了云莉。

那是她第一次来到皇宫，皇宫里的辉煌装饰和秀丽风景让她目不暇接。云莉顿时觉得，这世界上不会有比这些风景还要壮丽的东西了。

然后她便发现自己的想法是错误的。

因为她看见了卓飞王子。

当时的他虽然也只有十几岁，却穿着一身挺拔的制服，站在宾客之间，和众人谈笑风生，脸上自始至终都带着自信满满的笑容，一点都没有同龄男生的怯场和不安，好像他天生就有那种和众人打交道的才华一样。

云莉盯着卓飞那帅气英俊的身姿，怎么都挪不开双眼，最后，还是父亲让她回过了神，拉着她走到卓飞面前恭敬地行了个礼："尊敬的二王子殿下，我是第三分队的队长，这位是我的女儿云莉。"

卓飞抿了一口杯子里的香槟，扭头看向云莉，露出一个很友好的笑容，云莉的心顿时咯噔一下。

只听他说："很高兴您能来参加我的生意宴会，对了，我看你女儿好像跟我差不多大？"

"嗯，是的，差不多，云莉只比您小一岁。"父亲介绍道，用眼神示意云莉上前向王子殿下做自我介绍，可是紧张害羞的她却没办法说出一个字，只是脸红地看着他，窘迫得恨不得找个地洞钻进去。

她……她怎么这么没用呢？明明在家的时候，一直是能说会道、口若悬河的呀，为什么现在看见他，就一个字都说不出来了呢？

卓飞倒是一点都不介意："哈哈哈，没关系，第一次见到这种场面她肯定会有点怯场的。云莉，你想好以后要做什么工作了吗？"

云莉先是茫然地摇了下头，继而又用力地点了点头，努力地张开口，但还是说不出话来。

她羞愤得快要背过气去了，她真的不想在卓飞王子面前这么丢人！为什么会变成这样？！

好在这个时候，另外几位客人围了上来，卓飞便转身和其他人聊天去了，而云莉红着脸看着他好看的侧影，在心底暗下决心：陛下，以后……以后我一定要成为皇家护卫队的一员，待在您身边，誓死保护您的安全！

"云莉？云莉？你没事吧？"卓飞的声音将云莉从回忆中唤了回来，她赶忙站直了身子，脸颊微微泛红地说道："回陛下的话，我没事！对不起，我……我刚刚，不小心走神了。"

"哈哈哈，没关系没关系。"卓飞还是像从前那般大度，他单手撑在书桌上，手臂上展现出很好看的肌肉线条来，云莉的脸顿时更红了，只听他问，"对了，那个……你现在有没有男朋友啊？"

云莉一惊，一颗心小鹿乱撞："没……没有。"

"没有啊？那太好了！啊，不是……咯咯，我的意思是，没有的话，你也应该寻思着找一个了吧？如果不介意的话，要不我给你介绍一个？"卓飞搓了搓手，一脸乐呵呵地说道，"你放心，这个人各方面肯定都配得上你，而且其实你也早就见过他了，就是帝国将军程亚伦，你觉得怎么样？"

云莉原本红扑扑的脸几乎在一瞬间就转白了："陛下……您……您刚刚说什么？"

是不是她听错了？一定……一定是她听错了吧！

卓飞却误解了云莉的表情，以为她是听到程亚伦的名字一时之间被吓到了，赶忙笑着解释："你别担心，虽然喜欢程亚伦的姑娘一直很多，但是这小子还真的从来没对什么人动心过，他的人品和性格在咱们恐龙帝国可都是口口相传，绝对有保证的！我是觉得你们两个真的很相配，才想着让你们交往试试的。怎么样，你有这方面的意思吗？还是你需要再考虑一下？"

看来，她没有听错啊！陛下他……真的要给自己介绍男朋友！可是……可是一直以来，她心底喜欢的人，就只有……就只有……

看着云莉低垂着头，双手紧紧地攥成一团，迟钝的卓飞再一次误会了。为了稍微缓解一下她的心情，他赶忙笑着说："哈哈哈，云莉，我一直觉得你是那种铁血女强人，没想到你竟然也会害羞啊！"

"不……陛下……我并不是害羞……"云莉神思慌乱，想要解释，却越说越乱，"程亚伦将军他确实很好，但是……但是我……"

"那你担心什么？他的性格吗？唉，你别看他平常总是一副死人脸，其实他人挺善良的，相处久了你就知道了。我估摸着，这家伙生下来的

时候脸上的笑神经可能就不太好用……"

卓飞正撑着下巴思索着，门外却忽然传来了那个他再熟悉不过的女声："卓飞？"

霸王龙的眼睛顿时亮了起来，嗖地从桌前站了起来，快步走到门口："老婆你来啦！"

何薇点了点头，脸上的神情有点恍惚："你……你们刚刚在聊什么呢，这么开心？"

说起这个，卓飞顿时兴奋起来，凑上前去露出一副求表扬的神情："我刚刚在给程亚伦介绍女朋友啊，哎，老婆你看看，云莉和程亚伦是不是挺相配的？"

何薇眨了眨眼："介……介绍女朋友？你要把这位云莉小姐介绍给程亚伦？"

她一边说着，一边扭头仔细打量云莉的神情，对方明显就是一副脸色惨白、非常受伤的样子啊，看样子根本就对程亚伦没什么意思，卓飞这笨头笨脑的家伙，到底在乱牵什么红线啊？

"是啊是啊，不过云莉好像有点害羞。何薇，我一个大老爷们说这种事她可能接受不了，要不你替我跟她说说？程亚伦人真的挺好的，你看，咱们现在都有三个孩子了，他还是孤家寡人一个，我这个好哥们儿真为他着急啊！"卓飞拉着何薇的手晃来晃去，也不顾及旁边还有人在场，竟然跟她撒起娇来了。

何薇只好叹了口气："好好好，我……我替你跟她说，行了吧？你把我叫过来，就是为了让我替你当媒婆啊？"

"哦，不是不是，我还有一件比这更重要的事——"卓飞很兴奋地说着，可是只说了一半就停住了。

何薇盯着他，等了半天也没等到下文，不由得伸手捏了捏他的脸："什么更重要的事儿啊？你怎么不说了？"

卓飞那亮如星辰的双眸眨了眨，忽然扭头对她露出一口整齐的白牙：

"嘿嘿，没什么没什么，是我记错了，那件事已经解决了。"

"啊？"何薇有点茫然，"解决了？你……你没记错吧？"

"没有没有，真的已经解决了。"卓飞很认真地点点头，从他严肃的表情来看，何薇也分不清这家伙到底是不是在说谎。

他一向记性很好，就算平日工作再忙，一般也不会出现什么记错了的情况，可是今日是怎么了？难道……是因为云莉吗？

何薇又开始怀疑了。

不过既然现在卓飞让她帮云莉和程亚伦说媒……何薇为难地叹口气，要不，她还是先问清楚云莉心里到底是怎么想的吧？

何薇一向不是个畏首畏尾、瞻前顾后的人，既然心里有疑问，她自然是要找云莉问清楚的，不然以后事情发展到不可收拾的局面，那才是真的难以挽回。

因为卓飞还有一大堆工作没处理完，何薇不想打扰他，因此便和云莉一起离开了。两人在皇宫花园中一边散步，一边有一句没一句地聊着。

"这么说……你真的对程亚伦将军一点兴趣都没有？"何薇问道。

云莉点点头："嗯……是的，王后殿下，程亚伦将军确实很优秀，但是……但是我……"

"但是你心里已经有喜欢的人了，是不是？"何薇忽然停住了脚步，一转身挡在了她面前，抬起眼睛直视她。

云莉的脑海里正浮现卓飞陛下那张英俊的脸，一闪神的工夫，何薇王后，卓飞陛下如今的妻子就忽然出现在了自己眼前，还用那种似乎能看透一切的眼神望着自己——

她顿时觉得，自己内心所有的想法，似乎都被何薇王后看穿了、看透了。

于是，云莉愧疚地垂下了头，她也不是一点都不为自己的感情而感到羞愧的，明明……明明知道国王陛下已经有了妻子和孩子，明明知道他现在过得非常幸福美满，可是……可是自己却偏偏抑制不住对他的感情……

云莉正想开口道歉，可是面前的何薇却先她一步说话了："我也有喜欢的人呢，所以我能理解你的感受。喜欢这种事情，不可能是你想让它停止，它就会停止的……有时候我们也是很无奈的。无论你心里喜欢的那个人究竟是谁，只要你认为他值得你喜欢，那么就不要阻止自己的感情。只是……云莉你要明白，有些时候，如果把你的喜欢表现出来，可能会对很多人造成伤害。"

何薇并不担心自己会受伤，她是个成年人，有足够强大的承受能力，可是她的三个孩子还小，她不允许任何人伤害他们，给他们在童年时期留下什么阴影……

"我……我明白的！"云莉很聪明，很快就明白了何薇的话，她的脸红得都快滴出血来了，"对不起，王后殿下，以后我会尽量控制自己的感情的。给你造成了困扰，我真的感到很抱歉！"

她能这么说，态度又这么诚恳，何薇便放心了，笑着摇摇头："没什么的，不早了，我还要给孩子们做饭，就先不和你聊了。"

云莉点点头，看着何薇转身离去，脸上不由得露出了羡慕的神色……如果，如果她是何薇王后，该多好啊……

而今天卓飞专门把何薇叫来，却并不像他说的那样是记错了事情。

事情其实并不复杂，那就是何薇的生日快到了，卓飞从半个月前就开始为这件事做筹划。虽然结婚以来，他每年都会为她庆祝生日，她还总是怪他浪费钱，可是他就是忍不住，想让她在生日那天露出开心的笑容。

但是这一回，他却不知道该买什么生日礼物送给她才好。去年送了全套的首饰，前年送了她一棵珊瑚树……今年要送什么呢？卓飞能够在五分钟内快准狠地处理完一篇急报，但是却绞尽脑汁也想不出今年要送她什么。

他感觉自己实在是江郎才尽，因此才想着干脆直接问何薇今年想要什么好了，可是话说了一半却又觉得不妥——不行，如果直接问她，那

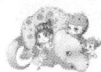

生日礼物就一点也不惊喜了啊！

于是他只好打了个哈哈把这件事瞒了下去。

书房里也没别人，卓飞便把长腿跷到了书桌上，整个人靠在椅子上，姿势看起来休闲又有型。他微微皱着眉，撑着下巴思考该送她什么才好，然而就在这个时候，门外却忽然传来了程亚伦急促的声音："陛下！程亚伦求见！"

程亚伦的声音里有着非常明显的急促和慌乱，卓飞顿时也跟着严肃起来，他把长腿从桌上放下来坐好，说道："请进。"

话音刚落，程亚伦就推门而入，他那一贯平淡的脸上如今竟然染着一丝惊慌，卓飞不由得问："发生了什么事？"

程亚伦稍微平复了一下自己的心绪，这才上前向卓飞行了个礼，说道："外交联系部刚刚收到消息，有一位自称是剑龙帝国大王子的顾曦，向我们恐龙帝国发出了感谢信。信里的内容是感激您和何薇王后收留了他的弟弟顾轩，他想把自己的弟弟接回去，所以要来咱们恐龙帝国访问。"

卓飞顿时眯起了眼睛，湛蓝色的眼睛里闪过一抹冷光："感激我们收留了他弟弟？按顾轩那个家伙的说法，正是因为顾曦的追杀，他才被迫流离失所的。"

既然如此，顾曦现在为什么又表现出一副自己是好哥哥的模样？这两人当中，究竟是哪一方在撒谎？或者说……他们两兄弟合谋编了这么一个悲惨壮烈的皇室故事，是为了引诱卓飞上当？

无论是哪一种，只怕这回顾曦来恐龙帝国的目的都绝对不简单。

"陛下，您怎么看，我们要答应这位大王子的访问吗？"程亚伦公事公办地问道。

卓飞抬手撑着下巴："只怕这回我不想答应都不行。顾轩现在就在皇宫当中，我如果不让顾曦来见自己的弟弟，对方肯定会借机宣扬对咱们不利的言论。"

倘若最后发展成顾曦控诉卓氏皇族把他的弟弟顾轩关押起来作为人

质，只怕就是他可以挑起战争的借口了吧。

程亚伦很快也点了点头，他一向是卓飞的左膀右臂，想法也都和卓飞在一条线上，因此便说："那我去让外交联系部准备接待他的事项。"

"好的，辛苦你了。"卓飞颔首，"对了，他有在信件里说具体什么时候来吗？"

"对方声称如果方便的话，想下个星期就来。"程亚伦说道。

这么着急？还真是来势汹汹啊……卓飞不由得叹了口气："唉……"

"陛下，可有什么臣可以为您分忧的地方吗？"程亚伦听见卓飞叹气，便开口问道。

卓飞只是摇了摇头，苦笑了一下："没什么，就是想到……何薇的生日也是在下个星期，我本来是想帮她好好庆祝一下的，这下只怕计划全都要泡汤了。"

"迎接他国王子是国家大事，王后殿下一定能够谅解的，请您不要过于担心。"

卓飞当然知道何薇肯定能谅解他，可是身为她的丈夫，他自然是想给她最好的了。在何薇没有嫁给自己之前，她的生活境况并不是很好，养父母去世之后，她一直靠着自己的力量努力做兼职和打工，这才能够在大学里读书。那个时候，卓飞是很心疼她的，想让她过得更好一点，却总是被倔强的她拒绝。

后来她嫁给了自己，他总算能名正言顺地对她好了，谁知道……今年又出了这种事情。

唉……算了算了，要不明年再帮她好好办一场生日宴会吧？

卓飞只能在心底安慰自己，一抬头发现程亚伦还没离开，不由得问道："还有什么事吗？"

程亚伦点头："是的陛下，之前您吩咐属下搜寻您和何薇王后在西弗拉海岛度假时给你们下毒的人，目前臣已经取得了一些线索。"

他一边说着，一边举起了手里的一张图片，图片看样子应该是从某

个监控录像当中截取下来的，并不是非常清晰，但还是能看出画面里的大体情况。画面里的景象正是西弗拉海岛的度假酒店大厅，何薇和卓飞吃完饭正坐在圆桌旁休息，有一个身穿黑色西装的男子朝着何薇走过来。

卓飞顿时皱起了眉头，这个男的，不就是那天晚上他和何薇宴请众位游客的时候，兴冲冲地跑过来找何薇要签名并且要求合影的男粉丝吗？就是因为他的出现，那天晚上，卓飞和何薇吵了一架之后分头离开，然后……何薇就被海水卷走了……

"你的意思是，影响我情绪的气体还有禁止何薇变身的药物，和这个人有关？"卓飞问道，"但何薇她是龙神的女儿，对各类毒素都应该有很强的抵抗力，为什么这一回却也和我一样中招了？"

"目前我们还没找到证据，但是我估计，这一定是一种新研发出来的强力毒素，王后殿下对此可能并不具有抵抗力。陛下请看，在餐厅的监控录像里，这个男子在接近何薇王后的时候，在她的饭食当中加了一些药粉。"程亚伦说着，又向卓飞展示了饭店的监控录像。

卓飞不由得捏紧了拳头："他人呢？抓到了没有？！"

一想到就是这家伙导致何薇没办法变身，被卷到了另一片陌生大陆上，受了那么多苦，卓飞就忍不住想要变成霸王龙，咬断他的脖子！

"抱歉，陛下，我们正在努力搜寻，目前还没有找到……但是臣等一定不会让您失望的。"程亚伦说道。

虽然卓飞满腔愤怒，但他的理智仍在，他点了点头："嗯，我相信你和你下属的能力……另外，这件事目前先不要让何薇知道，我怕她担心。"

"臣明白。"

"那我就不送你了，孩子们马上就要下课回家了，我得去给他们做晚饭。"恐龙帝国的皇宫门口，何薇带着友好的微笑，对即将离去的顾轩说道，"啊，还有，给你的手机要拿好，如果有什么事，就联系通讯

录里面的程亚伦，他人很可靠的，你可以相信他。"

顾轩点了点头，认真地盯着何薇的脸看了片刻，这才转身朝外走。

"那个……等一等！"何薇又忽然叫住了他，神色看上去有点不好意思，"我……我能再问你一个问题吗？和你们剑龙帝国无关的、私人的问题？"

黑发黑眸的男人转过头来，看向她的眼神很温和，没有一丝一毫的防备和凌厉，他轻轻地点了点头。

于是何薇挠了挠头，略带忐忑地问："那个……我指的是，你对不认识的人，一向都很防备，这个我能理解……但是……那天我从海面上浮出来的时候，你为什么会救我呢？当时的我对于你来说，也只是个陌生人吧？你难道……就不怕我是别人派过来的，会对你不利吗？"

这么简单的一个问题却让聪敏机智、能够在十几分钟内绘制世界地图的顾轩愣住了。

是啊……为什么呢……

明明当时，他刚刚逃过了三个剑龙战士的追杀，身上还带着伤，所剩的食物也不多了，这种情况下连自保都很难做到，可是……当他看见被海浪冲上岸来的、那个穿着白色连衣裙的小小身影时，他还是莫名其妙地走了过去，将她救了起来。

然后他还把自己所剩不多的食物分给她吃，任她接近自己，也没有抽出短刀来防卫……

究竟是为什么呢？

母亲生前曾经对他说过，这世界上存在着一种很奇特的感情，叫作一见钟情，当时她和父王就是这么相识、相知，最后深深相爱的。

顾轩当时年纪还小，对一见钟情这个词并不是很理解，便趴在母亲的膝头，让她给自己详细讲一讲，于是母亲便带着幸福的表情说："一见钟情啊，就是你从看到她的第一眼起，就想要保护她，关心她，把所有好的东西都给她，让她开心，不受到任何的伤害。"

当时的顾轩只觉得这什么一见钟情实在是太没有逻辑性了，他怎么会对一个只见了一次的女孩子产生这么深切的感情呢？两个人之间根本就不了解啊。

年少轻狂、满是雄心壮志的小男子汉觉得，这一定是多愁善感的母亲自己编造出来的东西。

顾轩无论学什么都能得第一名，做什么都能做到最好，连父王都夸奖他是天才，他自己也觉得，他绝对不会有出错的一天……可是他错了。

那晚的海滩上遍布着他伤口流出的血迹，冷冽的月光让他整个人心如死灰，可是那个白色的身影却忽然出现在自己的世界里，重新带给他一丝生机。

原来，一见钟情这种东西真的存在啊。

而现在，顾轩站在皇宫的门口，看着那个女孩子正带着好奇的眼光盯着自己，等他给她一个答复，他满腔的感情顿时就化作了汹涌澎湃的潮水，好像马上就要迸发出来似的。

但是他知道自己没那个资格，几分钟前，她还笑眯眯地对自己说，一会儿要去给她的孩子做晚饭。

于是顾轩缓缓地露出一丝笑容，努力地压抑住心底的悲伤，在地上慢慢写道：因为你实在是太弱小了，根本对我构不成任何威胁。

"什……什么啊？"何薇又好笑又好气，等了半天，就等到这么一个欠揍的答案吗？她没好气地瞪了他一眼："你才弱小呢，我可是龙神的女儿呢，你这个笨蛋！快走啦，我要回去了。再见！"

说罢，何薇便扬着下巴，带着"龙神女儿"的荣耀，高傲地转身离开了。

直到她的身影消失在宫殿深处，再也看不见了，顾轩才转身朝外走去。

母亲告诉他，这世界上有一见钟情，现在他相信了。可是母亲却忘了告诉他，并不是所有的一见钟情，都会有完美的结果。

这或许就是他的……命运吧。

第七章

剑龙帝国来访

一个星期后，清早，原本应该还沉浸在休息氛围中的恐龙帝国皇宫主殿里，如今却传出一片嘈杂和喧闹的声响。

"老妈，老妈，呜呜呜，快来帮我！"公主的寝殿里传来小白带着哭腔的呼喊，原本正在帮卓飞穿制服的何薇听见了，顿时就抛下了自家老公，转身跑出房门，一边跑还一边叫嚷："啊——小白别着急，妈妈这就来了！"

推开女儿的房门一看，何薇就发现小白正站在穿衣镜前，拽着身上穿了一半的裙子，抽噎个不停，见到老妈进来了，那红通通的大眼睛里顿时聚集起一圈的水汽："呜呜呜，老妈，我的裙子拉链把头发夹住了，好疼，呜呜呜！"

"你别乱动，妈妈来帮你！"何薇赶忙跑过去，抓着她手里的裙子，小心翼翼、一点一点把被卡在拉链里的头发解救出来。

就在这个时候，小粉从隔壁屋子里跑了进来："小白你没事吧？怎么一大早就哭了？哎呀，老妈，她这是怎么了？"

见妹妹哭得那么伤心，小粉不由得也跟着心疼起来，凑上去看清楚发生的状况后，却又不由得有点生气："笨死啦，穿个裙子都能把头发夹住，如果这样的话，你让管家阿姨帮你穿不就好了？"

小白抽抽搭搭地从镜子里看向穿戴整齐的姐姐，难过地噘起了嘴，眼泪不断地往下掉："呜呜呜……老妈昨天说，今天……今天是个大日子，所以……所以小白想学着姐姐的样子，自己穿裙子，呜呜呜，不然总是让老妈帮忙，小白就太没用了。"

何薇心里又欣喜又心酸，赶忙摸了摸她的头："傻女儿，说什么呢，你能这么想我很开心，但是如果做不好，叫妈妈和姐姐来帮你也没什么的。"

"就是嘛！别哭了别哭了，你的眼睛都哭肿了，要是一会儿被那个什么剑龙帝国的大王子看见，给咱们丢脸就不好了。"小粉也上前来，故意板着脸，老成地教育她。

于是小白赶忙用力地擦了擦眼泪，看着镜子里妈妈给自己穿好裙子后的样子，终于有了些自信，嗯，一会儿见到那个大王子，她一定不能丢脸！

收拾好了两个女儿，何薇这才带着她们一起出去，一抬头，就看见身穿金色铠甲的卓飞正站在树荫下，帮自己的儿子整理仪容："剑要握紧，力道不能松懈！"

"是！"橙子立刻站直了身体，像个小战士一样表情严肃。

"一会儿见了那个叫什么顾曦的家伙，一定要表现出咱们卓氏皇族应有的风度和冷酷，吓死他！"

"是！"橙子再次回答道。

看着父子俩这故作严肃的互动，何薇忍不住笑出声来，走过去在他们两父子脑袋上一人拍了一下："干什么呀，人家是来登门拜访的，又不是来打架的，你们怎么把剑都拿上了？"

"嗷……妈妈，我都跟你说了不能打我头啦，都说打头会变笨的！"橙子脸上冷酷的表情顿时就瓦解了，用一种埋怨的目光盯着妈妈。

何薇赶忙俯身抱住他，在他脑袋上亲了一下："好啦好啦，那我亲一下就把你的聪明才智补回来啦。"

橙子这才露出满意的表情，一旁的卓飞见了顿时也把脸凑过来："老婆！你刚刚也打我头了，也亲我一下吧！"

何薇一边笑他，一边把脸凑过去，可是还没亲到呢，旁边就忽然传来了程亚伦的声音："国王陛下、王后殿下，请问你们准备好了吗？"

她顿时红了脸，赶忙把脑袋缩了回来："咯咯……嗯，好了好了，咱们可以走了，不要让那位剑龙帝国的大王子等太久。"

"是。"程亚伦说着便闪身为卓氏一家让出了道路，跟在他们身后，朝着皇宫的大门口走去。

但是不知道为什么，卓飞在和程亚伦擦肩而过的时候，非常不爽地瞪了他一眼。这让程亚伦莫明其妙，却又想不明白，难道他刚刚做错了

什么吗？

　　不过这也只是个小插曲，因为今天是迎接剑龙帝国大王子顾曦来访的重要日子，卓飞很快就把刚刚错过了何薇的早安吻一事暂且放下，脸上带着严肃而友好的神情，以国王应有的礼仪和态度，带着何薇一起来到了皇宫门口。

　　而皇宫之外的街道两侧也聚集了不少前来围观的子民们，不过他们普遍不是来看顾曦的，而是来看卓飞和何薇的。

　　没办法，现在的卓飞不像从前还是王子时那么清闲，可以随时随地跑出皇宫游玩。自从成为国王之后，他几乎就没有休息时间了，因此能够出皇宫的机会也很少，子民们想亲眼看见他和何薇，还真是不太容易。

　　此时此刻，站在街道旁边的女生们手里拿着玫瑰花，用爱慕又崇拜的眼神盯着站在阳光下的卓飞，他身着金色盔甲那气宇轩昂的样子，实在是没有办法让人不沉迷；而男生们则是盯着王后何薇，嘴里喃喃自语："王后殿下好像更漂亮了哎！她好年轻啊！"

　　卓飞的听力很好，听到那些陌生男人这么评价自家老婆，顿时没好气地用鼻子哼了一声，悄悄抓紧了何薇的手。一旁的何薇以为他是紧张了，赶忙低声安慰道："没关系啦，有我在旁边呢。"

　　卓飞扭头看向何薇，见她在阳光下笑得那么美丽，真的差点就忍不住想要扑上去抱着她转几圈，不过就在这时，主街道的尽头忽然传来了一阵阵脚步声。

　　两人立刻扭过头，一齐朝街道尽头看去，远处有一片黑压压的人正朝着皇宫正门的方向走来。虽然看不清那些人的衣着和长相，但即使隔了这么远，众人还是从对方身上感觉到了一股强烈的陌生气息。

　　小王子橙子立刻站直了身板，学着爸爸的样子露出严肃的表情，他一定不能给卓氏皇族丢脸。虽然这些人来势汹汹，但是他可是爸爸和妈妈的儿子，根本没什么好怕的！

　　旁边的小粉一直是个小女强人，脸上没有露出丝毫惧色，但是她的妹妹小白就不由得有点怕了。小粉赶忙抓住她的手，低声说："没事，有姐姐保护你呢。"

脚步声越来越近，越来越近，人们终于能从这些黑压压的人群中看清楚为首那人的样貌。

只见他身穿一身灰色的铠甲，漆黑的长发如瀑布一般垂在身侧，整个人看起来高大挺拔，完全不比卓飞逊色，但是他整个人却散发出了和卓飞完全不一样的气场：阴冷、淡漠、狠戾、绝情……

剑龙帝国的大王子顾曦一步一步朝着卓飞和何薇走来，那冷漠的表情终于在接近他们的时候，微微染上了一丝笑意，可那却是一种阴森森的笑意。那双丹凤眼里透射出一种冷冰冰的光芒，如同利剑一般刺向看着他的人。当剑龙帝国的客人们在皇宫门口站定的时候，周围顿时鸦雀无声，刚刚还在嘈杂的人群顿时全部安静了下来。

虽然这是一次声称友好的拜访，可是人们却在这位大王子身上感觉出了一丝丝的不怀好意。忠心耿耿的子民们顿时开始为国王和王后担忧了，难道说，这个新出现的剑龙帝国的人来到他们的土地上，有什么不可告人的秘密？

只见顾曦伸出了手，勾起嘴角看向卓飞："久仰恐龙帝国国王的大名，我是剑龙帝国大王子顾曦，这一次匆匆拜访，如果有什么得罪的地方，还请您见谅。"

卓飞也露出笑容，神情看起来威严而又不失亲切，整个人看起来比顾曦要有亲和力得多："不会，您能来拜访我们，是我们的荣幸。"

顾曦微微一笑，又将那双阴冷的眸子转向站在卓飞身旁的何薇："想必……这位美丽的女士，就是卓飞国王您的妻子吧？"

何薇也伸出手和他相握："您好，我是卓飞的妻子。"

"果然美貌又端庄。"顾曦下了结论，"难怪……"

难怪，他那个对谁都满是防备的弟弟，会在海边救了她呢！

"嗯？不好意思，你说难怪什么？我刚刚没听清楚。"何薇问道。

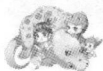

"哦……没什么，是我说错了。"顾曦咽下了后半句话，又盯着何薇看了几眼，在发现旁边的卓飞略显不悦的神情之后，才收回了自己的视线。

自己手下的探子传来的消息果然没错，这位卓飞国王可是非常在乎他的妻子呢……这样最好，这样自己的计划就能更顺利地实行了，不是吗？

于是他露出笑容，彬彬有礼地说道："这一次我来拜访贵国，一方面是想和贵国建立长期稳定的友好关系；另一方面，我很担心我的弟弟，听说他现在在贵国休养，不知道能不能让我见见他？我真的很挂念他。"

话刚说完，旁边的树下就闪现出一个高大强壮的人影来，正是顾轩。顾曦也很快发现了自己的弟弟，脸上还没准备好欣喜若狂的神情，对方却已经准备好了弓箭，猛地朝他射出了一箭！

这突如其来的攻击让所有人都吃了一惊，虽然那一箭明明白白是朝着顾曦射出去的，但卓飞还是反应迅速地将自己的老婆和孩子都挡在了身后，而程亚伦也快速抽出了腰间的长剑，挡在了卓飞和何薇前面。

而另一边，顾曦身后的几个护卫也反应迅速地冲向前，举起长剑，叮的一声将那飞来的利箭给挡了出去。箭掉在了地上，那几个护卫又举起手中的武器，眼看着就要朝不远处的顾轩攻过去。

顾曦猛地眯起眼睛，冷喝一声："你们都给我回来！"

护卫们听闻大王子的吩咐，赶忙停住自己的动作，收起武器回到顾曦身后。护卫们衷心护主，想得并不深入，但顾曦却是明白这个道理的，他今天可是打着"看望弟弟"的名义来的，那么如果一和弟弟见面，就让手下的护卫冲上去打人，只怕这个名义就有问题了。

尽管……先动手的人是顾轩。

这时，何薇也从震惊中回过神来，她虽然完全不相信顾曦的说辞，毕竟自己在剑龙帝国可是亲眼看见过顾曦给顾轩下的通缉令的，但是现在兄弟一见面，顾轩就动手，只怕……只怕这样传出去不太好吧？

她正想提醒一下顾轩收敛身上的怒气，却见他收起了弓箭，稳步朝自己的哥哥走过来，手里还拿着一个本子，上面清清楚楚地写着一行字：哥哥，你应该没忘吧，这可是我们兄弟间经常用来打招呼的方式。我记得小时候，我刚刚从房间里出来，你就这么朝我射了一箭，那箭正巧从我额头边擦过去。

顾曦的眼睛眯了眯，很快就换上了笑容，但是他的性情太过阴冷，因此现在看起来便有些皮笑肉不笑的感觉："哦……对对对，弟弟不说，我都差点忘了，我们小时候经常这么闹着玩的，刚刚让大家紧张了，真是不好意思啊。"

尽管知道顾轩写在本子上的那些话暗含嘲讽，但是顾曦也就只能找这么个台阶下了。

卓飞也没多做计较，因为他现在也还不确定这两兄弟是不是在演戏，因此只是点了点头："剑龙帝国的风俗习惯果然和我们有所不同，让我长见识了，不过一直这么站在皇宫门口也不太好，还请二位随我和何薇一起入宫吧。"

顾曦点点头："这是自然，我一直很想来这片富饶的土地上看看呢。"

周围的随从们虽然没有吭声，但也不免在心底暗暗猜测：为什么感觉这位大王子似乎话里有话呢？他们恐龙帝国确实是物产丰富，可是这又同他有什么关系？再说了，剑龙帝国忽然从世界上冒了出来，以前大家对它根本毫无了解，那为什么这个顾曦却好像很了解恐龙帝国的样子？

"既然是你们兄弟相见的会面，那么我们做主人的，也不好过于打扰你们，二位还请坐在一起吧。"卓飞为顾曦和顾轩在长桌前安排了两个挨在一起的位子，然后带着何薇一起在正前方的主位上落座。

顾曦倒是欣然应允："卓飞国王还真是想得周到，知道我和我弟弟这么久没见，一定甚是想念对方。"

众人言笑晏晏，唯有顾轩脸上没有丝毫重逢的喜悦神色，只是冷冷地坐在桌前，微微垂着头不吭声。他将手放在桌下，因此没人看见此时

此刻，他的手已经紧紧握成了拳状。

然而顾曦似乎还对他这样的反应不太满意似的，又接着说："对了，在这里，我想给大家解释一件事。可能之前各位从我们国家得知了一些消息，说什么我给我弟弟下了通缉令，悬赏捉拿他，这……这些都是我们国家里一些别有用心的人故意散播出去的谣言，我和我弟弟顾轩从小感情就好，他更是我唯一的弟弟，我怎么会让人去捉他呢？更何况……"

顾曦顿了一下，忽然伸出手拍在顾轩的肩膀上，露出一副伤心怜悯的表情："前段时间，弟弟的母亲，同时也是我们剑龙帝国的现任王后刚被人所害，去世了，弟弟尚处在伤心中，我也正为她的去世而感到伤心呢……你说是不是啊，弟弟？我想，你应该没有误会我吧？我可是一直把你看作我最亲最亲的亲人呢……"

坐在前面的何薇清楚地看到顾轩身上的每一根神经都绷得紧紧的，仿佛顾曦再多说一个字，他就会忽然从凳子上跳起来，然后一把掐断顾曦的脖子似的！那双原本漆黑深邃的眸子里如今也染上了一丝血红的光芒，只怕现在，他对这个假仁假义的哥哥的愤恨已经到了极点，马上就要抑制不住了！

但顾曦大权在握，现在就和他撕破脸皮绝对不是明智的做法，何薇赶忙张口说道："顾轩是个很善良的人，如果真的如你所说，一切都是误会的话，他肯定不会怪你的……哦，其实菜已经上桌很久了，顾曦先生不要只顾着和弟弟说话，先尝尝饭菜怎么样？"

顾曦闻言，终于收回了放在顾轩肩膀上的手，转而用那双阴冷的眸子看向不远处的何薇，缓缓地露出一丝凉凉的笑容，笑道："那当然了，好不容易来一趟贵国，我定然是要好好尝尝你们这里的饭菜。"

说罢，他便拿起餐具，大方得体地尝了尝桌子上的饭菜，顿时露出惊讶而赞叹的表情来，说道："这饭菜果然不错，我在想……是不是何薇女士您亲自做的呢？"

何薇猜不透他话里的意思，便顺着他的意思说："抱歉，为了表示

对你的尊重，这些菜全都是卓飞请国内的名厨做的，不过我个人是会做饭的，谢谢你的夸奖了。"

顾曦点了点头："原来如此，那还真是有些可惜。王后您似乎很有才能，什么都会，我刚刚还以为自己有幸能吃到您做的饭菜呢……不过也没关系，虽然我没这个福气，但我弟弟有啊。"

何薇心中顿时警铃大作，只觉得他接下来说出的话一定不怀好意，但是要阻止已经来不及，只听他接着说道："我听说……您当时和我弟弟一起在我们西大陆的海岸边生活了很多天呢，那些天里，你们两个朝夕相处，想必……你没少给他做好吃的吧？"

原来他是在打这个主意！这家伙竟然想在这么多人面前离间她和卓飞的感情！何薇就算脾气再好，现在也忍不住有点生气了，这家伙怎么说也是一个国家的王子，怎么说话就这么难听呢？当时在海岸边和顾轩一同流亡，也不是她能决定的事情啊！

她不由得捏紧了手中的餐具，然而就在这时，坐在旁边的卓飞却忽然伸出手，将她的左手用力握住，似乎在暗暗给她力量。只见他抬头对顾曦很大气地一笑，整个人看起来很有王者风范："是啊，说起来，你还要感激我家何薇呢，要不是她的帮助，想必现在，你有可能见不到你的弟弟了。"

顾曦依旧面带微笑："卓飞国王说得对，我确实应该感激您的夫人。"

一个是风度翩翩、毫不计较的国王，一个是阴冷淡漠、牙尖嘴利的王子，两人的高下立判，周围其他陪同的客人们顿时在心底为自家的国王陛下拍手叫好。

"好了，你也别光顾着说话了，快吃吧，饭菜都凉了。"说完那番话，卓飞便给何薇夹了好多菜塞进她碗里，然后揉了揉她的头，温柔地催促道，"快吃快吃！"

何薇顿时红了脸，好想说"讨厌啦，不要在这种正式场合摸我的头啊！"，但是心底却忍不住又温暖又甜蜜，于是便低下头乖乖吃饭了。

自始至终，卓飞都一直紧紧握着她的手，没有放开过，就仿佛他对她的信任，也一直没消失过一样。

宴会结束后，因为时间已晚，卓飞安排两位外来的王子暂且住在皇宫中，又通知了程亚伦记得时刻留意他们的动向，这才匆匆忙忙赶回寝殿里去。

一推开门，卓飞就看见何薇正靠在床边，给趴在床上的三个孩子讲睡前故事。

也不知道她讲了多久，反正，三个孩子仍旧神采奕奕地撑着下巴听着，但是她自己却开始犯困了，时不时地像小鸡啄米般点点头，卓飞心疼地走过去，把三个小家伙往外赶："去去去，都回你们自己屋里睡觉去，你们老妈今天累了一天，还让她给你们讲故事，太过分了啊！"

三个小家伙虽然不太情愿，但是看着何薇好像真的很困了，便轮流在她的脸颊上亲了一口，然后走出去了，小白还很好心地替爸爸关上了门。

"嗯……卓飞？你回来啦……"何薇已经困到不行了，迷迷瞪瞪地说着，栽倒在床上，眼看着就要睡着了。他看了看墙上的钟表，马上就到十二点了，虽然现在他很想给她那个惊喜，但是……

唉，算了算了，还是等明早再把礼物给她吧。

何薇在清晨暖暖的阳光的照耀下慢慢地睁开了眼睛，阳光投射在她的脸上，原本已经让她觉得很耀眼了，但是眼前却明晃晃地躺着一个看起来比阳光还要耀眼的人。

是她的卓飞。

只见这个一身肌肉的帅气男人正靠在枕头上，侧身支撑着身子，咧开嘴露出一口白牙对着她傻乎乎地笑。何薇也不由得被他的笑容感染了，瞪了他一眼，说道："怎么一大早就傻笑？有什么好开心的呀？"

然后就看见卓飞从背后拿出一条项链来，递到何薇面前，用略有些忐忑的语气说道："老婆，生日……喀喀，生日快乐。"

何薇一怔，眨了眨眼睛，过了好一会儿才反应过来——原来……原来今天是自己的生日啊！她都忘记了！

何薇反应过来后，心底顿时就涌上一丝丝暖流，将她的整颗心都温暖了起来。她接过那条项链，一时之间感动得竟有些说不出话来，只能低头打量着手中的项链。它并不像卓飞从前送给自己的那些项链一样，是由宝石制造而成，而是用类似于骨头一样的东西串起来的，做工也有点粗糙，摸上去还有点扎手，何薇不由得好奇地问："这是……用什么做的？"

"嘿嘿，你猜猜？"卓飞很兴奋地凑上来说。

何薇想了想："是骨头吗？"顿了一下，心底又涌出了另外一个猜测，她不由得微微睁大了眼睛，"难道是你亲手做的？"

"我的老婆果然聪明！"卓飞很自豪地在何薇的脸上亲了一下，说，"这是我用自己小时候的牙齿做的！怎么样？是不是很霸气？这可是霸王龙的牙齿啊！戴在脖子上绝对没人敢欺负你的！他们一看到这些锋利的牙齿，就能想到你家老公有多么厉害！"

何薇拿着项链的手抖了一下，眼神晃动，顿时就感觉手中这份礼物变得沉重了不少，然而卓飞却似乎误会了她的表情变化，以为她不喜欢这条项链，整个人顿时紧张起来，小心翼翼地凑上去问："何薇，你……你是不是不喜欢？"

见她还是呆呆地盯着那条项链发愣，卓飞心底虽然隐约有一丝失落，但是一想到因为生日礼物不满意而难过，他就顾不得自己的失落了，赶忙试图把那条项链拿回来："没关系没关系，你不喜欢的话，我给你买别的——"

话还没说完，刚刚还在发呆的女子就已经猛地扑进了他的怀里，将他抱得紧紧的，用略显哽咽的声音说道："我喜欢，我很喜欢……卓飞，谢谢你。"

比起之前生日时他送她的那些珠宝和首饰，这条他自己亲手做的项链更让她感动。因为她知道在恐龙帝国，孩子在幼儿时期会把自己换下来的乳牙保存下来，这是一种希望自己能够长寿健康的象征，因此一般不会轻易拿出来给别人看，因为那意味着会把自己的健康和好运转送给别人，而做成项链送给别人就更不可能了。

所以……现在卓飞肯把自己的牙齿送给她，不就是意味着，他希望能把自己的运气和健康全部传递给自己吗？

她不由得感动地将他抱得更紧了些。

可是这种时刻，卓飞就没想那么多了，他只是松了口气，拍了拍何薇的肩膀："你喜欢就好……呼，死女人，你刚刚不吭声，我还以为你不喜欢，简直要吓死我了！要知道我为了做这条项链花了十几天呢！"

何薇赶忙重复道："我喜欢的，我真的很喜欢……谢谢你。"她从他怀里抬起头，用略带水汽的眼睛看向英俊帅气的他，"如果可以，我也想把我的牙齿做成项链送给你——"

"不行！"暴躁的霸王龙顿时瞪大了眼睛，"你不要拿出来，一定要自己收好！千万不可以让别人看到了知不知道？那可是你的健康和幸福呢！"

看着他这紧张的样子，何薇不由得扑哧笑了出来，抓住他的手捏了捏："好啦好啦，我知道啦。"

她心底却不由得更感动了，他愿意冒着牺牲自己健康的风险，却不愿意让她的人生出现一点点的危机……尽管关于牙齿的这些信仰都只是一些无稽之谈而已，但何薇还是很感动。

"那你帮我把项链戴上好不好？"何薇笑眯眯地说。

卓飞立刻点了点头，坐起身来，带着很严肃的表情将项链挂在了何薇纤细的脖子上，又有些不放心地道："会不会有些粗糙？之前打磨牙齿的时候时间有点来不及了，所以有些地方还是有点扎手的……"

"不会啊，我觉得戴着很舒服。"何薇情不自禁地凑上去抱住他亲了一口，然而就在这个时候，房间的大门忽然被人推开了，她的三个孩子齐齐出现在门外，手里举着一个蛋糕，大喊："老妈生日快——啊！"

三个小家伙在看到老妈和老爸相拥在一起的样子后，顿时惊叫一声，小粉用很老成的语气教训道："喀喀，太阳公公都起床了，你们两个大白天的，就不要这么卿卿我我的了好不好啊？"

"对……不可以亲亲也不可以抱抱，小白不要再有弟弟或者妹妹了，妈妈现在养我们三个就已经很辛苦了！"小白认真地说道。

被孩子们这么一说，何薇的脸顿时红得像番茄一样，她赶忙推开卓飞，穿好外套走到房门口，接过橙子手里端着的蛋糕，很感动地摸了摸孩子的脑袋。见那个蛋糕看起来有些歪歪扭扭的，并不像皇宫厨师做出来的，何薇心头一动，不由得问道："这是……你们自己做的吗？"

小粉立刻点了点头："是啊是啊，我们忙了一整个晚上——"

话还没说完小粉就被妹妹小白堵住了嘴，只见她一脸急切地说："姐姐，你露馅了啦！妈妈说过不许我们熬夜的啊！"

小粉立刻打了个哆嗦，有些怯怯地抬眼看向何薇："老妈……我们……我们不是……"

这种时候，何薇怎么会怪她呢？她感动都来不及，顿时将蛋糕交到了卓飞手中，然后扑上去抱住三个孩子，在他们脸蛋上亲来亲去："傻孩子，我怎么会怪你们呢……我很开心的，真的，谢谢你们！"

小家伙儿们顿时松了口气，立刻又兴冲冲地说："那妈妈你快来尝一尝蛋糕吧，昨天橙子哥哥多撒了一勺盐进去，也不知道蛋糕会不会太咸了……"

话刚说完，卓飞就自告奋勇地伸出手捏了一块蛋糕下来："那我先帮你们老妈尝尝，要是不好吃就不给她吃了！"

他的想法是美好而体贴的，但是他完全没考虑到三个小家伙"想让妈妈最先吃到"的心情。见到老爸啊呜一口把蛋糕塞进嘴里，小粉顿时气鼓鼓地嘟着嘴，跑上去殴打自家老爸："臭老爸！坏老爸！谁让你先

吃了？今天是妈妈生日又不是你生日，第一口蛋糕当然要给她吃啊！你这个大坏蛋，你破坏了妈妈的生日！"

橙子也颇为严肃地点了点头："老爸，你这么做不太好。"而小白则更夸张，她看着卓飞吃掉蛋糕，直接哇的一声哭了出来。

卓飞嘴里含着半块蛋糕，顿时就愣住了："我……"

何薇强忍着笑意将孩子们安慰了好一会儿，三个小家伙这才安静下来不再闹腾。这个时候，小白注意到何薇脖子上新出现的那条项链，不由得好奇地问："咦，妈妈，你脖子上的项链长得好……好奇怪哦！"

小粉则更直接，鄙视地瞅着那条项链，说道："什么奇怪，明明是很丑好吧？这是谁送你的啊？老妈，快点取下来啦，我把我的珍珠项链给你戴好不好？今天是你生日哎，你要打扮得漂漂亮亮的才行啊。"

一旁的卓飞顿时再次被打击到，他一只手端着蛋糕，另一只手捂住心口，露出难过的神情："老婆……我觉得咱们的孩子不爱我了……"

"噗……你乱说什么呢？"何薇憋着笑意，转过头给孩子们解释，"不是啦，这是你们老爸亲手给妈妈做的项链哦，很珍贵的，这世界上只有这么一条呢。"

"哈哈！这是老爸做的？"小粉惊讶地说，又盯着那条项链看了看，用鼻子哼了一声，"嘁……老爸真是笨手笨脚的……不过仔细一看也没那么难看啦。老爸，为了弥补你刚刚吃掉蛋糕的错误，你必须也给我做一条项链！"

"我也要我也要！"

何薇笑着转过身拉住卓飞的手，凑到他耳边轻声说："你看，孩子们还是很喜欢你的啊。"

卓飞顿时感动地点了点头，正想说这三个天天给自己捣乱的小祸害总算没白养，只可惜似乎太激动了，他手一抖，那个被自己吃掉一块的蛋糕顿时就啪的一声掉在了地上。

看着三个小家伙凶神恶煞的表情，何薇果断地放开了卓飞的手，退

到旁边的安全区域去，用一种"我救不了你了，你自己保重啊"的眼神看着他。

然后恐龙帝国强大勇猛、能征善战、无所畏惧的国王陛下就被三个嗷嗷乱叫的小家伙给摁倒在地，暴打了一顿，整个皇宫都能听见卓飞的惨叫声。

清早，顾曦起床后不久，就听见门外传来一阵堪称凄惨的号叫声。他一边让仆人帮自己穿戴制服，一边问道："外面那是什么声音？去帮我打探一下。"

"是，大王子殿下。"守在寝殿门口的一名侍从立刻躬身说道，转过身推门出去了。不一会儿，他便带着消息回来了，恭敬地说道："回禀大王子殿下，今天貌似是恐龙帝国那位王后的生日，之前的声音……应该是那位卓飞国王在和孩子们打闹，并没有什么大事。"

顾曦的眉毛微微挑动了一下……生日？那位王后的？他微微思索了一会儿后，嘴角渐渐带上了一抹诡异的笑容，又问："我那个弟弟，起床了吗？"

"回大王子殿下的话，刚刚臣出门之后，中途去顾轩的寝殿门口看过，他已经醒来了，正在门口的树下练习射箭。"

顾曦自己伸手系好衣服上的最后一颗扣子，说道："很好，那么我便去会会他。"

其他侍从听到他这么说顿时都警惕起来："大王子殿下，您就这么接近他，万一他对您不利……"

"放心，这里是别人的皇宫，我那亲爱的弟弟就算再恨我，也不会在这里动手。"顾曦说道，而其实他心里还是更希望顾轩能够沉不住气的，因为只要顾轩在众目睽睽之下先出手伤了他，他便可以借"二王子大不敬"的理由，将顾轩废黜了。

只可惜那个弟弟实在是太聪明，想必不会这么容易上当，因此他只

能想别的办法了。

顾曦一边思考着，一边来到顾轩的住所门口，对方果然正在对着大树练习射箭，箭箭精准。那些箭在树干上排列成笔直的一排，顾曦不由得拍了拍手："弟弟的箭法真是越来越厉害了，我这个做哥哥的真是羡慕你啊。"

顾轩没理会他，只是深邃的黑眸里闪过一丝努力压制的仇恨光芒。

顾曦笑了笑，走上前去几步，却猛然发现旁边的树丛中传出一些声响。他用眼角余光看去，发现是恐龙帝国皇宫里的侍卫，顿时心一沉——看来在自己来这里之前，顾轩已经先一步从恐龙帝国这里取得了他们的些许信任啊，不然为什么自己一靠近顾轩，这些侍卫就会警觉起来呢？

不过这也没什么，反正自己这回到访本来就是不怀好意，再说了，顾轩再怎么说都只是个外人，就算恐龙帝国的人对他再友好，也不可能完全信任他吧。

于是他笑着说道："对了，弟弟，不知道你听说没有，今天可是那位美丽的何薇王后的生日呢。"

顾曦话还没说完，顾轩射箭的动作就顿了一下，他嘴角的笑意便更明显了："我听说皇宫里许多人都给她准备了生日礼物，不知道你有没有想好要送她什么呢？"

顾轩不回答，重新提箭上弦，嗖的一声将箭射在树干上，然后转身走进屋子里，做出一副"我不想和你说话"的模样。

但顾曦却一点都不恼怒，因为他要传达的消息已经传达完毕了，如果自己的弟弟真的对那位王后有意思，那么便肯定会送她礼物的。

而他，只需要在适当的时候火上浇油便可以了。

顾曦离去之后，房中的顾轩果然有些坐立不安了，他之前根本不知道今天是何薇的生日，所以自然也就没有准备，更何况他现在人在他乡，身上什么值钱的东西都没有，要送什么给她，她才会开心呢？

顾轩苦苦思索了许久，又忽然回过神来……不对，她是这个帝国的

王后，应该什么好东西都有吧？再说，爱她的卓飞肯定会送她许多礼物的……

那自己这么急匆匆地送她一份不合适的礼物，又有什么意义呢？

顾轩不由得叹了口气，用手捂住了脸，看上去有些纠结。

"陛下，您……您这是怎么了？"几名侍卫手里捧着鲜花，原本是打算送到国王和王后寝殿里去的，谁知道才走到大门口，就看见卓飞陛下伸手捂着下巴，而他的一只眼睛成了熊猫眼！难道有人攻击陛下？

卓飞闻言立刻叉腰，很自豪地大笑了几声："哈哈哈，这是被我生的那几个小家伙揍的！"

何薇立刻走过来在他的后脑勺上拍了一下："被孩子揍了你有什么好开心的啊？"

"当然开心啦，他们小小年纪就能把他们老爸揍成这样，长大以后，肯定没人敢欺负他们了！"卓飞挺了挺胸膛，很自豪地说道。

侍卫们手里捧着的花盆差点就掉地上了。

何薇无奈地白了他一眼："那你也稍微躲着点嘛，现在被打成熊猫样了，一会儿怎么去见顾曦和顾轩啊？"这家伙，好歹也是帝国的国王啊，这样子实在是太丢脸啦！

卓飞笑了几声，赶忙走过去搂住何薇安慰了半天，对方这才没和他多计较，而是问："怎么拿来了这么多花？"

"今天是你生日嘛，多放点鲜花比较好看。"卓飞说着，便拉着她往外走，"走吧老婆，我们去花园里逛逛。"

何薇拗不过他，便随着他一起去了花园，但其实她心里还是很开心的。平常这个时候，卓飞肯定早就在书房里工作了，哪里有时间陪她逛花园？今天应该是他刻意空出时间来陪自己的吧？

她侧首看着卓飞在阳光的照耀下那英俊的样貌，心里一暖，便忍不住扑上去挽住了他的手臂，像只小猫一样赖在他身上。

然而就在这时，旁边的凉亭里却忽然传来砰的一声巨响，好像有人把什么东西给打碎了。何薇不由得转头朝那边看去，卓飞也警觉起来，但是在看清了凉亭里站着的人之后，他不由得奇怪地说："嗯，你不是……云莉吗？你怎么在这里？"

第三分队的巡逻区域应该不在花园啊？

看到何薇和卓飞幸福地依偎在一起的模样，云莉原本还有些愣怔，但是被卓飞这么一问，她立刻回过神来，脸红得不知道该说什么好："陛下……我……"

现在已经是上班时间，但她却在不应该出现的区域出现了，这怎么解释都说不过去。于是卓飞冷了脸，露出一副公事公办的表情来："你在上班时间不在自己的工作岗位上，如果被你的属下知道了，他们会怎么想？"

"对不起，陛下……我只是……"云莉想要解释，可是却说不出口。不久前，她忽然听到寝殿那边传来卓飞的号叫，整个人顿时就紧张起来，以为他出了什么事，因此便脱离岗位跑了过去，就这么一路跟着他来到了花园里，直到看见他们俩依偎在一起的样子，她才失手打破了旁边的花瓶……

明明不久之前，她才告诫自己要收起这份感情，但是当她以为卓飞出了事时，却还是忍不住第一时间赶了过去。

"没什么可是的。"卓飞说道，"念你是初犯，就罚你半个月工资，但是倘若还有下次，你这个队长的职位就得让给更有责任感的人来担任了。"

对方此时此刻的冷酷和不久之前同何薇说话时的温柔产生了巨大的反差，云莉不由得抖了一下，心里很难过，但还是咬着嘴唇说道："我知道了，抱歉，陛下，是我的失职。"

说罢，她便转身快速朝自己的巡逻区域走去。何薇站在花园里，看着云莉离去的背影，不由得皱起了眉头。

"老婆……老婆，你在想什么啊？"卓飞似乎对何薇的走神有些不满意，把他的大脑袋凑到她面前撒娇道，"喂，有老子这么一个国民第一帅哥站在你面前，你竟然还能走神！实在是太过分啦！"

何薇故意逗他："帅是很帅啦……可是看得太久了，有点腻味，想看看别的呀。"

"你敢！"霸王龙顿时咆哮了一声，伸出自己的"魔爪"想教训教训自家老婆，然而就在这时，旁边却走来了一个侍卫："陛下，抱歉……打……打扰了，可是……剑龙帝国来的两位王子说想要跟陛下见一面。"

卓飞不由得撇了撇嘴，在何薇耳边低声抱怨道："烦死了，真希望他们早点走！"但是一转头看向侍卫，却又露出威严有度的表情来，"嗯，我知道了，请他们二人在会客厅等我吧。"

"遵命！另外……那位顾曦先生说，如果方便的话，他希望何薇殿下也随您一起去。"侍卫低着头，说这话的时候都不敢看卓飞的神情。没办法，国王陛下爱老婆、爱吃醋那可是在全国都出了名的，现在那个不知好歹的顾曦竟然主动提出要见何薇，还不知道卓飞要怎么大动肝火。

没想到他听到侍卫这么说，只是骄傲地扬起了下巴，拉着何薇就走："哼，去就去！"

何薇笑着戳了戳他的脸："咦，你今天身上怎么没有醋酸味啊？我都不习惯了。"

她说完就看见卓飞回过头很自恋地来了一句："那个顾曦又没有老子帅，老子有什么好担心的啊？"

然后，何薇就没过脑子、好死不死地补充了一句："顾曦是没有你帅，那他弟弟顾轩呢？"

第八章

剑龙国的请求

何薇刚把话说完，抓着她的男人就忽然嗖地把脑袋扭了过来，用那双湛蓝湛蓝的眸子盯着她，也不说话，就这么一眨不眨地看着她，眼底渐渐聚集起一股埋怨的情绪："老婆……难道……你觉得他比我帅？"

平日里何薇早就见惯了卓飞火暴的样子，哪里看见过他这么委屈和可怜的模样，一颗心顿时就软了，赶忙凑上去说："啊，我刚刚只是随便说说，当然是你最帅啦！"

话刚说完，卓飞脸上的委屈表情顿时就消失不见了，转而开始爽朗大笑："哈哈哈！就是嘛，老子明明就是最帅的！"

敢情这家伙刚刚的可怜表情是装出来的啊？！何薇又好笑又好气，不由得抬腿踢了他一脚："喂！你都多大的人了，还跟我玩这么幼稚的小把戏！"

卓飞顿时笑得更得意了："因为我想看到何薇你在乎我的样子嘛。"

何薇脸一红，伸手将他朝前一推："快走啦浑蛋！一会儿见到顾曦他们，你给我严肃一点，再敢像刚刚那样撒娇，我抽死你信不信？"

卓飞立刻抱住脑袋，嗷嗷嗷地号叫着跑掉了。

旁边的侍卫们看着两人打打闹闹地离去，不由得在心底叹了口气，果然是一山更比一山高，卓飞陛下可算是他们国家战斗力最强的人了，如今却被自己的老婆收拾得服服帖帖的，虽然何薇王后也很厉害没错……但……但再怎么说，卓飞陛下都是一只勇猛的霸王龙啊！被自家老婆和孩子们追着打，这实在是……

侍卫们强忍住笑意，秉着对皇族的绝对忠诚，在心底暗暗发誓，绝对不把真相告诉其他人！

忠心耿耿的侍卫们严守着这个秘密，可是却禁不住有好奇的人要问个究竟，比如顾曦。

见到卓飞领着何薇走进会客厅，他不由得微微扬起眉毛，看向卓飞的那只熊猫眼，问道："卓飞国王……您的脸是怎么了？"

手被何薇悄悄捏了一下，卓飞伸手遮住嘴巴，佯装咳了一声，说道：

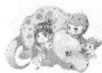

"喀喀……早上起来出去锻炼，不小心受了点小伤，没什么。"

"确实是小伤，想必这点伤势完全不会影响您的战斗力，只是……您是如何受伤的？磕到石头上了？就算是磕到石头上，为什么独独只有眼圈发青呢？我怎么看着……你这好像是被人揍——"

"啊，对了，顾曦，顾轩，你们还没吃早饭吧？要不我让厨房去给你们准备一点？"何薇赶忙打断了顾曦的质疑。

对方听到她这么说，倒也没再深究下去，反而是用饶有趣味的眼光将何薇打量了一番，然后露出一丝意味深长的笑容，低垂下眸子看向挂在她脖子上那串牙齿项链："王后，您戴着的这串项链……很别致啊。"

何薇怔了一下，才带着真诚的笑意说："谢谢，这是……卓飞送我的礼物。"

"听说今天是王后您的生日，我来自远方，对王后的事情知之甚少，也不知道……这件事是不是真的？"顾曦彬彬有礼地说道。

何薇点了点头，微笑道："是的。"

"那可就是我们的失礼了……唉，来得匆忙，也没想着给您和卓飞国王准备什么礼物，这可真是……"顾曦说着露出一副很内疚、很遗憾的表情。

礼物什么的不需要，只要你别趁机在这里捣什么乱就好了。何薇在心底偷偷地想，但嘴上还是说："不用的，你们是客人，我们怎么好意思让你们送礼物呢？更何况只不过是过个生日而已，没什么特别的，反而是款待你们比较重要呢。"

"王后这么说，真是让我们兄弟俩受宠若惊呢……"顾曦微微向何薇礼貌地鞠了一躬，"不过，既然您都这么说了，不知道我……向您提出一个请求可以吗？"

旁边的卓飞神情严肃起来："向何薇提出请求？不用，你有什么事直接跟我说就行。"

"哦，还请卓飞国王不要误会，我是想，您是一国之帝王，每日要处理的事务繁杂沉重，因此不想打扰你工作。是这样的，听说贵国的恐龙大学环境非常好，教育水平也很一流，我一直想在我们自己的国家也创办这么一所各方面都很优秀的学校，让学生们能够受到良好的教育，所以……我想先去贵国的恐龙大学参观一下，而我又碰巧知道，何薇王后就是从这所大学毕业的，所以，我想请您带我和弟弟去参观一下，不知道……您能否答应我们兄弟俩这个无礼的要求呢？"

顾曦不带停顿地说完这番话，何薇立刻就意识到这些话他早就打好了草稿，那么让她陪着参观大学这件事也不可能是一时兴起，必然是早就筹谋好的，只是她不明白他这么做的目的是什么。

何薇低着头正在思考，一时之间没有回答他，他便趁此机会以退为进地说道："如果王后您不同意的话，我也是完全可以理解的。您身份尊贵，自然不能轻易离开皇宫，陪着我们这些外来的客人出去参观了……唉，只是可惜了我和弟弟好不容易来一次……我弟弟之前还跟我说呢，他把你救回这里的时候，一直在感叹恐龙帝国的美丽和辉煌……"

顾曦故意将自己的身份放得很低，还刻意提到了顾轩之前救何薇的事，乍一听上去，仿佛不明事理、不懂得报恩的人反而成了何薇和卓飞。

这些话若是被有心人传出去只怕非常不妙，何薇在心底叹了口气，扭头看了看卓飞的神情，他显然也看出了顾曦的意图，但对方这番话让他完全没有回绝的余地……

何薇不想让他太为难，本来每天要处理那么多工作和事务已经让他很辛苦了，于是她在他耳边轻声说："这样吧，不如我让程亚伦随我们一起去，想必有他在的话，应该不会有什么问题。"

她还有一点没有说，虽然顾曦明显不怀好意，但是她觉得，既然顾轩也在，顾曦应该没多少做坏事的机会。

卓飞又思索了一阵，这才点了点头，看向顾曦的眼神微微含着几丝凌厉的光芒："顾曦先生，你这么说可就不对了，我们恐龙帝国的人一向知恩图报。你弟弟当日救了何薇，这些我和许多将士都看在眼里，自然是会记得这份恩情的，只是……何薇现在身为王后，身份尊贵，出宫的话必定要多加小心，所以，如果你不介意的话，我会多安排一些人手跟着你们，以免有些心怀叵测的家伙趁你们离开皇宫之后，做出什么不好的举动。"

顾曦面不改色："这是自然的，卓飞国王果然想得周到。"

"那么你们想什么时候去参观恐龙大学呢？"何薇问道。

"自然是越快越好，如今我和顾轩的父王卧病在床，我们都想立刻赶回去探望他，但是好不容易来一趟，错过了这学习的机会实在是有点可惜……所以，如果王后您方便的话，不如就挑今天吧？"顾曦说道。

今天？这个要求让何薇有些措手不及，卓飞也说："今天的话，时间上有些——"

"卓飞国王不用担心，我之前看了地图，恐龙大学离皇宫很近，去一趟的话应该半天左右就能回来。唉，我之所以这么焦急，就是想赶快回家看望我的父亲，如果今天之内能够结束参观的话，明天我便可以随弟弟一起回到剑龙帝国。"顾曦说道，"还是说……您对皇宫门口的治安状况不放心，觉得这么让何薇王后出门，很不安全？"

这家伙牙尖嘴利，短短几句话的工夫，又成功地暗示了卓飞不想让何薇出门，是因为担心外面的治安不好，这岂不是在说卓飞治国无方吗？

何薇顿时有点讨厌这个话里带刺的男人了，不由得开口说道："既然顾曦先生想今天去，那就今天去吧。我们恐龙帝国的治安一向很好，处理事情的速度和效率也很高，正巧这回能让你多多参观学习一下。"

明明知道对方这是激将法，可是她完全相信卓飞的能力，因此对这次的出行也不是很担心，只是……

她转头看向一直站在旁边沉默的顾轩，比较隐晦地问道："那个……顾轩，你也做好回家的准备了吗？之前你在这里生活了这么久……我怕你回去会不适应。"

她至今都不相信顾曦那一套"我和弟弟的事情只是误会"的说辞，

更何况自从顾曦出现之后，顾轩对这个哥哥的态度很冷淡，有时候甚至还表现得有些仇恨，因此她觉得，顾曦肯定是在说谎。

顾轩明白何薇的意思，只是轻轻地点了点头，好像在宽慰她一样。

于是众人又商量了一番，约定好中午午休过后，何薇和程亚伦等人带着剑龙帝国两位王子去恐龙大学参观。回房间休息之前，顾轩在路过卓飞和何薇的时候，不动声色地在他们脚下扔了一个纸团。

等众人都离去之后，何薇捡起纸团和卓飞一起看，只见上面是顾轩的字迹：下午的参观，请放心，我绝不会让哥哥做出什么不轨的行为。

"喊！"卓飞将纸团捏成一小块，就差没把纸团塞到嘴里去咀嚼了，他愤愤地说，"这里是老子的地盘，这臭小子装什么酷啊？用得着他帮忙？"

"老婆，你要注意安全啊，一有什么不对劲的，你就立刻跑知不知道？"皇宫门口，卓飞像个撒娇的大孩子似的，扯着何薇不断地叮嘱。

何薇无奈又倍感温馨，看着他道："我知道啦我知道啦，你又忘了，我是龙神的女儿哎，真的遇到什么问题，我可以变身应战的嘛，我又不是花瓶，没那么脆弱啦。"

卓飞还是摇头："那也不行！应战的话，你还是有可能受伤啊！总之，一会儿如果出了什么问题，你一定要立刻躲在程亚伦身后知不知道？手机拿好，一觉得不对劲就给我打电话！"

"好啦好啦……"何薇无奈地捏了捏眉心，"你简直比老婆婆还要啰唆哎……"

"这是爱的表现！"卓飞竟然还敢瞪着大眼睛争辩。

何薇笑了，凑上去在他的脸上亲了一下，然后说："回来的路上我在大学门口那家小吃店给你买点烤鱿鱼好不好？就是以前我们经常去吃的那家。"

那是他们大学时候的记忆了，何薇和卓飞都是恐龙大学的学生，而

且还是同一级的。那个时候，何薇刚刚被死缠烂打的卓飞追到手，以至于这家伙成天到晚拽着自己在学校四处转悠，见到一个活体生物就忍不住要揪住对方炫耀："哈哈哈，你看，这是我女朋友！很可爱吧！你有这么可爱的女朋友吗？你没有吧，哈哈哈！"

要不是何薇黑着脸把他暴揍了几顿，这家伙还不知道要嚣张多久，不过从那以后，他们两个一有空就会去学校附近散步转悠，晚上饿了就在路边小摊上吃点零食。卓飞最喜欢吃的就是烤鱿鱼，但是因为他是霸王龙，卖烤鱿鱼的雷龙大叔每次给他们两个服务的时候都吓得半死。

一说到美味的烤鱿鱼，卓飞的眼睛顿时就亮了一下，点了点头："好好好，那你记得多买点，晚上回来了咱们一家一起当夜宵吃。"

"好啦，那我走啦，你不要再啰唆了，你再啰唆下去，太阳都要下山了。"何薇笑他，转过身朝前走了几步，又回头向他挥了挥手，这才朝着在不远处等待的程亚伦他们走去。

见何薇终于过来了，顾曦微笑道："王后，不得不说，您和卓飞国王的感情还真是好啊，真是让人羡慕。"

何薇也微笑了一下："谢谢……不好意思，让诸位久等了，我们现在可以上路了。"

一旁的程亚伦立刻点了点头，走上前去打开车门："请殿下上车。"

何薇登上开往恐龙大学的轿车之后，顾曦和顾轩两人也登上了后面紧跟着的那辆车，而这两辆车之后还有数名护卫队队员跟随，场面虽然不是特别壮观，但看起来却也十分严谨。

待何薇的轿车驶远之后，皇家护卫队第三分队的队长云莉这才慢慢走到卓飞身侧，对他敬了个礼，说道："陛下，安全组那边已经做好了各项准备，如果王后殿下那边出了什么状况，我们这里能够立即收到消息！另外，对那两位剑龙王子，我们也在他们周围的侍从身上放置了监听装置，进行实时监控，以保证这次出行的安全。"

卓飞眼睛依旧盯着何薇远去的方向，说道："嗯，你们做得很好，

辛苦了。"

云莉立刻摇了摇头:"为皇族服务是我们皇家护卫队的义务和责任。"她顿了一下,又忍不住换了话题,"还有就是……陛下,我为今早失职的行为向您道歉,真的……真的对不起。"

而卓飞只是转过头来,有些茫然地问:"嗯?你刚刚说什么?抱歉,我有点走神。"

云莉怔了一下,走神……吗?那肯定是因为陛下在思念王后殿下吧?不过才分别几分钟而已,何况恐龙大学离皇宫的距离又不远,他却已然思念成疾了。

云莉的心口不由得有些酸疼,为了掩饰自己的失落,她赶忙摇了摇头:"没……我没说什么,我先去忙了!"

"哦。"卓飞也没多想,又朝着何薇离去的方向看了一会儿,这才转身回到皇宫里。虽然他很想陪着何薇一起去从前的大学校园里逛逛,可是身上所承载的责任和工作实在是太多,逼得他不得不向现实低头。

"喀喀……"坐进车子里没多久,何薇就开始猛烈地咳嗽起来,她皱眉捂住口鼻,不解地问,"车里怎么会有烟味?"

前排的司机立刻回过头来,满含歉意地说:"对……对不起,王后殿下,之前……之前我在车里等得有点久,就忍不住抽了一支烟,没想到车里的排气装置坏了,所以……我……我现在就帮你打开车窗,真的对不起!"

一想到是因为自己和卓飞在皇宫门口耽搁得太久,这个司机才抽了烟,何薇也有点不好意思,便摇了摇头:"没什么,下次注意就是了。"

司机如释重负,点了点头:"王后殿下您果然是宽宏大量。"

但坐在副驾驶座上的程亚伦却蹙起了眉头,眼底闪过一抹冷光:"你叫什么名字?是哪个皇家车队的成员?"

司机一愣,然后笑了:"哈哈哈,程亚伦将军,您不记得我了吗?上个月我还送您出去办过事呢,当时我还说想让您给我的女儿签个名,

她是您的粉丝。"

程亚伦的眉心微微蹙动了一下，印象中确实有这么一个人……只是，上次坐他的车，这个司机可是没有抽烟的。

于是他不动声色地点了点头："我想起来了，抱歉。"

"没事没事，您贵人多忘事嘛，哪会留意我一个小司机呢？"司机看起来性格很豪爽。

程亚伦却没办法放下心来，他趁对方不注意的时候，悄悄地从口袋里掏出了一块试纸，那是实验部门最近研发出来的测试试纸。上次何薇在西弗拉海岛吃过被黑衣人下了药的饭菜之后，就失去了变身功能，后来实验部门从残余的饭菜当中提取出了毒素的样本，以最快的速度制造出了检验这种毒素的试纸，这回何薇出行，它正好就派上了用场。

他将试纸放在没人看见的角落里观察了一会儿，看见上面的蓝色图标并没有变成标志着"有毒"的红色，这才终于舒了口气。或许，那真的是他想多了吧。

车子很快停在了大学门口，何薇显得有些迫不及待，立刻从车子上跳了下去，抬头看着大学里的教学楼和茂密的树林，不由得扭头对旁边的程亚伦一笑："程亚伦！你看，这是我们的母校哎！"

程亚伦也随着她一起朝教学楼的方向看去，不由得也在心底感叹了一声：是啊……他们的母校，那个时候自己还不是帝国将军，只是一名普通的学生，不需要像现在这样想这么多的事情……

看着周围有三三两两的学生走过，他不由得叹息一声，果然过去的求学时期是最美好的。

因为在来之前，皇宫方面已经通知了恐龙大学的校方，因此现在前来围观的学生并不多。尽管很想亲眼见到何薇，但大多数学生还是给王后和剑龙国来的两位王子让开了道路，方便他们前行。

何薇带着顾曦和顾轩走在最前面，兴奋地向他们介绍学校的各个教学楼、图书馆、自习室等设施，脸上带着对母校的崇敬和爱护之情。

好在顾曦也没说什么风凉话，反而像是对恐龙大学很欣赏似的，走到哪儿都要停下来好好观察一番，到后来又说："听说恐龙大学的图书馆藏书十分丰富，不知道能不能让我去图书馆里参观一下？哦，因为可能我的速度比较慢，要不王后您就和我弟弟一起先去别处看看吧。看得出您也是十分思念母校，好不容易来一次，我实在不想因为自己而打扰了你的兴致。"

何薇本来不太同意，但是顾曦一再要求，她看着天色也不早了，便想着干脆直接去小吃街给卓飞和孩子们买点夜宵，因此便同意了让顾曦一个人留在图书馆的要求。

"那顾轩，我去买点夜宵，你是在这里等我呢，还是……"

顾轩立刻在地上写了一行字：我陪你一起去。

"那好。"何薇点点头，和顾轩一起朝着小吃街的方向走去，身后还跟着程亚伦和一众护卫队员。这个时节，恐龙大学里面正鲜花绽放，何薇一边闻着花香一边朝前走，向顾轩介绍道："这种花叫作'希望'，是恐龙帝国才有的花，很香的，你觉得好看吗？"

顾轩随意地扫了一眼那粉色的花朵，视线没有多做停留，而是落在了何薇的脸上。夕阳西下，她的脸映着余晖，在他看来比什么花儿都美丽。

于是他情不自禁地点了点头。

然而就在这时，默默跟随在后面的程亚伦的神色却忽然紧张起来！他低头看向手中的试纸，不知道为什么，他手中的一张试纸现在竟然成了红色！但是其他的试纸却没有产生变化……

为什么？是试纸出了差错吗？但程亚伦很快想起，这张变了色的试纸是刚刚他在有烟味的车厢里拿出来试验过的！

怎么会这样？难道那烟味的效果比较缓慢？或者说……程亚伦猛地抬头看向周围名叫"希望"的花，花的香味简直笼罩了这一整片区域！

他脑海中顿时闪现出一个可能性：难道说要将烟味和花香合在一起，才会使试纸变色？！

他再顾不得其他事，上前一步就抓住了何薇的手："殿下，快请和我——"

然而不等程亚伦把话说完，周围就忽然传来了一阵刺耳的咆哮声，紧接着，原本还安静的校园里就忽然从四面八方冲出来了一群高大凶猛的剑龙战士！

手腕被程亚伦拉住的那一刹那，何薇便明白事情不妙，立刻神经紧张起来，打算面对这突发情况，但只不过一眨眼的工夫，周围便出现了这么多凶神恶煞的剑龙战士，将她和其他侍卫们层层围住，连一点应对的时间都不给他们！

想必这些战士之前早就混迹到了恐龙大学的校园当中，埋伏在四周，看准了时机就准备冲出来向他们进攻！

简直是太可恶了！何薇咬了咬牙，想要化身成龙的形态从这群剑龙的包围圈中突围出去，却惊愕地发现——她又不能变身了！这是怎么回事？

她赶忙回头看向程亚伦，只见对方快步走到自己身边，压低了声音说道："殿下，我们中计了，刚刚在车里闻到的烟味和花香混合在一起，会影响身体的变身功能。臣和您刚刚同乘一辆车，现在也没办法变身。"

听他这么说，何薇的心顿时一沉，但他继续安慰道："不过请您不要过于惊慌，除了你和我，其他侍卫还是可以变身的，一会儿臣和侍卫们一定会努力保护您逃出去——"

"哈哈哈，我说，那个所谓的程亚伦将军啊，你在那里和你们的王后嘀嘀咕咕个什么劲呢？"程亚伦的话还未说完，剑龙战士里为首的那个便忽然狂妄地大笑着打断了他的话，只见那剑龙扭了扭脖子，晃动了一下背上锋利的骨板，叫嚣道，"你把声音压得再小也没用，因为我们知道你和你那位尊敬的王后殿下现在都没办法变身！我说得对不对啊？哈哈哈！"

其余的剑龙战士也跟着笑起来："别试图反抗了，今天就是你们的死期！"

　　说罢，这伙凶猛的剑龙就从四面八方冲了出来，踩碎了地面，撞倒了树木，将原本好端端的美丽校园糟蹋得一塌糊涂，朝着何薇和程亚伦冲过来，根本没打算给他们留活口！

　　保护何薇的侍卫们虽然立刻变身应战，但是这群侍卫都是年轻的雷龙出身，比不上剑龙战士的强壮，更何况剑龙背上还有那极具杀伤力的武器"骨板"，再加上双方在数量上的差异，两方才对峙了不到五分钟，何薇这边的侍卫们就明显地处于了下风。

　　但即便如此，侍卫们仍在拼了全力地战斗着，有一个很年轻的雷龙侍卫被一个剑龙战士割破了喉咙，鲜血洒在了土地上，但他还是吃力地匍匐到何薇身边，用嘶哑的嗓音说："王后殿下，请……请您快跑，快跑……"

　　此时此刻，何薇的心里完全没有恐慌，只有看到这满目疮痍的伤心和对那些剑龙战士的憎恨！

　　"住手！你们实在是太过分了——"何薇忍不住上前一步，想要抒发她胸中的悲愤，却被一旁的程亚伦拉住了，他朝她用力摇头："殿下，您是一国的王后，这种时候不能意气用事，还是先找机会逃走要紧！"

　　何薇知道他说得没错，她只能咬了咬牙，眼含热泪地看了眼仍旧在浴血奋战的侍卫们，这才不忍地转过身，随着程亚伦一起朝后退去。但两人还未找到突破口，就被一个剑龙战士挡住了去路，对方狂妄地大笑着说："哈哈哈，怎么，亲爱的王后想跑啊？那可不行呢，我们可是受了二王子殿下的命令，今天一定要把你杀死在这里呢！二王子殿下，你说对不对？"

　　二王子？！何薇一怔，扭过头去看向站在一旁的顾轩，眼底不由得有些慌乱，不……不可能，这些人怎么可能是受了顾轩的命令？！他不是会使出这种奸诈手段的人！何薇赶忙摇了摇头，尽量让自己镇定下来，抬头瞪着那个战士："你以为这样的离间计就能骗过我吗？你当着大庭

广众的面说出你是受顾轩的指使，不就是想把一切罪责转移到他头上吗？真正的幕后黑手只怕现在正在得意地笑吧！别以为这么一点雕虫小技就能骗过我！"

"你……你这个嘴贱的臭女人！"剑龙战士是个粗人，被何薇拆穿了之后面子上顿时就有点过不去了，他狂吼了一声，猛地朝她攻击过来。程亚伦虽然不能变身，但依旧挺身而出，将何薇朝后一推，试图用自己人类的胸膛抵挡住剑龙战士的攻击！

"程亚伦！"何薇顿时紧张地大喊一声，然而，就在剑龙要将程亚伦击倒的时候，空中却忽然快速闪过了一个巨大的影子。对方以迅雷不及掩耳之势朝着那剑龙战士冲过去，只听砰的一声巨响，那个剑龙战士便吃痛地咆哮着倒下了。

何薇还没看清那个黑影是什么，就听见那个被击倒的剑龙战士用惊恐的声音颤抖着说道："不……不可能！你……你明明应该也中了禁止变身的毒素，为什么……为什么还是可以变身？！"

那个背对着何薇的黑影并没有回答对方，而是猛地伸出爪子掐住剑龙战士的脖子，那刚刚还狂妄自大的战士很快就没了气息。

然后，那个黑影便缓缓地转过身来。何薇被他巨大的身影给吓住了，不由得朝后退了半步，程亚伦也眯起了眼睛，眼底尽是不可置信的光芒："这……你……你是什么？"

黑影终于转过来，面对着夕阳的余晖，何薇终于看清了对方的面容——

那是一只身形非常巨大健壮的黑色剑龙，但他的背上，却又长着一双类似于翼龙一样的巨大翅膀！

何薇忽然想起来，貌似从前顾轩说过，他是混血，他的母亲是一只翼龙！难道……难道眼前这个是……

"顾……顾轩？"何薇有些不敢相信地试探着叫了一声。

那只看起来没什么表情的剑翼龙用漆黑的大眼睛看向何薇，然后缓缓地点了点头。

真的是顾轩？！何薇原本惊慌的心顿时放松了不少，倘若顾轩愿意帮助他们的话，那或许今天的情况还能有所转机！

何薇和程亚伦的情势有所缓解，但其他的剑龙战士就紧张起来了。他们虽然也勇猛凶残，但是跟体格健壮的顾轩比起来，就立马不在一个层次上了！十几只剑龙战士顿时聚在一起，稍微商量了一下，然后就似乎打算群起而攻之。黑色的剑翼龙张开自己巨大的翅膀，将何薇和程亚伦护在自己的保护范围内。

那些剑龙战士起初虽然有些畏惧顾轩的强大，但是毕竟数量多，他们采用群攻战术，黑色的剑翼龙渐渐便处在了下风，但尽管如此，顾轩依旧用尽全力保护着何薇和程亚伦。

眼看着顾轩身上的伤口越来越多，程亚伦不由得皱了皱眉，他断定这样下去顾轩也支撑不了多久，因此便低声说："顾轩，你能飞吗？如果可以的话，带着何薇王后先走！"

剑翼龙眨了眨他那黑色的眼睛，点了点头。

"什么？程亚伦，不行！那你怎么办？"何薇立刻摇头。

"臣不会有事的，他们的目标是王后您，而且这一次明显是打算直接取您的性命，因此您现在必须先逃走。臣现在没办法变身，不能保护你！您先走，臣在这里还可以和其他侍卫稍微拖延一下时间。"程亚伦一边说着，一边将何薇推到顾轩的背上。

"不行，顾轩，我们带上程亚伦一起走！"何薇坐在顾轩的背上，焦急地想要带着程亚伦一起离开，但顾轩却不给她停留的机会，扇动自己巨大的翅膀，很快便从地面上飞了起来。

那宽阔的翅膀伸展开来足足有十几米长，在地面上投下了巨大的阴影，给人一种遮天蔽日的感觉，气势恢宏极了。

可是何薇却顾不得欣赏，只是趴在顾轩的背上，焦急地朝下面大喊："程亚伦！程亚伦！"

那些战士看见何薇要被顾轩带走了，立刻慌乱起来："王后要跑了，千万不能让她跑了！不然我们的小命就都保不住了！快点拦住她！"

于是其中一只剑龙化身成人的模样，拿出弓箭对准正在呼唤着程亚伦的何薇，猛地射出一箭。顾轩虽然看见了对方的动作，但是此时此刻他保持着剑翼龙的形态，不如人形时那么灵敏，尽管他努力地想要躲开箭，但还是未能成功，只能眼睁睁地看着箭刺中了何薇的右胸口。

原本正在焦急呼唤的何薇只觉得胸口上方忽然一疼，她条件反射地伸手去摸，低头看去，发现自己的身上插着一支箭。何薇忽然觉得自己的呼吸变得有些困难，浑身的力气似乎都被抽空了，她软绵绵地倒在剑翼龙的背上，渐渐地闭上了眼睛……

在失去意识的那一刹那，何薇却似乎听到耳边传来了一个很陌生的男声，那声音里带着一丝沙哑和低沉，用很焦急的语调不断地喊着她的名字："何薇！"

"你说什么？！"皇宫的书房当中，卓飞猛地站了起来，连带着碰倒了椅子却根本顾不上去扶，只是瞪大了眼睛，用一种不可置信的目光看着面前的人。

云莉低垂着头，脸上带着些许难过的表情，不敢直视卓飞的眼睛，只是放低了声音，将刚刚说过的话又重复了一次："刚刚……我接到消息说，何薇王后……在恐龙大学，被剑龙帝国的二王子顾轩劫走了，目前下落不明。另外程亚伦将军也身受重伤，昏迷不醒，如今正在接受手术……"

卓飞怔了许久，才稍微回过神来，他扭头看了看墙上的钟表，摇了摇头，声音断断续续的："云莉，你……你别跟我开玩笑好吗？何薇她说过，七点之前一定会回来的，又怎么可能被人劫走？"

他这副不肯相信的样子顿时让云莉更心疼了，她强忍住自己掉眼泪的冲动，哽咽着说："我……我没有骗您，卓飞陛下，剑龙帝国的大王子顾曦如今正在会客厅里等着您，他……他说他想要向您道歉……他没想到自己的弟弟会做出这样的事——"

话还没说完，卓飞已经猛地朝门外冲了出去。

"陛下！"云莉朝着他的背影喊了一声，顿了一下，也赶忙追了上去。

此时此刻，卓飞什么礼仪都顾不得了，走到会客厅门外，猛地抬腿一脚踹开了会客厅的大门："砰！"

坐在椅子上的顾曦看到卓飞气势汹汹地闯进来，立刻露出很悲伤、惋惜的表情来，带着歉意地朝卓飞深深鞠了一躬，语气很沉痛："卓飞国王，我……我代表我那心存邪念的弟弟向您道歉——"

话还没说完，他就被冲过来的卓飞猛地揪住了衣领。卓飞的怒火是如此狂盛，他甚至将顾曦直接举在了半空中！他猛地大吼一声："顾曦，把我的妻子还给我，不然我一定踏平你们剑龙帝国的每一寸土地，你信不信？！"

顾曦周围的护卫看到卓飞这般反应，顿时惊慌起来，想要救下自己的王子殿下，可是又被卓飞狂怒的火气给吓住了，站在原地进也不是，退也不是，只能颤声喊道："卓飞国王……请你放开顾曦殿下！"

但顾曦却丝毫不惊慌，只是慢条斯理地说："卓飞国王，请不要着急，虽然我也对何薇王后的失踪感到很伤心，但这件事确实和我没什么关系……唉，一切都是我那个弟弟做出来的……不如你先把我放下来，我慢慢跟你解释？"

暴怒的情绪早就将卓飞整个人都侵蚀了，好在旁边还站着一个云莉。眼看着卓飞就要伸出手把顾曦掐死，为了两国的和平，她不得不冒着生命危险闯上前去，硬是将顾曦从卓飞手下解救了出来，大喊一声："卓飞陛下，我知道你现在很愤怒，但不管怎么样，请您先冷静下来！"

卓飞冷冷地盯着顾曦，胸膛因为暴怒而剧烈地起伏着，但是顾曦却自始至终都很镇定，只是稍微整理了一下被卓飞弄皱的衣领，拍了拍袖子，说道："卓飞国王，事情是这样的。今天下午的时候，我……我那邪恶

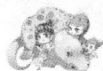

的弟弟顾轩，还有您的王后正在校园里参观，当时我十分痴迷于恐龙大学藏书海量的图书馆，所以便提出自己先去图书馆看看。我不想打扰其他人参观校园的兴致，因此便提出自己一个人去，一会儿再同他们会合，却没想到……却没想到我才进图书馆不久，就听见外面传来了打斗声！我……我跑出去一看，这才发现我的弟弟竟然把他在剑龙帝国培养的那些战士们召唤到了校园里！我不知道他为什么要这么做，但是……他确实带领着那些战士向何薇王后进攻，贵国的程亚伦将军拼死保护何薇王后，后来我弟弟眼看情势不对，只好抛弃了他的那些属下，带着何薇飞走了。

我当时非常震惊和气愤，您和何薇王后如此热情地款待了我们，还曾经收留了我弟弟那么长时间，可他竟然做出这样的事！于是我命令自己的侍卫们向我弟弟的残余势力发起攻击，总算是将他们全都灭掉了！可还是没能救回何薇王后……唉，卓飞国王，其实我早就想提醒你们了，我弟弟顾轩他，他真的不是好人！他一向沉默寡言，总是在心底筹谋着各种邪恶的计划，我们国内甚至有流言说……是性情阴晴不定的顾轩在失控之下杀死了他的母亲……唉，但是看何薇王后似乎对我弟弟很信任，我也不好多说什么……也不知道他为什么会劫持何薇王后……该不会是……不会是……"

顾曦带着难过伤心的表情说完了这番话，然后抬头打量了一下卓飞的神情，本以为依照这只霸王龙火暴的性子，听完他的话后，肯定会暴跳如雷，恨不得现在就冲出去将自己的弟弟碎尸万段的，却没想到卓飞竟然冷静了下来。

他的眉毛不由得跳动了一下，心里一沉，看来这个外表火暴的国王没有想象中那么容易上当嘛。

在最开始听到何薇被劫持的消息时，卓飞确实很愤怒，甚至有些失去理智，但是身为国王，这几年积累的经验让他从一个只知道暴躁大吼的毛头小子变成一个懂得思考的男人。

他从来不会相信别人的一面之词，更何况刚刚那些话全部出自于一个来自异国他乡、对中央陆地虎视眈眈的王子。

顾曦刚刚那番看似无懈可击但实际上却漏洞百出的话，更是帮助卓飞快速地冷静了下来。

他明白现在自己在这里愤怒对于救出何薇根本毫无帮助，当务之急，他要先搞清楚之前在恐龙大学发生了什么！到底是像顾曦说的那样，顾轩出于某种原因劫持了何薇，还是说这一切只是顾曦的谎言，真正的幕后黑手其实就是他自己？还是说一切都是这两兄弟一起演的一场戏？

卓飞的脑海里涌现出无数种可能性，然而最关键的证人，程亚伦，现在却仍昏迷不醒，在医院接受手术……

看来，现在他只能暂时稳住面前这个看起来极其阴险的王子了。

于是他平复了一下情绪，走上前去，很诚恳地说道："抱歉，刚刚是我太过于心急了。对于之前的举动，我向你道歉，还希望顾曦先生能够原谅我。"

"哦，这是自然。"顾曦皮笑肉不笑，"我能理解，如果换作是我的妻子被人掳走，我肯定也会很着急的……对了，卓飞国王，那下一步，您想怎么做呢？"

卓飞正色道："我会按照正常的程序处理。想来今天的事情也让您很疲惫了，那么就请您先去休息吧，如果有什么新的消息和发现，我会及时与您联络的。"

顾曦却说："不，事情与我那个弟弟有关，如果可以的话，卓飞国王，我想同贵国的作战部一起解决这个问题，以表示我的歉意。"

这是想要趁机打入他国家的内部系统，获取什么机密资料吗？卓飞面不改色："抱歉，顾轩是您的亲弟弟，虽然您刚刚说的那番话很有信服力，但您和他的血缘关系，实在是让您也成了这次事件的嫌疑人，所以我实在没办法让你也参与进来。不过有什么消息，我会及时告诉您的。"说罢，他便转头看向云莉，"云莉，带顾曦先生下去休息吧。"

他的话语之间没有停顿，顾曦连反驳的余地都没有，就已经被云莉请了出去。

顾曦走在回住所的路上，嘴角勾起一丝不易察觉的冷笑来。他原以为凭借自己的一番口舌，那只愚笨的霸王龙一定会上当，自己就可以趁机和卓飞结成联盟，先把那个碍眼的弟弟干掉，然后还可以从恐龙帝国套取机密信息，最后再反口栽赃是卓飞和何薇一起密谋杀害了顾轩，到时候带领大军攻打过来便不是什么难事了。

却没想到他完全低估了卓飞的能力，这几日他观察卓飞的所作所为，以为卓飞是一个只会和老婆谈情说爱，遇到一点不顺心的事就用愤怒发泄情绪的笨蛋，却没想到……

原来这家伙暴躁的一面之下，还隐藏着不少的睿智呢。

嗬，不过这又有什么关系？难度越大，他反而觉得越兴奋呢！若是让他这么轻易就铲除了自己的弟弟，占领了恐龙帝国，那实在是太无趣了……

他倒要看看，这个卓飞还有什么本事！反正，自己还有很多手段没有使出来呢……

云莉护送顾曦回到住所之后，立刻暗自通知自己的属下对这位大王子实行全天二十四小时的严密监控，只要对方有什么风吹草动，她便能立刻收到消息。

好不容易分配完了任务，她却叹了口气，只怕卓飞陛下现在正独自在书房里伤心吧？她……她要不要过去看看他呢？

身体总是比心里更快一步地做出反应，等云莉回过神来的时候，她已经来到了书房门口，可眼前的景象却让她感到有点吃惊，因为卓飞并没有像她想象中那样兀自伤心，而是像往常那样坐在桌前处理事务！

"陛下……"云莉怔了怔，才说，"如果您现在心情不好的话，其实……可以不用勉强自己的，去休息一下吧……"

卓飞并没有抬头："我不需要。我要处理的事情还有很多，如果让

何薇看见我因为她失踪就方寸大乱，什么都做不好，那么我在她眼里就是一个失败的国王和丈夫。"

他要做她身后可靠的支柱和后盾，那么就要认真维持这个国家的运转，这才是对她最好的保护。

云莉起初还有些不解，但当她仔细品味了卓飞的话之后，眼中顿时就染上了几抹倾慕的神情，她点了点头："我……我明白了！我会时刻注意顾曦的动静，如果程亚伦将军那边有消息的话，我立刻告诉您！"

陛下如此认真，她也要多多为他分忧才好啊！

卓飞点了点头，眼底闪过一抹欣慰，接着便埋头到工作中，再没有多看她一眼。

第九章

醒来依旧重伤

何薇在一阵强烈的刺痛感中醒了过来，映入眼前的景象起初还有些模糊，但是稍微适应了一会儿之后，就渐渐变得清晰起来。她认出周围到处都是茂密的树林，而自己现在似乎是躺在枯树叶铺垫的地面上，从树林间的缝隙里可以看到头顶上的天空。天已经黑了，何薇能看见点点的星光在树林间闪烁。

她张了张嘴，想要出声，却发现只不过是动了一下下巴，右胸口就传来了一阵堪比撕裂一样的疼痛感！这疼痛如同锋利的刀片将她的皮肉生生割开一般，何薇顿时疼得什么都说不出来了，只能紧紧皱着眉头，小口小口地喘着气，试图将疼痛稍稍缓解。

树林里静悄悄的，只有虫子偶尔的低鸣，还有小动物从树林间穿梭而过时发出的些微窸窣响声，一点人的气息都没有。在疼痛稍微缓解了一些之后，何薇试图回忆她昏迷之前的那段时间都发生了些什么事情——

好像，好像当时她正陪着顾曦和顾轩两兄弟一起逛恐龙大学的校园，中途顾曦说他想一个人去图书馆看看，她就打算和顾轩等人先走……然后……然后他们就忽然被一群凶猛的剑龙战士袭击了！

想到这里，何薇顿时紧张起来，一激动，不小心牵扯到了伤口，她顿时再度疼得皱起了眉头。她低头朝自己的右胸口看去，只见胸口朝上的地方正插着一支箭，不知道箭刺入了多深，但现在只要她的动作稍微大一点，就会疼得要命，看来这伤应该不轻。

回想起来，最后好像是顾轩变成剑翼龙的样子，载着她试图逃出去，她却在最后一刻，不幸被剑龙战士射中了胸口……

想到这里，她不由得奇怪起来，最后应该是顾轩带着自己飞走的吧？那现在，他又跑到哪里去了呢？

树林间的阴森黑暗和四周时不时传来的动物号叫声不禁让何薇害怕起来，她不知道自己现在身处何方，心底不由得开始怀疑……顾轩是不是为了活命，把受伤的自己抛下，自己一个人逃走了？或者说比这个更糟糕，就像之前那些剑龙战士说的那样，今天的一切都是顾轩策划的？

虽然何薇极不愿意相信这几个不好的猜测，但现在，她不得不考虑任何的可能性。但无论是哪一种，她现在都必须要找一个有人的地方，

这样才能活命，才能思考之后的应对策略！

　　想到这里，何薇终于使出了身上所有的力气，想要从地上爬起来，可她只不过撑着身体刚刚坐起来，身体里的全部力气就都费尽了，豆大的冷汗从她额头上不断地往下滴落。眼看着她就要支撑不住，重新栽倒在地，然而就在这一刻，树林当中忽然冲出来一个黑影，在她即将倒下之际伸出手臂，稳稳地接住了她！

　　那健壮有力的手臂支撑着她的身体，她勉强睁开眼，抬起头朝上方看了一眼，眼底顿时闪过一丝放松和疑惑："顾……"

　　是顾轩！原来他没走！可是之前他为什么不见了？现在情况怎么样？程亚伦有没有事？何薇有一大堆的疑问想要问，却苦于发不出声音。

　　抱着她的人看出了她的急切，赶忙张口说道："你先别急着说话，会牵动伤口。我刚刚去附近的树林里找了一些可以止血的草药，等我帮你把胸口上的箭拔掉，你才能渐渐恢复。现在，你先别想其他的了，好吗？"

　　那陌生而略略有些低沉喑哑的男性嗓音让何薇惊愕地瞪大了眼睛，她张了张嘴，仿佛在说：顾轩，你可以开口说话了？

　　顾轩看着她伤口上渗出的血越来越多，蹙起眉头："一会儿我再跟你解释，现在，我必须要帮你把箭头拔出来。何薇，你……你能忍住吗？"

　　何薇知道这个箭头是必然要拔的，她立刻点了点头，额头上的汗珠大颗滑落，顾轩不由得有些心疼，从身上穿着的制服上撕下一块布，递到她嘴边："咬着，一会儿千万不要咬到舌头。"

　　何薇咬住那块布，她不敢看，因此只能紧紧地闭上眼睛，双手不受控制地抠紧地面，捏住一大把的枯树枝，就等着顾轩帮她把箭头拔出来。

　　顾轩试着触碰了一下那支箭，何薇立刻浑身抽搐了一下，他顿时也跟着一抖，赶忙说道："何薇，你……你试着想一些开心的事情，不要把所有的注意力都集中在这件事上。"

　　她知道顾轩是想让自己转移注意力，因此便吃力地点了下头，努力在脑海中回忆过去那些美好的事情。这么一回忆，她才发现自己脑海里装着的事情，竟然大多数都和卓飞有关。

　　在来到恐龙星球之前，何薇的生活过得很清苦，为了生计她整日奔波，因此也没什么值得开心的事情，但来到这里之后，那个满身都是阳光的霸王龙忽然闯入她的世界里来，即使一开始她真的很讨厌这家伙的自恋和傲慢，还是渐渐被他身上散发出的温暖光芒所吸引。

他虽然自恋，可确实有才华，能够担当起国家帝王的责任；虽然傲慢，却也不是那么无可救药。到后来，卓飞竟然愿意为了何薇慢慢做出改变……

何薇曾经以为，自己的一生或许都会过得很清苦，却没想到卓飞带给了她这么多的惊喜。这么一回忆，她才发现自己满脑子都是那只蠢蠢的霸王龙的笑容……

对，还有他们的孩子，三个可爱的孩子……

何薇终于在痛苦中露出了一丝微笑。

顾轩看准了这个机会，猛地伸出手按住她的胸口，将那箭头从伤口中一把抽出！

鲜血顿时就从伤口中渗了出来，很快就染湿了何薇的半边衣服，而她疼得连一点声音都发不出了，脸色白得像纸，即使在夜色之下都显得那么苍白可怜。

顾轩一边用找到的草药给她止血，一边说道："忍一下，马上就不疼了。何薇，请你忍一下！睁开眼睛看着我，请不要睡过去，好吗？请你不要睡过去！"

他知道何薇伤得很重，而在这荒郊野外又没有医疗设施，他担心何薇这么昏迷过去之后，就再也没办法苏醒。

可是何薇终究因为失血过多和剧烈的疼痛而晕了过去，她的脑袋歪歪斜斜地靠在他的臂弯中，嘴唇已经连一点血色都没有了，整个人失去了生气，任凭他怎么叫喊她的名字，她都像一个布娃娃一样失去了反应。

看着失去生机的何薇，顾轩只觉得自己整个人都在止不住地颤抖，眼前忽然浮现出那一天，他被押到母亲所在的牢狱门前，亲眼看着她被顾曦杀掉的情景……

一切似乎又回到了从前，一切似乎又轮回往复了，上一次他没能救回自己的亲人，而这一次，他似乎又失去了救回自己喜欢的女孩子的机会……

"不……不会的，不会的！"顾轩在短暂的麻痹之后忽然醒过来，猛地伸出手将何薇搂进怀里，用坚定的口吻说道，"我不会再让重要的人离开我，绝对不会！何薇，你不会有事的！你不会！"

说罢，他便将身上穿着的制服外套脱了下来，全部包在了何薇身上，又在她的伤口上擦了一些止血消炎用的草药，然后小心翼翼地将她放在干燥的枯草堆上，走到一边架起了火堆。

虽然顾轩知道这种时候在森林里燃起火堆是非常不明智的行为，因为他那个阴险狡诈的哥哥可能正在派人四处秘密搜寻他和何薇的下落，但眼看着何薇的身体越来越凉，如果再不生火给她一些温暖的话，只怕……只怕失血过多的她真的挺不过今晚……

想到这里，顾轩手下猛地一用力，就将一根树枝给掰断了——不，他决不能再让重要的人离开自己，这一次，他无论如何都要保护好何薇！

顾轩快速生起了火，将何薇小心翼翼地抱着坐在火堆旁，让她靠在自己的怀里，同时利用自己的体温保持她的体温。

这段时日以来，顾轩每每见到何薇出现，看着她脸上带着幸福的微笑和那个卓飞一起牵手从自己面前走过，他就会忍不住在心里幻想：如果牵着她的那个人是自己该多好，如果……如果自己有机会将她拥入怀中该多好……

现在，他的幻想终于变成现实，可是他却一点都高兴不起来。如果可以，他宁愿现在何薇是安安全全地待在那美丽的皇宫里面，给她可爱的孩子们讲睡前故事，而不是和自己一起待在这片森林里，身受重伤，被人追杀……

他不由得苦笑一声，为什么自从自己出现在何薇的生命中后，就总是带给她灾难呢？先是在剑龙帝国的时候被追杀，现在又害她受了这么重的伤。

或许，他真的和何薇没有缘分吧，他能带给她的，难道只有不幸？

顾轩就这么抱着何薇靠着火堆坐了一夜，虽然经历了逃亡之后，他很疲倦，可是他一整晚都没敢合眼，就担心何薇的症状会忽然恶化。他一直盯着她小小而惨白的脸，只希望下一秒，她就能睁开那双漆黑的眼睛。

但直到天亮，直到太阳在空中高高升起，怀中的女子依旧陷在沉睡中，没有要苏醒的趋势。

顾轩伸手摸了摸她的手臂和额头，身上是微凉的，而额头却变得滚烫，她竟然发烧了！一定是伤口发炎感染造成的！顾轩顿时着急起来，这里没人烟，退烧药什么的就更别指望了，但他必须尽快帮她降温！

他想了半天，只能从制服上撕掉一块布，走到附近的小溪里沾了凉水，然后给何薇盖在额头上，其间他还打了几只小动物来，生怕何薇醒来之后想吃东西。

他将猎来的肉和摘来的一些果子一起熬制成了较黏稠的粥，在火堆上慢慢地炖着。在给何薇换了十几块凉布之后，她似乎终于有所好转，脸色也从惨白渐渐变得带了些红润。

顾轩试探性地在她耳边喊了几声："何薇……何薇，你能听见我说话吗？"

何薇听到声音，蹙了蹙眉头，嘴唇也微微开合了几下，顾轩赶忙把脑袋凑了过去，想听清她说了什么，只听她用沙哑的嗓音断断续续地说着："卓飞……爸爸……"

听到她说话，顾轩一方面觉得欣喜，另一方面又有些失落，在她发烧重病、神志不清的时候，脑海中想到的人当中……依旧没有自己啊。

不过自己又在奢求什么呢？本来他就一直明白，何薇喜欢的人只有卓飞啊。

这也没关系，不是吗？喜欢一个人，和那个人会不会喜欢你，本来就不相干啊。

想通了这一点后，顾轩便不再计较了，又细心地照顾了她许久，直到第二天正午时分，她才终于醒了。

她缓缓地睁开眼睛，就看见顾轩正蹲在火堆前面，翻动着上面煮着的东西，空气中弥漫着一股肉香味。昏迷许久的何薇顿时觉得有些饥饿，不由得开口道："顾轩……喀喀……"

尽管她的嗓音低哑不清，但面对火堆的那个人却立刻转过了头，眼中带着莫大的欣喜，朝她走过去，开心而激动地大喊："何薇！你醒了！"

何薇点了点头，眼睛看向那火堆上煮着的东西，问："我……我饿了……"

"哦！好，你等一下！"顾轩听到她这么说，顿时更开心了，虽然现在有一肚子的话想要问她——身体还难不难受啊，伤口还痛不痛啊，但何薇现在想吃东西，他自然就顾不得其他了。

他将煮好的肉粥放进卷好的大树叶中，微微吹凉了一些，才递到何薇面前。他用厚实的胸膛将她撑起来，让她靠在自己的胸前方便喝下肉粥。

这肉粥虽然香气扑鼻，但何薇的身体还是很虚弱，她只是喝了几口，便摇了摇头："可以了……谢谢。"

"再喝一点吧，多喝一点你才有力气赶快好起来。"他轻声劝道。

何薇眨了眨眼，他说得对，只有自己尽快好起来，才能想办法快点回到皇宫中去，想必现在自己和顾轩两个人身处在这树林里，卓飞和孩子们一定急坏了吧！

虽然嗓子有些疼痛，但何薇还是努力将剩下的肉粥都喝完了。

喝完之后，她几乎用尽了身上所有的力气，不得不靠在顾轩身上恢复体力，而对方就这么任她靠着，也不说话，她能听见耳边传来他沉稳的呼吸声。

过了许久，何薇感觉自己恢复过来了，这才说："你……不吃点东西吗？"

"我吃过了，你不用担心。"顾轩立刻开口，嗓音依旧有一丝丝喑哑。

听到他的声音，何薇顿时反应过来，问出了之前那个疑问："你……为什么忽然又会说话了？"到目前为止，她心底对顾轩的怀疑还是没有完全消除，会不会顾轩之前不能说话是装出来的？可是他又为什么要装呢？不能说话对他来说应该没什么好处吧……

顾轩却因为这个问题而微微红了脸，他踟蹰了很久才回答道："那天……我……我看到你被箭射中了，不知道怎么回事，就喊了你的名字……然后就又能说话了。"

原来她那天在昏迷过去的最后一刹，听到的陌生男声来自顾轩。

何薇点了点头："太好了，你又能说话了。对了，我们现在……在什么地方？"

"被那些剑龙包围之后，我带着你一路飞，兜了好几个圈子，现在在离恐龙大学很近的一片森林当中。"顾轩回答道，"以前我父王告诉过我，最危险的地方往往是最安全的地方，所以，我才想着回到这里，我的哥哥或许反倒不容易搜到我们。"

何薇的眉心微微动了一下："你……你的哥哥？难道这些是……"

"是。"顾轩用肯定的语气说道，"他一向是个很有城府和计划的人，做什么事情都抱着目的，之前我一直在暗中猜测他这回来到恐龙帝国到底是想做什么，起初我以为他只是想把我从你们这里带走，然后暗中处决我……可是现在我才发现，之前的想法实在是太幼稚了！何薇，这一次顾曦不仅仅是冲着我来的，他是冲着你们整个恐龙帝国来的！他刺杀你，本来是想借机将一切都陷害给我，如果你的丈夫卓飞在愤怒之下杀了我，那么他挑起两个国家之间的战争便是轻而易举。可是他却万万没有想到，我会带着你逃出去，而你现在也没有像他计划当中那样死亡……我估计现在，他正在筹谋另一个新计划。"

是这样吗？何薇听完了顾轩的解释，虽然听起来一切都有理有据，可是……如果说得不好听一点，这些现在都是他的一面之词，何薇虽然一直认为顾轩人品正直，不会做出什么伤天害理的事，但现在，她却也不得不问得更详细一点："那天我们都……中了不能变身的毒素，为什么你……能够变身？"

说到这个顾轩就有些懊悔："之前在剑龙帝国，我就被顾曦这么暗算过一次，很久都无法变身，还差点被他的手下抓住，所以后来我就留了个心眼。我……我以为这次他要去恐龙大学是想趁机杀掉我，我根本没想到他的目标是你，所以……我也没有提醒你们多加防备他准备的毒素……何薇，真的很抱歉，我……因为我的疏忽，让你受了这么重的伤……"

顾轩不断地道歉，何薇看到他眼神中的诚恳，一颗不安又忐忑的心终于有所放松，毕竟，她从心底就不想接受顾轩是个坏人的假设。

"没关系，不能怪你……"她喘了几口气，这才有力气接着说话，"谢谢你再一次救了我……"

顾轩那张一向冷峻的脸上露出一丝丝的腼腆来："你不用谢我，真的。"

其实，真正应该道谢的人是他才对吧？因为何薇的出现，自己才会学着再一次相信别人；因为何薇的出现，自己才能够重新开口说话……

他心底有那么多的感谢想要跟她说，可是看着何薇苍白的脸色，却又不忍心让她受累，因此便说："你再睡一会儿吧，我到附近去找点吃的。"

"好。"何薇简短地说，她的身体还是很虚弱，被顾轩扶着躺下之后，很快便沉睡过去。也只有在梦里，她才不用想那么多。

再次醒来时，已经是傍晚，顾轩依旧蹲在火堆前煮粥，何薇发现自己有力气多了，便自己坐了起来，观察了一下周围的情况，很快得出一个结论：他们现在确实是在恐龙大学附近的森林里。从前上学的时候，学校还经常安排他们到这片森林里进行训练，她和卓飞分到一组的时候，不知道闹出了多少笑话。

一想到那个时候的卓飞，何薇便不由得轻声笑了出来，顾轩顿时转过头来，眼中带着欣喜看向她："你能自己坐起来了！太好了，要不要吃点粥？"

何薇摇了摇头："不用，我现在不太饿，我……我要想想咱们该怎么安全地回到皇宫中去。"她伸手摸了摸口袋，手机还在，但是拿出来一看却发现没有信号，只听顾轩说："没有用的，顾曦只怕在附近放置了屏蔽信号的仪器。"

何薇有些不解："如果真的是你哥哥做的……他哪里来那么多人手？这里再怎么说都是恐龙帝国，不是他自己的地盘啊！"

顾轩摇摇头："我也不知道……现在我只能猜测，或许他早就有进攻这里的打算了吧。"

如果顾曦真的早有打算，那只怕他在若干年前就已经在恐龙帝国布置好了自己的眼线和人员，或许……现在连皇宫里都有奸细！那个为她和程亚伦开车的司机很有可能就是其中一个，不然之前，他为什么忽然开始抽烟？烟味和花香混合在一起，还成了毒素！

何薇顿时觉得那原本平静的四周其实危机四伏。

而顾轩却误会了何薇的沉默，他低头思索了一阵，才开口问："何薇……你是不是……不相信我告诉你的这些？"

何薇一怔，赶忙抬头看向顾轩，想告诉他自己没有怀疑他，可是话到嘴边却又咽了回去——

事实上，刚刚她确实有怀疑顾轩啊！而且现在也不能完全相信他……虽然这个想法让她感到痛心和内疚，可是……不管怎么说，现在都没有确切的证据证明，顾轩和这一切无关，所有的阴谋都是那个顾曦计划出来的。

何薇很想完全信任他，可是如果因为自己的信任而给恐龙帝国带来什么巨大的灾难，她无法承担起这样重大的责任。

她不由得咬了咬嘴唇："我……我不是……"

何薇不知道该怎么组织自己的语言，顾轩从众多剑龙战士手中救了自己，还为自己到处找草药疗伤，而现在，她却没办法做到完完全全地信任他。

可是她又有什么办法呢？自己的身份是恐龙帝国的王后，而顾轩则是另一个国家的王子，这中间必定会存在一道没办法跨越的鸿沟。

何薇正在思索着该怎么把心底的想法告诉顾轩才不会太伤到他的时候，对方却先一步开了口："你不用说什么，我明白的。"顾轩的语气很是沉着冷静，他微微点了点头，"我知道你现在没办法完全信任我，我不怪你，何薇。"

何薇的心不由得一酸，她伸手抓住了地上的枯草，很内疚地小声说道："对不起……"

"你不用跟我说对不起，何薇。"顾轩一边说着，一边朝她走过去，最后在何薇的身边蹲下，将滑落在地上的制服外套捡了起来，重新披在了她身上，语气很轻柔，"我明白现在没有证据，而且我和顾曦还有血缘关系，我更是另一个国家的王子……如果你不是卓飞的妻子，或许还可以毫无保留地信任我，但你是这个国家的王后，所以，我能理解你的苦衷。你完全不必为自己的怀疑感到内疚，何薇，你会这么想是人之常情。"

随着他轻柔的说话声，何薇不由得缓缓抬起了头，她只觉得眼睛酸酸涩涩的，不由得伸手揉了一下眼睛。

对方立刻抓住了她的手腕："别碰眼睛，你手上都是灰尘。"说着，他便抽出一块干净的布巾，替她细心地擦掉了手上沾着的泥土，然后抬起头，对她露出一个淡淡的笑，"我会将你安全送回皇宫，然后向你证明我和顾曦是两种完全不同的人，让你相信我从来没有想过要侵占别人的土地和国家，何薇。"

他的语气很轻柔，同时也很坚定，虽然森林里很寒冷，何薇却觉得心底暖暖的。她抬起头，想对他笑一下，却猛然撞进了顾轩那双漆黑的眸子里。刚刚她低着头，所以没发现，原来他在说话的时候，一直盯着自己。

那双如同黑曜石般沉静的眸子在火光的照耀下映射出一种夺目的光彩，尽管顾轩什么都没说，只是这么看着何薇，可她却似乎从那双眼睛中看到了一些熟悉的东西。

就是那种，她经常在卓飞那双明亮的眼睛中看见的……对她的爱慕。

何薇的心猛地一震，脑海中顿时闪过她这段时间以来和顾轩相处的那些回忆，迟钝的她到现在才回想起来，好像……好像自从顾轩带着她从剑龙帝国逃到这里来之后，他看自己的眼神，就……一天比一天炽烈和温暖了。

何薇已经是别人的妻子和母亲了，自然明白这其中掩藏的情愫，她只是悔叹为什么自己到现在才发现！难道……难道顾轩真的对自己……

可是这样下去，对他完全没有好处啊！何薇这辈子喜欢的人只有卓飞，如果顾轩继续这么下去，只会受到伤害！他是个很善良的人，何薇不想因为自己让他日后伤心，因此很快便在心底暗暗决定，以后要慢慢和他隔开距离，不能做出什么让他误会的事了。

这样对两个人都好。

下定决心之后，她立刻收起了心中的慌乱，点了点头，不动声色地将自己的手从顾轩的手掌中收回来，然后用平静的语气说道："嗯，我也很愿意相信你和你哥哥是完全不同的人，谢谢你没有因此而生我的气。"

他怎么会生她的气呢？顾轩笑了笑："想吃点东西吗？"

说了这么久的话，何薇倒还真的饿了，便点了点头："嗯，我自己来吧。"

说着，她便自己站起来，走到火堆旁边，用地上的大树叶舀了一些肉粥，又扭头问顾轩："你吃吗？"

顾轩摇摇头："不用，在你醒来之前我就已经吃过了。"

"哦，那好。"何薇点了点头，在顾轩的对面坐下，和他隔着熊熊火焰，她低头吃东西，两人就这么悄无声息地坐着。

尽管何薇努力装作一副若无其事的样子，可顾轩不断从对面投来温柔的目光，还是让她不禁红了脸……

拜托不要再看我了啦！我脸上难道有花吗？！你这么看我，我吃不下东西了啊！何薇不断地在心底吐槽，可是又不能说出来，心里又急躁，因此越吃越快，不一会儿就听见对面的顾轩轻笑了一声："你现在吃东西的样子好像一只仓鼠。"

"噗——咳咳……"何薇顿时就喷了，她抬起头，红着脸，愤愤地瞪了顾轩一眼，"我看你还是不能说话的时候比较好！"

顾轩勾起嘴角，他那张脸上罕有什么表情，可是现在笑起来却别有一番意味。褪去了那层冷漠孤傲的光，笑起来的顾轩看上去很温柔，给人一种暖烘烘的感觉。

如果卓飞是像太阳一样的璀璨明星，那么顾轩就是深夜里点在桌前一盏不灭的温暖明灯。

只听他又说道："哦，现在变成一只脸红的仓鼠了。"

"仓鼠怎么会脸红啊？你不要太过分啦！"何薇气得指着他的鼻子大喊道，可能是因为太用力了，胸口上的伤处顿时传来一阵刺痛，她登时就白了脸，顾轩见状一个箭步冲了过来，担心地按住她的肩膀："怎么了？哪里疼吗？"

他手掌心传来的热度让何薇不由得缩了缩肩膀，她摇摇头："我……我没事的。好了，我吃饱了，先去休息了，明天早上。咱们就出发吧，看能不能从这里回到皇宫去。"

"可是你的伤……"顾轩不太同意。

何薇摇摇头："我们必须快点行动，耽误得越久，皇宫那边的变数就越大。万一卓飞以为我死了，他肯定会做出一些没有理智的事。如果你哥哥借机发动战争，那后果不堪设想，所以我们一定要尽快回去。至于我的身体，我自己知道，不会有问题的，你忘了吗？我是龙神的女儿，身体恢复得很快的。"

顾轩虽然不是很赞同，但他明白何薇说得没错，因此便也不好再多说什么，只是问："对了，一直听你提到你父亲，可是为什么我来恐龙帝国这么久，一直没见过他？"

提起自己那个脾气古怪的老爸，何薇就觉得又好笑又好气："我父亲他一年到头都不回皇宫，整日在世界的各个角落里胡逛，上一次联系我们都是半年前的事了，我们谁都不知道他现在在哪里。"

不仅如此，自从卓飞登上王位之后，卓飞的哥哥也以"皇宫实在是太闷了"的理由随着龙神一起离开，四处闯荡世界去了。但这次发生了这么大的变故，卓跃应该会回来的，可是自己的父亲……她就不清楚了。

虽然她是在来到恐龙星球后才和自己的亲生父亲相认的，两人没什么感情基础，但毕竟血脉亲情是割不断的啊。

似乎是看出了何薇心情的低落，顾轩赶忙开口安慰道："别难过，其实在我眼中，你已经很幸福了。你有爱你的丈夫和孩子，还有那么多崇拜你的人们，你父亲虽然不经常在你身边，可我相信他还是爱你的。"

何薇点了点头："顾轩，谢谢你……我真的没想到，你这么会安慰人。"

顾轩笑了一下，眼底闪过一抹落寞："大概是遗传自我的母亲，她是一个很温柔、很会安慰别人的人，和她说话的人都会觉得心里很温暖。"

就是那样一个温柔而又与世无争的母亲，却被他的哥哥……硬生生地斩于刀下……

脑海中浮现出那血腥残忍的一幕，顾轩不由得缓缓捏紧了拳头。顾曦毁了他原本幸福的生活还嫌不够，现在还试图将悲剧扩散到这里，扩散到他最喜欢的姑娘身上，这一回，他绝对要阻止他！那样的悲剧，顾轩绝对不会让它再次发生！

皇宫，医疗组的重症监护室内。

几个身穿白衣的医护人员没日没夜地守护在监护室外，不断观察着监视器上记录的数据变化情况，一旦发现数据上有什么明显的变化，大家便会紧张起来。因为躺在病床上那个浑身上下都插满了管子的人，正是恐龙帝国的第一将军程亚伦。

自从数天之前，他为了保护何薇王后撤退而被一伙剑龙战士打成重伤之后，他就一直处于昏迷不醒的状态。程亚伦的英勇事迹很快便在皇宫内外传开，大家都对他保护王后而不顾自身安危的行为感到很钦佩，因此都很希望他能够尽快好转。

但时至今日，程亚伦依旧没有脱离生命危险。

医护人员正在忙碌着，这时，侧边的门忽然被人推开了，众人本来还没多加注意，直到那人在重症监护室的巨大玻璃前停下脚步，才有几个医护人员惊愕地叫出来："陛下！卓飞陛下！"

卓飞扭头对他们点了点头："你们继续工作，不用管我。"

"哦，好的！我们……我们一定会努力让程亚伦将军尽快脱离危险的！"医护人员尽职尽责地说。

卓飞颔首，他微微蹙着眉头，看上去并不像平常那么开心，大家也都明白他此时此刻在为何而焦虑。何薇王后已经失踪很多天了，而目前唯一知道当时发生了什么事的程亚伦将军又昏迷不醒，急于找回何薇和搞清楚真相的卓飞陛下自然是焦急万分。

而现在，他隔着玻璃看着躺在床上虚弱无比的程亚伦，不由得重重叹了口气。卓飞和程亚伦也算是从小长到大的好兄弟，他们经常一起训练，一起面对危机，程亚伦虽然在战斗力上差卓飞一些，可是和这个国家其他人比起来，还是非常强大的。

印象当中，即使是在数年前和冰龙帝国的那场大战中，程亚伦也没受如此重的伤。他出手一直非常快，判断也很准确，如果这一回不是因为被那些人群起而攻的话，他绝对不会受这么重的伤。

作为程亚伦多年的老友，卓飞只觉得又痛心又内疚，为了保护自己的妻子，他才被伤成这样。他可是他们程家的独子，至今都没结婚生子，如果真的出了什么差错，自己以后要怎么向他的老父亲交代？

想到这里，他不由得闭了闭眼，扭过头看向那些医护人员，用诚恳的语气对他们说：“请你们……一定要尽力救治他，程亚伦是我多年的好友，我真的不想失去他这个朋友……”

国王陛下用恳求的语气和医护人员说话，大家顿时觉得很感动也很惊讶，赶忙点头道：“您放心，我们已经给程亚伦将军用了最高级的医疗设备，我们一定会尽全力让他恢复健康的！”

卓飞的脸上这才露出一丝笑容，有个年轻的医护人员忍不住开口问道：“陛下……那个……现在有何薇王后的消息了吗？”

听到这个名字，卓飞的脸顿时沉了沉：“目前还没有。”

医护人员也不由得有些失落和难过，但还是打起精神说：“请……请您不要太过担心，王后她那么厉害，一定不会有事的。”

卓飞诚挚地道了谢，正准备离开时，房门却再一次被人推开了。第三分队的护卫队队长云莉走了进来，她对卓飞敬了个礼，这才用略显焦急的口吻说：“陛下，已经很晚了，您现在应该休息了！”

这些天以来，云莉已经不是第一次对自己说这些话，卓飞的神情里有一丝不耐烦，他一边往外走，一边说：“这几天我要忙的事情很多，身为国王，我不能为了自己休息就丢掉工作！你的建议我心领了，谢谢。”

但云莉却不愿这么轻易放弃，赶忙跟了上去，两人一前一后在皇宫的花园里走着，她急促地说：“陛下，我知道您的工作很繁重，可如果您不注意身体，万一累垮了，那么那些工作就更没人处理了！再说，您的孩子们呢？您也应该偶尔抛下工作，去看看他们啊！”

在云莉说话的同时，卓飞的眉头越皱越深，到最后，他猛地停住脚步，快速转过身来看向云莉，他那双原本明亮的眸子里如今却暗藏了一丝丝愤怒的光芒："云莉，我的身体怎么样，我自己知道，你只是护卫队长，负责在有突发状况的时候保护皇族，而不是监控我的身体健康与否，那些是医疗队的事情。难道你不觉得你自己管的事情有点多吗？"

云莉被他那严厉的语气吓住了，垂下头解释道："属下或许是有些越权的行为，但属下也是为了——"

"我并没有指责你越权。"卓飞打断她的话，眼神锋利得像刀子一样，"我只是觉得，自从何薇失踪以来，你对我个人的关心似乎太过强烈了一点。"

他刻意加重了"个人"这个词，云莉闻言果然抖了抖，一颗心猛地往下沉……难道……难道自己对他的感情，被他看出来了？

卓飞怎么说都是国家的帝王，之前也不是没受过那些有心计的女人的诱惑，虽然之前云莉在刻意压制她心中的感情，但这段时间以来，她频频出现在卓飞面前，还是让他看出了一些端倪。

之前他一直认为云莉是个有能力的下属，因此也没多想，但自从何薇失踪之后，她就总缠在自己身边，这不由得让卓飞心底很抵触：难道云莉是认定了这回他找不回何薇，所以才刻意接近自己？

他知道自己的想法太过偏激，但却没办法不这么想。他心底只有何薇，而云莉看向自己的眼神有时太过于热烈，这不由得让他感到有些反感。

云莉愣了许久，才开口道："陛下，我……我……"

"你不用说什么了，以后，你只要完成自己的本职工作就好。"卓飞也不想让她太尴尬，"多谢你的关心，但我认为，只有我妻子才能对我这么关心，其他人这样做会让我觉得她另有所图。"

云莉不由得抖了一下，鼻头一阵酸涩，眼眶也湿润了："我……我知道了……对不起，以后我不会……再让您感到为难了。"

说罢，她便快速转过身去，以最快的速度跑了。因为她害怕自己在那里多待一秒，眼泪就会控制不住地涌出来。

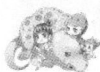

卓飞在她走后无奈地捏了捏眉心，不过她刚刚的话确实提醒了自己，他确实应该回寝殿看看自己的孩子们了。这一回何薇失踪的事情就发生在皇宫附近，消息很快就传了回来，因此这一次，卓飞没能瞒住他的孩子们。

而现在这么晚了，只怕他的孩子们正因为妈妈的失踪而担惊受怕得睡不好觉吧？卓飞心里一酸，赶忙加快脚步朝寝殿走去。

他步履匆匆，因此没发现不远处的亭子后藏着一个黑影。

那个黑影见卓飞走远之后，便从亭子后走了出来，然后快速朝着另一个方向跑去。

他所去的地方正是剑龙帝国大王子顾曦的住所。

黑影并没有直接从正门进去，而是在旁边等待时机，直到两拨皇宫侍卫开始换岗，他才趁机从窗口溜了进去。

顾曦则早就坐在桌前等待了，那影子一进去，立刻取下了脸上包着的黑布，这人竟然穿着恐龙帝国护卫队队员的服装！

没错，他正是顾曦早早布置在这个国家的其中一个奸细。

"怎么样，有什么新发现吗？他们找到那个何薇了吗？"顾曦慢悠悠地问。

对方恭敬地回答道："回王子殿下，还没有，不过属下额外探听到了一个或许有用的消息。"

顾曦面带微笑："哦？说来听听。"

"第三分队的队长云莉似乎对国王卓飞心有所属，但却被卓飞冷言拒绝了，最后她很伤心地离开了。"

"哦？"顾曦心底其实已经立刻想出了十几个可用的计划，却还是故作不懂，问道，"你来说说，这个消息为什么对我有用呢？"

黑衣人上前一步，压低了声音说道："陛下，倘若您能趁机挑拨卓飞和云莉的关系，让她转投到我们这一边，那么她所掌握的许多机密都可以为我们所用。"

顾曦听完露出了一个满意的笑容，站起来拍了拍那人的肩膀："真不愧是我的下属，很好，你的想法非常好，我会好好考虑的。以后等我

成就了一番霸业，我自然不会忘记这其中有你的功劳。"

黑衣人听到顾曦这么说，顿时有些激动，但还是恭敬地回答："能为殿下效劳，是属下的荣幸！"

待黑衣人离开之后，顾曦重新坐回桌边，脸上虽然带着笑意，眼底却闪过几抹冷光。顾曦一向不喜欢聪明的属下，因为这就意味着对方有可能在以后想出背叛自己或者是取代自己的法子，而今天这个来报信的黑衣人还自作聪明地以为他会得到重用，却全然不知顾曦已经为他安排好了一条死路。

"云莉是吗？"他低声说道，"那就让我看看，卓飞的属下到底对他有多忠心！"

第十章

暗中钩心斗角

第二天正午，正是皇宫护卫队队员进行交接班的时候。一名队员来到他的队长云莉面前，恭敬地向她敬了个礼，然后说道："队长，换岗时间到了，您现在可以休息了！"

可是他把话说完之后，对方却没有一点反应，依旧站在原地不动，好像全然没听见身旁的属下说了什么似的。队员不得已又提高了声调对云莉说了一次，可她还是毫无反应。

队员不由得有些担心，绕到她面前想看看到底发生了什么事，这一看顿时吓了一跳！只见他们第三分队那个一向英姿飒爽、潇洒干练的云莉队长，如今竟然顶着两只红肿的眼睛，脸色也苍白得有些吓人，这……这一看就是才哭过的样子啊！

男队员不由得在心底惊讶地想着，究竟是什么人那么有杀伤力，竟然让他们队里有"铁腕娘子"之称的云莉哭成这样？

他不由得伸出手在云莉面前挥了挥："云莉队长……云莉队长，您……您没事吧？"

挥手的动作总算唤回了云莉的神志，她怔了一下，才说道："哦，我没事，怎么了？"

"到换岗的时间了，您可以休息了。"队员说道，还体贴地补充了一句，"队长，我……我觉得您今天状态不太好，还是回去好好睡一觉吧。"

云莉知道对方肯定是看出了自己的异常，才好心地建议自己去休息，她不由得有些自嘲地想，是啊，今天她这个样子，谁看不出她状态不好呢？尽管昨晚和卓飞陛下告别之后，她尽力告诉自己不要难过，更不要哭，可还是忍不住躺在床上流了一个晚上的眼泪。

这眼泪中夹杂了一丝丝委屈，但更多的是遗憾。她忍不住幻想，如果何薇王后没有来到这个星球上，自己会不会就有机会。这个念头一冒出来，云莉就被自己吓了一跳——她竟然会有这么恶毒的想法！那可是她一直很崇拜和敬仰的王后啊！她怎么能为了自己的一点私欲，就……就……

云莉再也无法入眠，就这么睁着眼睛熬了一夜，然后第二天按时去上班。

现在的她不知道以后自己该怎么面对卓飞陛下，又想起王后曾经对她说的那些话。她那么信任自己，而自己却……

云莉越想越后悔、越难过，于是朝前走的时候不小心撞上了迎面而来的一个人。

她还未来得及开口道歉，就听见对方用充满关切的口吻问道："这位应该是……护卫队的队长云莉女士吧？老天，你的眼睛怎么这么红？有什么事让你很难过吗？"

这声音竟然是顾曦的！尽管云莉很难过，但面对眼前这个很有可能是幕后黑手的人时，她还是很镇定的，她立刻摇了摇头："我没事，多谢关心，请问顾曦先生您这是要去哪儿？"

"哦，我看着花园里的景色不错，便想着出来逛逛，不知道我这么做，会不会对卓飞陛下造成不便？如果不便的话，那我就……"

顾曦将自己的姿态放得很低，而他现在也还是皇宫的客人，云莉自然不能拒绝，因此便点头道："不会的，那您就在花园里尽情欣赏景色吧，有什么需要告诉旁边的护卫队员便可以，我刚刚下班，就不奉陪了。"

但她才刚刚走出两步，就被对方叫住了："云莉女士，可否留步？"

"您还有什么事吗？"云莉停住脚步，扭头问道。

只见顾曦嘴角扯出一丝淡淡的笑，说道："我想给您讲个故事，不知道您有时间听吗？"

故事？云莉微微皱了下眉，心想或许可以从顾曦口中套出什么关键信息，因此便答应了："好的，您讲吧。"

顾曦脸上的笑意更明显了："这个故事其实很简单，是流传在我们民间的一个童话，是讲渔夫家有两个女儿，她们都长得非常美丽。有一天，两个女儿在海边捕鱼时遇到了一位英俊的骑士，她们两个同时爱上了那位骑士，但是英勇的骑士却爱上了其中的姐姐，很快就和姐姐定下了婚事。妹妹很伤心，但还是抱着善良的心祝福他们，直到她从巫婆口中得知，姐姐是给骑士下了咒语，对方才会如此专一。妹妹为了将骑士从咒语中解救出来，在打鱼的时候，将不熟悉水性的姐姐推进了大海里。骑士醒悟之后，这才发现原来他喜欢的人是妹妹。"

他顿了一下，才接着说："故事就是这样的，不知道云莉小姐怎么看这个故事呢？我个人觉得……它还是很浪漫、很感人的。"

顾曦用试探性的语气询问云莉，却没想到她立刻正色说道："我认为这个妹妹非常没有良心！不管她姐姐有没有给骑士下咒语，这些都不是妹妹陷害姐姐的理由！她的所作所为和自己的姐姐一样，都是非常自私的行为！顾曦先生，我不禁要对您产生一些疑问了，您怎么会喜欢这样的故事？"

顾曦的眉头微不可察地蹙了一下，但很快他就礼貌地露出笑容："哦，只是忽然想起了这个故事而已，现在想想这个故事确实不太好，还让云莉女士见笑了。"

"那么多谢您给我讲这个故事了，没其他事的话我就先回去了。"说罢，云莉就转身离开，自始至终脸上的神情都很严肃。

她好歹也是受过多年训练出来的护卫队队长，自然明白顾曦讲这个故事是出于什么目的！他是想拉拢自己去对付何薇王后，这个人果然有问题！而且，如果他这么说的话，是不是意味着何薇王后现在还活着呢？

这个可能性让她心底充满了希望，抛去对卓飞陛下的爱慕不谈，她也是很崇拜王后的。云莉不由得想到要不要把王后可能还活着的事情告诉卓飞陛下，但一想到昨晚的事，却又立刻退缩了。

她就这么踌躇了一个下午，直到傍晚时分，一个悲惨的消息忽然从皇宫外传了进来。负责在恐龙大学周边森林里搜索的第五分队队长带着惨白的脸色闯进卓飞的书房，用颤抖的声音说："陛……陛下……属下……在……在森林里发现了疑似王后殿下的……尸体……"

"怎么样，何薇，你确信自己可以行走吗？"清晨的朝阳才刚刚升起的时候，何薇便醒来了，和顾轩一起收拾行装，准备从森林里逃出去。

这已经是今天早晨他第六次问自己这个问题了，何薇不禁无奈地笑了一下，在原地蹦蹦跳跳了一阵，对他说："我真的没事，你就放心吧。顾轩，我发现你现在和不能说话那时好不一样啊。"

"哪里不一样？"顾轩一边吃着采来的果子，一边问。

何薇挠了挠下巴，说："不能说话的时候，你冷酷高傲，就像电视剧里那种沉默寡言的男主角，但是现在一旦开口说话了，就顿时变成家长里短的情感大戏里面的恶婆婆，好啰唆哦。"

"噗——"一听到"婆婆"这两个字，顾轩顿时就把嘴里的水果给喷出来了，他赶忙擦了擦嘴，"咯咯……有吗？"

"当然有，你难道不知道自己现在有多啰唆吗？这和你那张帅气的脸太不相称啦！你的言行举止要和自己冷峻的外貌一致才行呀。"何薇很认真地说道。

顾轩不由得淡淡笑了，在面对别人的时候，他自然是冷淡高傲，没什么话想说的，可是现在眼前站着的人，是何薇啊……

想到这里，他不由得抬起双眸，深深地凝视着她的脸，或许这次逃出去之后，自己就再也没办法和她这么近距离地相处了吧？

何薇被他那灼热的眼神盯得心底一阵慌乱，赶忙说："我去打点水，你……你也快点收拾，咱们一会儿在小溪边集合。"

说罢，她就像一只受了惊的小兔子般快速地逃走了。

看着她灵巧的动作，顾轩心底倒是松了一口气，何薇现在这么活跃，想来胸口的伤应该已经恢复得差不多了。

于是他整理好了行装，朝着小溪边走去。

但是他还没到小溪边，便听见那边忽然传来了一个陌生男人猖狂的大笑声："哈哈哈，真没想到老子运气这么好，在森林里闲逛都能遇到一个漂亮妞。小姑娘，别怕，过来，过来，本大爷不会伤害你的！"

顾轩顿时神经一紧，飞速朝小溪边跑去，只见何薇正隔着一条小溪和一个衣衫褴褛的男人对峙。

那个男人身上穿着破破烂烂的衣服，蓬头垢面，长相看上去有些凶神恶煞，望向何薇的眼神里明明白白地透露着贪婪："快过来呀，还愣在那里干什么？"

只见何薇毫不惧怕，镇定地打量着对方："你……是森林里的流浪恐龙吧？"

这片森林里一直有一些没有正经工作的恐龙盘踞着，他们通过猎食其他小动物和打劫过往的行人而生存，长此以往便有了"流浪恐龙"这一称号。

对方听到她这么说，顿时哈哈大笑："你既然知道，就乖乖地过来服侍服侍本大爷，大爷我要是高兴了，说不定会放你一条生路。"

这猖狂而冒犯的语气让顾轩十分不悦，他快步从隐蔽的树林间走出来，冷冷地看向那只流浪恐龙，手中已经握起了弓箭，用冷冽的口吻说："是吗？那我们今天就看看究竟是谁生谁死。"

高大魁梧的顾轩一从树林间出现，那只邋遢的流浪恐龙的气势顿时就被压下去不少，他不由得朝后退了半步，用防备的眼神打量了一下顾轩，然后再度看向何薇，眼神里的贪婪神色转变成警惕和愤怒："哼，你这个臭女人，别以为你有帮手，本大爷就不能把你怎么样了！一看这家伙就是个绣花枕头，本大爷才不会被你们吓到！"

"是吗？不会被我身边这个人吓到吗？那你倒是别往后退啊。"何薇猛地来了这么一句，偷偷朝后溜的流浪恐龙只好停下了脚步，额头上冒出豆大的冷汗，但还是强撑着说："本大爷……本大爷没有往后退，是你看……看……看错了！"

顾轩也在一旁补充道："说话结巴也是害怕的一种表现。"

"本……本……本大爷没有结巴！"眼看着顾轩朝自己逼近了一步，流浪恐龙连双腿都开始打战了。

何薇和顾轩不由得相视一笑，何薇扭头冷着脸看向那只流浪恐龙：
"你的老巢在哪儿？那里有没有通讯工具？带我们去！"

　　流浪恐龙身上那最后一丝倔强还未散去，梗着脖子说道："那是本
大爷的家，凭……凭什么带你们去啊？做……做……做美梦吧！"

　　他刚把话说完，顾轩就捏紧了杯口大的拳头，故意露出手臂上暴起
的青筋，虎视眈眈地瞪着他。

　　只见流浪恐龙扑通一声跌倒在地，颤颤悠悠地说："我带你们去还
不行吗？不……不……不要打我啊！"

　　何薇不由得扑哧一声笑出来，扭头拍拍顾轩的肩膀，低声说："你
要是不当王子的话，去给人家收保护费也挺好的，绝对没人敢欠账，哈哈。"

　　被她这么一说，顾轩不由得微微红了脸，用拳头抵在鼻子下面轻咳
了一声，对那只流浪恐龙沉声说道："那就快点带路。"

　　流浪恐龙不情不愿地在前面带路，一路上还嘀嘀咕咕个不停："真
是的，不过就是出来撒泡尿，怎么就这么不巧，让本大爷碰上打劫的了？
怎么说本大爷曾经也是森林里的一霸，现在却落到这个下场，说出去还
不让人笑话死？"

　　原来他是把何薇和顾轩当成合伙抢劫的搭档了，何薇也不解释，随
着流浪恐龙朝前方走。虽然这只流浪恐龙说起话来还挺幽默，但是他
依旧没有放松警惕，在森林里走了差不多一个小时后，终于看见了一间
破旧的茅草屋。

　　何薇正打算往前走，手腕却忽然被顾轩抓住了，只听他急促道："当
心脚下！"

　　何薇顺着他的话低头看去，顿时被吓了一跳，只见斜前方的草丛里
躺着一个人的尸体！看样子还是个女人！

　　顾轩立刻冷了脸，一把揪住流浪恐龙的后衣领，问道："这尸体是
怎么回事？老实交代，若敢使诈，我现在就扭断你的脖子！"

　　流浪恐龙被他从地面上悬空提起，顿时吓得哇哇大叫："不不不，

这个女的不是我杀的！和我没关系，真的！"

"那你就快点说清楚是怎么回事！"

"是……是……是这样，这女人之前好像是被人追杀，然后逃到森林里来的。本大爷见到她的时候她就已经受了重伤，脸上也被人用刀划了好多口子。虽然这样，本大爷还是想救她，等她身体好了就娶她做老婆，但是她伤势太重了，才坚持了一天就死了……本大爷能有什么办法……"

听完他的解释，何薇便走过去，鼓起勇气朝那具尸体看了一眼，对方的脸确实被划花了，胸口也弥漫着血迹，再扭头看那流浪恐龙，他的行为举止虽然有些猥琐，可是说那些话的时候并不紧张，看起来并不像在说谎。

流浪恐龙怕两人不信，又强调说："真的！本大爷没骗你们！你们两个是新来的，不知道身为流浪恐龙的我想找个老婆有多不容易！所以今早本大爷看到她在小溪边打水时才那么激动，谁能想到她已经有老公了啊，唉……难道本大爷注定孤独一生？"

何薇赶忙解释道："我们两个不是夫妻……话说，难道你不觉得我很面熟吗？"不管怎么说，她都是帝国的王后，现在全国上上下下的子民应该都认得她才对啊。

流浪恐龙莫名地说："你的脸黑得像煤炭似的，我怎么知道你是谁啊？"

何薇这才想起这几天她一直在火堆旁休息，也没有好好清洗，估计现在脸早就被火堆的烟雾熏黑了，难怪对方没认出来！

"你房间里有通讯工具吗？"

"倒是有部手机……不知道欠费了没，本大爷好久没用了。"流浪恐龙说道，"我说，你让你老公先把我放下来行不？那人真不是我杀的，真的！我是雷龙，我只吃草！我长这么大，连只鸡都没杀过！"

"我都说了他不是我老公……顾轩，你看呢？"何薇咨询他的意见。

顾轩将那人放下，走过去将尸体检查一番，这才说道："胸口受致

命一击，应该是箭伤……你是不是把她胸口的箭拔出来了？"

"对啊，我是为了救她。"流浪恐龙说着便快速从屋子里取来了那个箭头递给顾轩，"就是这个，我还没扔呢。"

顾轩盯着那箭头看了一眼，忽然睁大了眼睛，何薇赶忙问："怎么了？"

只听他说："这箭头是我哥哥的部下才会用的，上面有个特殊标志，我不会认错。"

"你哥哥？"何薇也惊讶了，看来这个女人是被顾曦的人杀死的，但是他们为什么要杀死一个女人呢？想到这里，她也顾不得害怕了，伸手在尸体上搜寻，很快找到了一样证件，竟然是恐龙帝国皇宫护卫队的队员名牌。看来这女人是护卫队的队员，那又为什么会被顾曦的人杀死？

两人对视一眼，很快得出一个相同的结论：只怕这个女人是顾曦安插在恐龙帝国皇宫里的奸细，出于某种原因被灭了口。

虽然不懂两人在说什么，但流浪恐龙却听明白了一点，他摸了摸胸口，说道："现在你们相信人不是我杀的了吧？你们要用手机就拿去吧，然后放我一条生路，我还没活够，我现在还不想死啊。"

就在这电光石火之间，顾轩的脑海里忽然闪过了一个念头，他快速走到何薇面前，在她耳边低声说："何薇，我有个想法……或许我们可以利用这具尸体，来一个金蝉脱壳。"

何薇立刻明白了："你……想把这具尸体假扮成我，向顾曦那边放出消息说我死了，引诱他露出狐狸尾巴？"

这具尸体也是胸口上中了箭伤，箭头还正好是顾曦才会用的，脸又被划花了，认不出面容，只要换上何薇的衣服，再稍微收拾一下，想必短时间内还是能够瞒得过顾曦的。

顾轩点了点头，眼底不无赞赏："嗯，你很聪明。"他只说了一句何薇就全明白了，这样聪颖的女孩子，如何能让人不喜欢呢？

何薇别过了头，没有和他对视："喀喀，但是我想我们还需要一个帮手，我们不能亲自出面把尸体交给皇宫的人。"

此话说完，两人同时扭过头，看向了站在一旁的流浪恐龙。

他顿时打了个寒战，用双手抱住两臂："你们……你们这么看着我是想干什么啊？对了……我还没问你们是什么种类的恐龙呢，该……该不会是食肉恐龙吧？"

何薇被他的样子逗笑了，她决定赌一把，就问："我问你，你是想一辈子留在森林里做流浪恐龙，还是想有一份稳定的工作，足够养活自己？"

"当然是要稳定的工作了，有工作我就能找老婆了！"对方立刻说道，但又很快不解起来，"你说这些干什么？难道你能帮我找工作？"

何薇用水沾湿了布巾，在自己脸上擦了擦，露出她白净的面容来，对流浪恐龙一笑："嗯，我想凭我的身份，帮你找份工作应该没什么问题。"

流浪恐龙虽然常年居住在森林，但也不是全然不谙世事，顿时惊愕地瞪大了眼睛，伸出手指着何薇，激动得快要跳起来了："嗷嗷嗷！你……你……你难道是王后殿下？那个能够变成中国龙的王后殿下？！龙神的女儿？"

何薇对他微笑了一下："没错，现在我有件很重要的事情想找你帮忙，你愿意帮助我吗？"

流浪恐龙吃惊过度，没有立刻回答，而是扭头看向旁边的顾轩，眼珠子转了几圈才说："那……那你旁边这个不是卓飞国王啊……啊！难道他是你的情夫？我懂了，你是要我帮你们私奔对不对？！"

"私奔你个头啦，你再胡说八道，信不信我把你的脑袋扭下来？"

傍晚时分，何薇、顾轩还有那只流浪恐龙到达了森林的边缘地带，几个人透过稀疏的树林朝外面的公路上看去，时不时能看见一些身穿制服的士兵们在路边来来回回地巡逻。看来，自从何薇失踪之后，卓飞已经派出了不少兵力寻找她和顾轩的踪迹。

那只流浪恐龙看到士兵们，挠了挠脑袋，不解地问："王后殿下，

既然外面就是士兵，您直接出去跟他们见面不就可以顺理成章回到皇宫了吗？为什么还要那么麻烦，搞一个什么金蝉脱壳的计划啊？"

何薇摇了摇头，低声说："只怕他们当中有奸细。"万一这些士兵是顾曦手下的人，只怕自己一出面，就会被他们直接杀死吧。

这几天，她身上那禁止变身的毒素效果还没散去，仅凭顾轩一个人的力量，只怕不能突破重围，因此现在她只能想到这个计划了。

"奸细？"流浪恐龙听到她这么说，顿时紧张起来，"不会吧？怎么会这样……那万一被他们发现了，王后殿下您是不是会很危险？"

何薇沉重地点了下头，扭头看了眼地上那具被他们装扮好的尸体，对流浪恐龙说道："我知道这次交给你的任务非常凶险，所以……如果你不愿意帮我们的话，我也能够理解——"

"王后殿下，您这说的是什么话？我虽然没有正经工作，是只流浪恐龙，但是也深深爱着这个国家，绝对不会允许有人伤害您和国王陛下！"那只流浪恐龙一反常态，收起了自己的邋遢姿态，很认真地瞪大眼睛说道，不过说完之后又很快露出了一个小市民的笑，补充道，"再说了，我还等着您帮我找工作呢。等这次任务成功了，您再帮我介绍个老婆就更好了，哈哈哈！"

何薇倒是很欣赏这个人坦诚不做作的态度，一旁的顾轩也伸出手和他握了握："多谢你的帮忙。"

流浪恐龙嘿嘿一笑，但还是狐疑地看了他两眼，忍不住凑到何薇身边小声对她说："王后殿下，虽然这个男的不是你的情夫，但是我也是男人，我看得出来，他肯定对你有意思！你看他瞅你的眼神多热情！"

何薇无奈地翻了个白眼，故作严厉地对他说："别说这些有的没的，快点执行你的任务去！"

"是！"流浪恐龙有模有样地敬了个礼，搬起那具尸体朝森林外走去。

何薇和顾轩两人则留在森林之中，仔细观察着外面的动静。

不得不说，那只流浪恐龙的演技还是挺不错的，只见他带着尸体一起跑到公路上，对着那些士兵的背影大喊道："来人啊！救命啊！我在森林里发现了一具尸体！"

士兵们听到这个声音立刻围了过来，为首的那个士兵扫了一眼女尸身上穿着的衣服，脸色顿时变得严肃起来："这……你……你是在什么地方发现的？"

流浪恐龙将之前何薇教他的那些话说了出来："小的……小的是生活在这里的流浪恐龙，昨天晚上听到附近有动静，本以为是什么小动物，也没多在意，谁知道今早起来一看，我家门口躺着一个女的！我看到她的时候她已经没气了，胸口还插着一支箭，脸也被划花了。我估计她的脸是被树林里的树枝划烂的，请各位大人明察，这人真的不是我杀的啊！"

士兵们中有些激动的已经开始忍不住窃窃私语："这……这衣服好像是王后殿下的……"

"不许胡说！尸体的脸都被划花了，根本看不清，请别说这样丧气的话，好吗？！"

尽管大多数士兵的情绪都显得很难过和低落，但何薇却敏锐地发现，为首的那个士兵脸上却连一丝一毫的难过神情都没有，他只是低头将尸体检查了一番，然后转过头对身后的一名手下耳语了些什么，接着那名手下就快速跑开了。

何薇和顾轩对视一眼，心想这些人里果然有奸细！而刚刚跑走的那个，肯定是去向皇宫和顾曦散播何薇已死的消息了。

"人是不是你杀的，我们不能相信你的一面之词，现在请你跟我们回去协助我们调查。"为首的士兵说道。

于是流浪恐龙按照计划随着那些士兵一起走了。

树林间的何薇不由得松了口气，好在那个奸细并没有赶尽杀绝，倘若他刚刚在现场就以杀害皇后的罪名企图将流浪恐龙杀掉，那自己的计划就没办法继续进行了。

只要流浪恐龙能够活着跟他们一起回皇宫，他就一定有办法把自己还活着的消息传到卓飞耳边。

眼看着他们一同离去，何薇放下了心，在自己的脸上抹上黑泥，和顾轩一起顺着公路朝另一个方向跑去。跑出去一段距离后，手机的信号恢复了，何薇在地图上查找到了一处民居的地点，发现离他们所在的距离并不远，立刻欣喜地动身朝那里出发。

路上，顾轩不由得开口问道："你……你确信你要投奔的那个人，对卓飞绝对忠心，不会是叛徒？"

何薇摇摇头："不会，凯文先生原先是护卫队的队长，这几年由于身体不好才辞去了总队长的职务，回家养伤，但他们家对卓氏皇族世代衷心，和程亚伦——家一样。"

"那便好。"顾轩点了点头，"可你是怎么知道这位凯文先生住在哪里的？"

"半年前，我和卓飞曾经一起去看望过他。"想到这里，何薇不由得感叹自己足够幸运，幸好她知道凯文先生的住处，更幸好他住得并不远，如果他们速度够快，天黑前就能赶到那里。

同一时刻，何薇口中的那个凯文如今正在家里坐立不安，他时不时地在房间里踱步，焦躁地说："我要回皇宫去，我要为卓飞陛下效命！我必须要回去！"

他的妻子好言好语地在旁边安慰："我不是不愿意你回去，只是现在你的身体不如从前，你就算回去了，只怕也——"

"可是王后殿下失踪了！这么重大的事，你让我怎么袖手旁观？"凯文立刻高声打断了他妻子的话。

然而就在这时，房门却被人敲响了。凯文不耐烦地走到门前，唰的一声将门打开："谁啊，这大晚上的——"

话还没说完，他整个人就愣住了，因为门口站着一对陌生的男女，虽然那位女士灰头土脸，看不出长相如何，可是她的声音自己却是怎么都不会认错的："现在有个机会让你不再袖手旁观，不知道你愿不愿意

185

呢？"

　　凯文很快从震惊当中回过神来，什么都没说，快速将两人请进了屋子里，然后锁上门，还谨慎地检查了一下房子外面有没有人在跟踪。确定了一切都没问题之后，他才激动地走到灰头土脸的女人面前，朝她敬了个礼："参……参见王后殿下！"

　　何薇对他笑了笑："你好，凯文先生。"

　　"您……您还活着，实在是太好了！太好了！"凯文不由得激动地说，"您需要我做些什么？请您吩咐，我绝对不会推托！不过……您身边这位……难道是……"

　　何薇点了点头："这位就是剑龙帝国的二王子顾轩先生。"

　　"这……"凯文也是在皇宫工作了多年的人，自然很有警惕性也很有经验，看向顾轩的眼神中顿时带了点防备，"王后殿下……我觉得……"

　　"我明白凯文先生在担心什么。"顾轩点了点头，主动开口道，"您现在不能信任我，我能够理解。这样吧，我先去别的屋子待着，让何薇和您单独说话，您看这样好吗？"

　　顾轩的大方得体让凯文点了点头："实在是情况特殊，还请顾轩王子先去里面的卧室待一会儿，我和王后殿下谈完了就请您出来。这段时间，也多谢您一路保护王后殿下了。"

　　顾轩转身朝里面走，走了几步却又停下脚步，扭头看了眼何薇，然后对其他人说道："如果可以的话，请让何薇洗漱一下，这几日我们一直逗留在森林里，没有条件洗漱，我担心她胸口上的伤口会感染。"

　　凯文的妻子点了点头："我会的，谢谢您的提醒。"

　　待他走进卧室之后，何薇才将自己之前的遭遇都诉说了一遍。凯文对她那个"金蝉脱壳"的计划很赞赏，她补充道："我担心有人监听我的手机，不敢直接用我的手机打给卓飞，也不敢就这么贸然回到皇宫去，所以才想到到您这里来。"

　　"王后殿下您想得很周密，不错不错。"凯文点了点头，"现在我们只需要想个借口，安全送您回宫就行。不过……在这之前，我……我有个问题想要冒昧地问一下殿下您。"

"您尽管问。"

凯文思索了一阵，才犹豫地开口："您……现在对那位顾轩先生，完全信任吗？"

皇宫，卓飞的书房内。

他在听到下属传来何薇已经死去的消息之后，只是默默地坐在那里，过了许久才从嘴里发出声音，声音听起来有些缥缈："这是从哪里传来的消息？"

对方把头垂得更低了，语气里也带上了几分难过："是……是第六军队的士兵今天在森林附近巡逻的时候发现的……他们已经找到了……王后殿下的……的尸体，还抓到了一个目击者。陛下……您，您要不要……"

到最后，这位分队队长已经说不出完整的话了，脸上尽是悲哀的神情。他这个一向敬重王后的人都这么难过，那么深爱王后的陛下，想必现在一定是伤心到了极点吧？

却没想到卓飞立刻从椅子上站了起来，脸上的表情很冷静："带我去看尸体，还有，把那个目击者给我带来，确保他要活着见到我。"

"是！"

虽然震惊，虽然一点都不想听到这样的消息，但在没有确定尸体的身份之前，卓飞还是不愿意相信！所以他才可以表现得如此冷静，说不定，这只是个误会，说不定一会儿见到的尸体并不是何薇的！只要还有一丝希望，他便不会绝望。

很快，护卫队队长便带着几名属下将尸体和目击者小心翼翼地带进了书房里。卓飞扫了一眼在场的几人，果不其然在其中发现了一张生面孔，便开口问："你是在哪任职的？"

对方一愣，立刻垂下头，压低了声音说："属下是第六军队的士兵，参见国王陛下。"

"第六军队的士兵？既然身为士兵，说话的时候就应该坦坦荡荡，你为什么低着头不敢看我，而且说话还结结巴巴的？"卓飞凌厉地质问他。

那名士兵听到卓飞这么说，只好把头抬了起来："属下只是第一次见到陛下，因此有些紧张……"

护卫队队长不明情况，好心解释道："陛下，正是这个士兵今天傍晚发现了……发现了疑似王后的尸体。"

"怎么，那他现在这么急着赶来，是想向我邀功吗？"卓飞的声音更冷冽了。

那个士兵双腿一软，跪倒在地："国王陛下，属下并不是急着邀功，只是……只是属下和陛下一样，在担心王后殿下的安危，所以……所以才和其他人一起赶了过来……"

哼，连个毫无破绽的理由都想不出来，顾曦手下养着的奸细都是这种水准吗？卓飞冷哼一声："你们都出去，只留下这个目击者就行了。"

护卫队队长担心卓飞的安危，起初还不太同意，但卓飞很坚持，他只好带着其他人退了出去，书房内顿时恢复了安静。

卓飞走上前去，做了个深呼吸，这才有力气伸出手，缓缓地掀开了盖在尸体上的白布。只看了一眼，他整个人就顿时松懈了下来，像被抽去了骨头一样，靠在桌子旁，长长地舒了一口气。

一旁的流浪恐龙见他这副反应，不由得在心底感叹道：这个卓飞国王果然好厉害！竟然只靠一眼就认出了这具尸体并不是何微王后的！

他太吃惊了，不由得微微张开了口，但卓飞却以为他要说话，赶忙伸出手制止了他，还做了一个噤声的手势，然后从书桌上拿起了一个本子，在上面写了一行字：谨防隔墙有耳，接下来我问你什么，你都写在纸上回答我，不要开口。

流浪恐龙不由得更惊讶了，赶忙拿过本子在上面歪歪扭扭地写道："陛

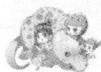

下，您怎么和王后殿下说的话一模一样？她也让我见到您之后不要说话，全写在纸上，你们两个果然是心有灵犀一点通啊！”

但卓飞关注的重点却不在这上面，他激动地一把将本子夺了过去，看着上面的字句差点忍不住喊出来：“何薇还活着？！”

他激动得几乎要把手里的笔捏断了。

流浪恐龙点了点头，将何薇的计划慢慢写在纸上给卓飞看。卓飞只更是扫了几眼就明白了何薇的意思：她是想要利用自己死亡的消息，引蛇出洞，让顾曦露出马脚。

卓飞更是想借机把混入皇宫中的奸细抓出来。

于是接下来，他和流浪恐龙在纸上商量对策，待一切都议定了之后，他将那个写满计划的本子扔进火里烧掉，然后看向流浪恐龙，压低了声音说：“接下来这段时间你会比较辛苦，我会安排你住在一个绝对隐蔽安全的地方。记住，从明天起，你就已经死了。”

流浪恐龙点点头，在“临死”之前不由得好奇地问：“国王陛下，您刚刚到底是怎么看出那具尸体不是王后殿下的？”

脑海中闪过那个女子的脸庞，卓飞不由得淡淡地笑了一下，表情很温暖：“何薇比她瘦一些。”

当天夜里，皇宫中就传来了何薇王后已死的消息，卓飞国王震怒，杀掉了那个据说是凶手的流浪恐龙，还在一怒之下冤枉了许多人，更是下令在全国范围内通缉剑龙帝国二王子顾轩。

听到这个消息的顾曦简直是心花怒放，太好了，那个女人自己死了，不用他再去费心暗杀了，而且现在的卓飞很明显已经失控了，竟然为了何薇冤枉了那么多无辜的人，更是连带着顾轩也不放过，和他之前猜测的一模一样！这正是他进攻的大好时机！

他先是联系到了自己安插在恐龙帝国最大报社的手下，彻夜赶写了一篇谴责卓飞如此滥杀无辜行为的文章，更是派人散播卓飞不分青红皂白就要通缉另一个国家的二王子，可能是要挑起战争的传闻。

这些都是他早早就筹划好的行动，因此实行起来速度也是飞快，但顾曦却想不到，有个人比他的动作更快。

半夜时分，依旧待在书房中的卓飞就收到了属下统计出的一份名单，他们通过顾曦在报社的那个属下，很快就将那一整条服务于顾曦的线给扯了出来。

那份人员名单上面的人数并不算多，但有些人也算是较有能力的，这不由得让卓飞感到有些痛心。

前来报告的那人问道："陛下，要属下现在就把这些人一网打尽吗？"

卓飞立刻摇头："不，他不可能只有这么一条线，我们现在不要打草惊蛇，再看看明天他还有什么别的动作。不过在子民中散播谣言的那些可以先抓起来，动作要谨慎，千万不要让他有所察觉。"

"是，属下明白了。"

待那人退去之后，卓飞不由得叹了口气。这一晚上的工作实在是让他太紧张、太疲乏了，他用手撑着下巴，原本只是想稍微小憩一下，谁知道一闭上眼睛，就顿时趴到了桌子上，陷入沉睡当中。

过了没多久，门外就传来了一阵敲门声，是云莉的声音："陛下，您还好吗？我……我是云莉，我……我没什么事，就是想来……想来看看您。"书房内却没人回答。

门外的云莉并不知道卓飞的真正计划，她和其他人一样以为何薇已经死了，这个消息不由得让她很伤心，而她更担心卓飞会因此而受到打击，从此一蹶不振，所以最终还是忍不住想来看看他。

尽管不久之前，卓飞才严肃地警告过她。

她又敲了几次门，书房里始终没有动静。云莉实在太过担心，只好在没被允许的情况下推门进去，这才发现，原来卓飞趴在桌上睡着了。

她顿时松了口气，想转身离去，却又担心他这么睡着会着凉，咬了咬牙，还是没忍住重新走了回去，本来是想在书房里找一床毛巾被之类的给他盖上的，但是在书房里找了一圈，却连一件外套都没找到。

云莉不由得心底一酸，这里连被子都没有，不就是说明他在书房的时候从来不休息吗？这么认真、这么努力的国王陛下，为什么……为什么就不能开心和幸福呢？

　　何薇王后不在了，现在的他，一定非常伤心吧。

　　这个时候，趴在桌子上的卓飞忽然皱了皱眉，在睡梦中喃喃地喊了一声："何薇。"

　　一旁的云莉忍不住快要落泪了，心底五味杂陈，说不清具体是什么滋味……她揉了揉眼睛，脱下自己的外套小心翼翼地盖在卓飞陛下的身上，然后忍不住低下头去，想趁这个机会好好地观察一下他。

　　因为她知道，等陛下醒了，自己就再也没有机会靠他这么近，好好地看他的脸了。

　　云莉几乎是贪婪地望着卓飞英俊的面容，看着他低垂的睫毛下两道重重的黑影，还有紧紧蹙起的眉头，她顿时很想伸出手抚平它。

　　然而就在她伸出手的那一刹，门外忽然投来了一道人影，紧接着那个人影便发出了一道在她看来绝对不会发出的声音："你在做什么？"

　　云莉猛地抬起头，看向门口的那个人，惊讶万分地瞪大眼睛，用不可置信的声音说："啊！怎么会……你是……何薇……王后？"

第十一章

再见了我的爱

云莉刚说出"何薇"两个字，原本还趴在书桌上沉睡的卓飞就猛地惊醒了。

他快速睁开眼，直直坐起，抬起眼睛看向站在眼前的那个人影。由于刚刚睡醒，他的视线还有些模糊，可是即使未能把眼前这个姑娘完全看个真切，他也已经按捺不住。他猛地从椅子上一跃而起，像个矫健的运动员一样纵身越过书桌，快步跑过去将何薇抱进了怀里。

何薇被那巨大的撞击力冲得向后退了半步，但还未来得及倒下就已经被他牢牢锁进怀里。虽然卓飞太过用力的拥抱让她的手臂和后背都有点疼，但是她却一点都不觉得难受，胸口不断涌出的各种各样的情绪让她也不由得伸出手抱紧了他。

这重见的喜悦实在是太过于强烈，以至于此时此刻，她不想为了刚刚看到的那一幕而破坏这一刻的完美。

卓飞虽然激动得恨不得现在立刻把何薇变小，然后塞进口袋里，永远不再放她出来，可是好在他还有一丝理智尚存。两个人拥抱了几分钟后，他终于缓过神来，将何薇带进书房里，然后示意不知道为什么会在房间里的云莉先出去，接着紧紧地关上了门。

他刚想开口问她是怎么回来的，就被何薇遮住了嘴唇，只听她低声说："在这里说话……安全吗？"

卓飞点了点头："放心吧，周围的护卫队员我都已经重新安排过了。何薇，你是怎么回来的？"

"我去找了凯文先生。"何薇只说了一句话，卓飞就立刻明白了，凯文作为从前的护卫队队长，虽然现在已经退休了，但是因为他一直尽忠职守，卓飞特批给他直接进入皇宫的权利。

他不由得欣喜地在何薇的额头上亲了一下："我老婆好聪明，竟然想到去找他！"

何薇也跟着笑了，眼眶却不由得有些湿润："上次你不是带我去过他家吗？我就记住了……然后我藏身的那片森林又正巧离他家很近，我就和顾轩一起——啊，对了，顾轩，这一次我能回来也多亏了他的帮助，我怎么把他忘掉了？"

刚刚她只顾着来找卓飞，因此一进入皇宫就把顾轩和凯文丢在了身后，也不知道他们两个在路上会不会出事。何薇有些放心不下，顿时放开了卓飞，想出去看看顾轩他们二人跟上来了没有，可是还没转过身，就被卓飞重新拽了回来。他将下巴搁在她的肩头，用抱怨不满的口吻说道："我们好不容易才见面，你怎么就要去找他啊？"

"那是因为这一路上都是他在帮我啊！"何薇没意识到卓飞口气里的酸味，只是一本正经地解释道，"我的胸口受了伤，是他帮我医治的，如果没有他，只怕我真的没办法活着回来见你。"

"不许说那种不吉利的话，你现在不是已经好好地站在我身边了吗？"卓飞立刻捂住了何薇的嘴，却又忍不住问道，"伤口在哪里？严不严重？让我看看！"

何薇还没来得及开口，就忽然听见书房外传来一阵嘈杂声。兵器相接的声音混杂着人们惊恐的呐喊，何薇不由得心头一紧，该不会……该不会是——

她和卓飞一起推门朝外看去，只见皎洁的月色之下，顾轩和凯文正被几个皇家护卫队打扮的人围在中间。凯文似乎受了伤，捂着胸口半蹲在地，顾轩一边保护着凯文，一边试图突破重围，而当他用眼角余光看见何薇从书房里出来的时候，顿时焦急地大吼了一声："回去！有陷阱！"

何薇一怔，稍微把视线一转，就看见一个护卫队队员举起了手中的弓箭，对准了她就要射出。就在这千钧一发之际，顾轩猛地击退几个人的攻势，快速朝拿着弓箭的队员逼近，张开宽厚的手掌一把夺过了那队员手中的弓箭，可也就是这么一个分神的空隙，站在他身后的三个护卫队员猛地将手中的长剑刺入了他的胸膛。

鲜血像喷泉一样从顾轩的胸口正中央喷涌而出，将投射到他身上的月色都染红了。

何薇只觉得自己整个人一怔，耳朵里就好像什么都听不见了似的，只是一动不动地盯着顾轩所在的方向。即使他的胸口被三把剑同时刺中，但他依旧没有立刻倒下，而是强撑着身体转过身去，将那三个攻击他的人都放倒了，这才猛地扑通一声跪在地上。

　　何薇想跑过去阻止那些人的行动，可是不知道为什么，她却一动都不能动，好像双腿都不是自己的似的。

　　跪倒在地的顾轩一边喘着气，一边很吃力地抬起头来，豆大的汗珠混杂着鲜血从他苍白的脸上流淌下来。他扭头看向何薇所在的方向，因为失血过多已经说不出话来，因此只是动了动嘴唇，最后向她露出了一个微笑。

　　在那一刹那，他那双眸子里似乎涌过了各种各样的情愫，但最终，却只是归于简单的一句："你一定要保重，我的何薇。"

　　何薇视线里的一切似乎都成了慢动作，她看着顾轩一点一点地朝地上倒去，这才猛地回过神来，想要冲过去，却被身旁的卓飞拦住了，只听他喊道："第三分队队长云莉，你到底在做什么？快点上去帮忙！你看不出那伙护卫队员是假冒的吗！？"

　　云莉领着真正的队员们赶上前来助阵，总算是救回了凯文先生，可是顾轩却倒在了血泊中，任凭医护人员怎么抢救，他都再也没有睁开过眼睛。

　　等局面控制下来之后，何薇终于挣脱开了卓飞的束缚，一步又一步，颤抖地朝顾轩所在的方向走过去。现在的他躺在那小小的担架上，紧紧地闭着眼睛，残留在脸上的那一丝丝笑意还没有散去……

　　医护人员站在旁边，满含遗憾地垂着头向她报告："对不起，王后殿下，我们……我们已经尽力了，但是……但是……"

　　何薇摇了摇头，她知道他们已经尽力了，她想让他们不要太过于自责，可是张口却什么都说不出来，只有眼泪不断地往下掉。

　　何薇脑海中不断涌现出过往她和顾轩一起相处的画面……

她第一次在海边见到他，他穿着兽皮在火堆旁烤肉的冷漠样子；他一路扛着自己回到山洞里，带着缺乏生存技能的自己在树林间活动；他勇敢地和十几个巨大的剑龙战士搏斗，最后破釜沉舟，将自己带回了恐龙帝国的土地上；他在电脑上一个字一个字地敲打下自己悲惨的过去；他在森林里用很温柔的眼神看着自己……

何薇本来还想着，如果这次能够平安地度过这些危机，那么她一定……一定要好好地报答他对自己的帮助。顾轩的童年太过于漆黑和悲惨，她一定会以一个好朋友的身份，尽量让他以后幸福……

可是她还什么都没来得及做，他就已经这么冰凉地躺在了担架上，再也没有办法用那双漆黑深邃的眸子看着自己了……

她忍不住想，如果那一天，自己不出现在那片沙滩上，就不会把他卷入自己的世界中来，或许现在，他就还是好好地活在那片森林里，当一个无拘无束、自由自在的丛林野人。

难道是她的出现害死了他吗？是因为她吗？是吗？

何薇不由得捂住了脸，沉痛地哭泣起来，不知道过了多久，身后缓缓走来了一个人，将她轻轻地、小心翼翼地抱进怀里。

卓飞什么都没说，只是这么轻轻地拥着自己的妻子，两个人沉默了许久，他才开口说："今天是顾轩保护了你和我，我会永远记得他这份恩情，以后，我会为他在国内建立一座纪念馆……但是，现在，何薇，你或许应该让他歇息了。"

医护人员早就守护在一旁，等着把死去的顾轩送进救护车，然后进行检查和安葬，但是看着王后殿下对着顾轩哭得如此伤心，大伙儿也跟着难过起来，因此没有人上前打扰她。

最后还是卓飞开了口。

顾轩沉寂的面容在月光下显得太过悲凉，卓飞担心何薇看得太久会对身体有所损害，因此只能让其他人将顾轩送进了车里。

"我知道你很难过，我和你一样……只是，何薇，别忘了你和我的

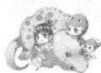

身份，我们还有许多的事情要做。如果不想让顾轩的……去世变得毫无意义，我们就必须立刻做点什么，把刚刚攻击他们的那伙人的幕后指使者抓出来。”

何薇抽噎着点了点头，努力抓紧了卓飞的手，抬头看向自己深爱的丈夫：“我明白，我们……一定……一定不会让他的死……变得没有意义……”

她忍不住又哭了出来，卓飞伸手揽住她的肩膀，摇了摇头：“你还是先回去休息一下吧，现在这些事就让我来处理，好不好？”

顾轩的死亡对何薇的打击实在太大，她明白现在自己确实需要休息，因此便点了点头。卓飞一路将她护送回到寝殿，直到将一切都安排好之后，才收起了脸上的温柔表情，继而换上了震怒的神情，走到外面对下属说：“把第三分队的队长云莉给我叫来！”

云莉带着慌张和后悔的神情走进卓飞的书房时，他正在听属下汇报死伤情况。见到云莉进来，卓飞立刻挥了挥手示意那人先下去，然后抬起头，很凌厉地看向眼前灰着脸的姑娘，带着不解大喝一声：“你到底知不知道你刚刚都做了什么？！”

这严厉的语气让云莉不由得抖了抖，可是她却丝毫没有想要为自己辩解的念头，只是闭了闭眼，难过而低沉地说：“属下……属下身为皇家护卫队第三分队的队长，却在执勤期间玩忽职守、分神不专心，以至于让一群可疑人员打扮成护卫队员的样子混进皇宫，造成了凯文先生的重伤和顾轩先生的死亡。属下对此事感到万分难过和遗憾，愿意接受国王陛下给予的任何惩罚，绝无怨言！”

她的话反而让卓飞更加生气了，他啪的一声将桌子狠狠一拍，倏地从椅子上站了起来，用满含怒气的语调说道：“为什么？云莉，我一直以为你是个认真又勤快的队长，所以这段时间才对你颇为重用。在你过去几年的工作经历中，你连一点失误都没有，可为什么偏偏在今天晚上，你却忽然分了神，让那些人混了进来？而且不是一个人，是十几个人！那么多人，难道你都没发现有什么异常情况吗？"

云莉咬了咬唇："我……"可是后面却再也说不出一个字来，眼泪从她的眼眶里急速溢出，可是她知道，现在自己根本没有资格哭泣，因为她的疏忽和走神，导致了另一个国家的王子的死亡，这简直是最重大的错误，是会挑起国家之间战争的错误！

"回答我，你今天晚上到底是怎么了？啊？难道你都不想为自己解释吗？如果你什么都不说，我就只能把你当作顾曦的同党了！"卓飞继续逼问。

但云莉却是怎么都不能说的啊！她怎么说得出口，自己今晚的失神，是因为何薇王后的忽然归来？看见他们夫妻俩甜蜜地团圆，她只觉得心里空荡荡的，连走路都没有力气，根本不知道自己在什么地方，所以……所以怎么可能有精力注意到其他的异常情况呢？

云莉知道自己的解释很无耻，可是当时，她真的没办法控制自己的情绪啊！

而等她终于回过神来的时候，惨剧已经发生了，一切……都没有办法再挽回。

想到这里，云莉也慢慢冷静下来了，她仰起自己惨白的脸，对卓飞说："今天的事情全部都是属下一个人的责任，一命偿一命，属下愿意接受死刑，以表达对顾轩先生的愧疚之情。"

"你以为你死了，就没事了吗？你什么时候变得这么幼稚了？"卓飞心头的愤怒和不解混在一起，"云莉，我只是想知道，你今晚为什么会走神，你总得给我一个理由。我不相信像你这么敬业的人会犯此等错误！如果连你都是这样，以后，你让我如何相信别的属下？"

卓飞的一再逼问终于让云莉濒临崩溃了，她咬了咬唇，知道自己或许活不了多久了，那么何不趁此机会，将自己压抑多年的情感告诉他呢？

于是她猛地抬起头，做了个深呼吸，用悲哀而绝望的声音喃喃道：

"我之所以会走神，是因为我……我一直喜欢你啊，陛下……看到你……看到你和何薇殿下在一起……我实在是没办法控制自己……"

卓飞脸上那纠结的神情慢慢淡去了，他并不傻，很快就明白了云莉话里的意思，而当他明白了她的感情时，过往那些碎片也就一个接一个地穿成了一整条清晰的线。卓飞冷着脸，一字一句地说："所以刚刚你才会在没有我允许的情况下，擅自闯入我的书房，是吗？"

云莉闭了闭眼，任由眼泪落下："是……我忍不住，想来看看您……对不起，真的，对不起。"

卓飞也合了合眼，缓缓地摇了摇头，长长地叹了口气："这三个字，你真的不用对我说，你应该对死去的顾轩，还有未来因为战争而流离失所的那些百姓说。"

"战争"这个词顿时让云莉浑身一震，她猛地睁大了眼睛，看向面无表情的国王，抱着最后一丝希望说道："陛下，战争？我们……我们要和剑龙帝国打仗吗？一定要这样？难道就没有挽回的余地了吗？属下愿意做任何事来阻止战争，只要可以，属下真的愿意做任何事。"

"我不怀疑你的态度，只是……你只不过是一个小小的护卫队长，难道你以为你的一举一动能对两国之间产生什么影响吗？"卓飞揉了揉眉心，神情中透露出一丝疲惫，"刚刚我接到消息，顾曦已经在他属下的帮助下从皇宫人员的看守下离开了，想必天一亮，他就会以我杀了他弟弟的名义，向我们发起战役。"

"什么？可是，可是我们有证据啊，那些假扮成护卫队员的人，他们肯定都是顾曦的手下，只要能让他们招供——"

"那些人对顾曦赤胆忠心，在杀掉顾轩之前，就已经服下了慢性毒药，现在应该已经全部死去了。"卓飞皱了皱眉。

"怎么会这样……怎么会这样……"云莉顿时瘫倒在地，茫然地看着地面，不断地重复着毫无意义的话语。

"木已成舟，一切已经无法挽回，我只是把结果告诉你，让你明白你今晚的疏忽究竟造成了多大的错误。"卓飞陈述道，"你下去吧，对你的处罚，我过些日子会下达，在那之前，我允许你见见你的家人。"

云莉没有为自己求饶，她只是站起身来，朝卓飞敬了个礼，然后带着满脸的泪痕，转过身朝书房外走去。

她没有再多说一个字，卓飞说得对，她的对不起，应该对其他人说。

云莉最后抬头看了一眼头顶皎洁的明月，心底翻涌过无限的悲凉和绝望，最终在其他士兵的带领下，走向了牢房。

房内的卓飞却久久无法平静，他从来都没想过，那个看起来果敢又干练的姑娘竟然对自己有感情。他并不是鄙视她对自己的感情，而是这感情害了她啊。

爱情的魔力的确能够促成很多美事，可是当爱情发生在一个不该发生的人身上时，只怕结果就不会那么美好了。

卓飞重重地叹了一口气，处理完云莉的事，明天，他还有许多更棘手的事要处理。

脑海中忽然划过刚刚何薇看着死去的顾轩伤心哭泣的样子，卓飞不由得蹙了蹙眉，他明白何薇是在为一个朋友的去世感到难过，可是……可是当自己深爱的妻子为了另一个男人流出眼泪的时候，他还是没办法做到丝毫不介意。

虽然从前，何薇也为自己哭过，甚至比今晚哭得更伤心绝望，可即使是哭泣，卓飞都自私地希望，何薇的眼泪只留给他一个人。

这或许，也是爱情造就的小麻烦吧。

卓飞摇了摇头，正准备起身回寝殿看看何薇休息得怎么样了，就在这个时候，一个身穿白大褂的医护人员带着一脸欣喜跑了进来，甚至连敲门都忘了，匆匆开口道："陛下，陛下，好消息，程亚伦将军他……他已经脱离危险，醒来了！"

卓飞低落而黑暗的心顿时明亮了不少，多年以来，程亚伦一直是自己在工作上的左膀右臂，两人联合在一起处理掉了不少麻烦事，而这段时间他一直昏迷不醒，卓飞也不由得忧心忡忡。

好在现在他醒了，那么，自己对于接下来要对顾曦做的事，就多了一个人来支持！

"带我去见他！"卓飞说道。

"是！"那名医护人员一路带着卓飞来到程亚伦所在的病房内，他比前段时间的状况好了许多，身上的管子和各种监测仪器都拆下来了，如今只有手上仍旧打着吊针。卓飞走进来后，这对相识已久的兄弟忍不住抱住，互相拍了拍对方的臂膀。

"我已经没事了，随时可以接受陛下您的任何任务。"程亚伦用略沙哑的嗓音说道。

卓飞有些感动地点了点头："现在你可以告诉我，那天在校园里，到底发生了什么事吗？"

"我们中了埋伏，我和何薇王后失去了变身功能，后来顾轩先生变身成恐龙的样子将何薇王后救走了……陛下，您现在找回王后和顾轩先生了吗？"程亚伦刚刚苏醒，还不知道之前发生的事情。

卓飞不由得轻叹了一口气："何薇回来了，可是就在刚刚……顾轩他……牺牲了。"

"竟然是这样。"

在听完了卓飞对之前所有事情的叙述之后，程亚伦不由得闭了闭眼，轻轻地叹了一口气。他平日一向少言寡语，无论碰到什么事都能保持镇定冷静，可是今天听到的这些，还是让他感到很震惊……和钦佩。

"陛下，虽然现在还没有确凿的证据，但……臣个人认为，这次的事件应该和顾轩先生没有关联，只怕一切都是他哥哥顾曦的计划。"

卓飞轻轻地点了下头："其实我也是这么想的……唉，只是可惜了这么一条有勇有谋的汉子。如果可能的话，我真希望他是我的弟弟，而不是那个顾曦的。"

"臣能明白您的心情，但陛下，现在不是您沉浸在后悔中的时候，皇宫中竟然能混进如此多的外人，还有之前在校园里的刺杀行为，那个顾曦对我们这里的侵蚀只怕已经到了很严重的地步，想要对付他，就必须先拔除他的爪牙。"程亚伦分析道。

"我明白，我已经在做了。其实之前我已经在暗中清理掉了他的不少人手，皇宫中大部分都清干净了，但……还是难免有漏网之鱼。"想到顾轩的死亡跟自己没有将皇宫清理干净也有关系，卓飞就觉得头疼后悔。

"顾曦的人手在我们这里扎根多年，要想立刻清除干净恐非易事，陛下不必为此感到自责。"程亚伦说道，"不过，据您刚刚说的情况来看，只怕他很快就会挑起战争。看来，一场大战是在所难免的了。"

卓飞脸上并没有惧怕的神色，他是霸王龙，天生就是要吃肉和战斗的种族，虽然他不喜欢血腥的杀戮和生离死别，但倘若这是为了保护自己的家园，他就会拼尽全力。

他想，恐龙帝国的所有子民，应该都跟他想的一样，只要是深爱这片土地的人们，就一定愿意为了它的和平和安宁付出不懈努力。

程亚伦也同样毫无惧色，他看向卓飞，握住卓飞的手，用沉稳的声音说："陛下，臣等一定会协助您渡过这次难关的。"

卓飞点了点头，两人又讨论了一些具体事项，直到天色微微泛白，他才揉了揉眉心，说道："我……我先回去看看何薇，如果你能起身的话，一会儿来会议室，我要召集众位将军和大臣开会。"

"请陛下放心，臣已经没有大碍了。"程亚伦点点头，目送卓飞离去，心底却不由得为何薇担心。他和何薇认识多年，知道她虽然外表看上去活泼大方，但其实也只是一个很脆弱的女孩子，也不知道发生了这样的事，她会不会很难过。

程亚伦的猜测没有错，卓飞和他在病房里商讨了一整夜的重要事项，而何薇则一整夜都没有合眼。

起初她还能打起精神和孩子们团聚，安抚他们受惊的心，但当孩子

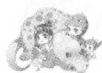

们带着安稳的神情一一睡去之后，她再也压抑不住心里的难过之情了。她一个人躺在宽阔的大床上，盯着天花板，眼前不断闪现过顾轩在临死前朝自己微笑的画面。

他的嘴角还沾着血迹，脸色也惨白如纸，却依旧用尽了全身的力气对她露出温柔安抚的笑容，好像在告诉她不要害怕……

何薇越想越难过，越想越害怕，眼前的顾轩似乎渐渐地变成一个灰白色的骷髅头，他用松动的牙齿吱咯吱咯吱地对自己说："为了你的丈夫，为了你的孩子，为了你的国家，我献出了自己最宝贵的生命，可你却什么都不能给我，只是高高在上地享受着，好像我的付出都是理所当然的……何薇，你不过就是仗着我喜欢你而已！但现在，谁来补偿我，谁来把命还给我？！"

"不是这样的！不是这样的！"何薇猛地抱住了脑袋，用手颤抖地捂住双耳，却还是难以阻挡那恐怖的怪声传入她的脑海中，尽管她闭上了眼，却还是能看见那恐怖的骷髅头。

何薇终于受不了了，她跳下床，打开了房间里所有的灯，脸上挂着眼泪推开大门，问守在门口的护卫队员："卓飞呢？卓飞在哪儿？"

在这种无助的时刻，她能想到的只有卓飞，她多希望现在卓飞能够陪在自己身边，可身边却空荡荡的，没有一个人。

难道……他和那个云莉在一起？难道……在自己不在皇宫的这段时间里，卓飞和云莉之间，真的产生了什么火花？

尽管知道自己是在胡思乱想，可惊慌失措的何薇却完全没办法控制自己脑子里的想法，耳边还隐约有顾轩的声音，她觉得再这么下去，自己一定会疯掉的。

可那名护卫队员却回答道："王后殿下，抱歉，属下只负责保护您的安全，至于国王陛下去了哪里，属下真的不知道，要不……要不属下让其他人帮您问问？"

何薇摇了摇头："不用了。"关上门，她有些茫然地重新倒在床边，就这么睁着眼看着窗外漆黑的夜空，感觉自己的灵魂似乎已经从躯壳里脱离了。

她就这么躺了一夜，直到第二天天色蒙蒙亮的时候，卓飞才轻声推门而入，神情隐藏在阴影里让人看不清楚。

何薇动了动嘴唇，发出嘶哑的声音——那是她一夜没睡造成的结果："你为什么现在才回来？"

卓飞一怔，抬头一看发现原来何薇虽然躺着，却并没有睡着，便赶忙凑上去坐在床边，拉住了她的手："你怎么这么早就醒了？不再睡一会儿吗？"

何薇却猛地把手从他的掌中抽了出来，将声调提高了一点："你为什么现在才回来？"

卓飞从她的语气中听出了埋怨和不理解，若是换作平时，他肯定会立刻露出笑容，凑上去抱住她不停安慰，但今天，他也是刚刚从忙碌中缓过神来，身上还带着疲惫和对马上要开始的战争的焦虑……

而最重要的一点是……他似乎还在为何薇为了顾轩哭泣的事而计较。虽然顾轩已经离去，可深爱何薇的卓飞还是忍不住想起这件事……

难道……难道在她心中，她已经不知不觉地给顾轩留了一个位置吗？

这个念头像蠕虫一般，不痛不痒地钻入了卓飞的思绪中，虽然平时并不会带给他任何不适的感觉，但只要他想起来，脑子里就会顿时乱作一团，所有的情绪都会失常。

现在，就是这条蠕虫开始发挥作用的时候。

卓飞没有像往常那样抱住何薇安慰，只是淡淡地开口说："我在和程亚伦商量事情，只怕一会儿顾曦那边的人就会有动静了。"

程亚伦？何薇还不知晓程亚伦已经醒来的事，听到卓飞这么说，顿时觉得他在说谎！这对于一向诚恳直白的卓飞来说根本就是从来没有过的事！她顿时觉得自己脑子里的猜想越来越可能是真的了！

于是她也变得有些歇斯底里起来："你骗我……你根本不是去见什

么程亚伦，你是去找云莉了，是不是？"

卓飞一听到云莉的名字，心头就涌起一种遗憾，不禁有些生气，语气不由得变得更差了："你胡说什么？这和云莉有什么关系？程亚伦醒了，我只是去探望他，顺便把之前的情况和他说一下而已！"

何薇猛地捂住了耳朵，不断地摇头："你骗我，你在骗我！程亚伦还在昏迷，怎么可能突然醒了？你一定是去找云莉了，我都看见了，她站在你书房里，离你那么近……你知不知道昨天晚上我有多害怕，可你却一直不回来，让我一个人不断想着顾轩死去的那一幕——"

"原来是因为顾轩？"卓飞的火气也冒了上来，他开始曲解何薇的话，"我知道他的去世对你打击很大，我也知道他多次救了你你很感激，但他只是一个外人而已，我才是你的丈夫。何薇，这一点你还记不记得？"

卓飞从来没有用这么高亢的嗓音对自己说过话，何薇不由得愣住了，双手捂着耳朵，就这么怔怔地看着眼前这个她再熟悉不过的男人，却忽然觉得好陌生。

耳边不断传来嗡嗡嗡的声音，何薇觉得自己似乎不太会说话了："我当然记得……你为什么要……为什么要这么说？"

"为什么？"卓飞反问道，"难道你不觉得这段时间以来，你对顾轩关注得太多了吗？难道你忘了你还有丈夫和孩子要照顾吗？难道他不在了，你就连活下去的勇气都没有了吗？"

何薇终于明白了："我知道了，你……你觉得我喜欢上顾轩了，是不是？"

卓飞有些痛苦地转过头去："我并没有这么说。"

"可你就是这么表现出来的。"何薇渐渐地收起了自己的眼泪，在受到伤害之后，她会很快在心中建立起严密坚固的防范，不让自己的感情再透露出一丝一毫，"卓飞，在质问我对你的感情是否忠诚之前，你为什么不先看一看自己做得够不够好？难道你没发觉云莉对你的感情吗？还是你喜欢那种被她暗恋的感觉？"

　　卓飞只觉得既愤怒又痛苦，他知道倘若再这么吵下去，只会给两人的关系造成不可弥补的裂痕，因此便站起身来，揉了揉眉心："何薇，现在我们都不太冷静，再吵下去对你我都不好，或许，我们应该冷静一下。"

　　何薇点了点头，擦掉从眼角溢出的泪水："好啊，反正我一点都不想看见你。"

　　卓飞怔了怔，那一瞬间，他真的很想用力把眼睛哭得通红的何薇紧紧抱进怀里，可就在他伸出手臂的那一刹，寝殿的房门忽然被人急促地敲响了，门外传来护卫队员的声音："陛下，顾曦带着剑龙大军攻打过来了！"

　　清晨，朝阳还未完全升起的时候，在恐龙帝国皇宫的紧急会议室内，众位将军和大臣已经齐齐聚集在了会议桌前，他们脸上带着焦急的神色互相讨论着。就在这时，会议室的大门忽然被人猛地推开，卓飞顾不得任何繁文缛节，径直走过去用手拍了拍桌子，大声质问道："怎么会这么快就让他带军队攻打过来了？边防的人，你们都在做什么？！"

　　一位将军顿时从椅子上站了起来，一边用手绢擦着额上的汗珠，一边颤颤巍巍地说："陛下……这……这些剑龙士兵并不是越过边境进入咱们国家的！据臣收到的消息称，他们是突然从大街小巷里冒出来的，之前就一直伪装成普通人的样子混迹在平民百姓中，他们口中还念着口号，说……说什么卓飞陛下您因为怀疑顾轩和何薇王后有染，在嫉妒心的驱使下……不分青红皂白地杀了他，他们要为死去的顾轩报仇……"

　　卓飞听完也不生气，他早就猜到顾曦那个阴险狡诈的家伙会把这个当作发动战争的借口。

　　"陛下，只怕顾曦已把这些人安插在我们周边很多年了！"另一位将军也起身说道。

　　卓飞低头沉思了两秒，问道："除了我刚刚指定要派出的第一和第二军队，还有什么其他队伍在和顾曦的大军对抗吗？对方多少人？"

"据目前估计，对方起码有几万人……他们，他们攻击得非常突然，大多数人都还在沉睡中，而这些畜生的目标就是平民百姓！虽然很多子民都立刻变身防御敌人，可是……可是剑龙背上的骨板杀伤力太过强大，这些年来我们国内的剑龙早就灭绝了，我们也没有在抵御剑龙方面做过训练，因此……很多……很多无辜的人都已经……"

卓飞闭了闭眼，似乎都能想象得到那血流成河的惨烈场面，他不由得捏紧了拳头，又问："目前有哪几个分队能够迅速集结，出发迎战？"

"回国王陛下，还有第三、第七分队可以迅速集结，其他分队要留在皇宫和边境处以防意外。"

"我知道了。"卓飞猛地睁开了双眼，那双明亮的眸子中如今全都是对顾曦的憎恨，和他一定要打赢这场仗驱除外敌的坚定决心，"那么，各位，准备一下，和我一起出去迎战吧。"

众人闻言皆惊："陛……陛下？您……您要亲自带兵上阵吗？这……这不可以呀，您现在是一个国家的国王，倘若您出了什么意外，那以后我们恐龙帝国该怎么办啊？"

卓飞却毫不动摇，对身后的侍从挥了挥手，对方立刻为他递上了一副黑色的盔甲。他一边穿盔甲，一边对其他人说："正因为我是这个国家的国王，到了这种时刻，我才是应该第一个站出来的人。倘若我真的出了什么意外，不是还有你们吗？你们和我一样爱着这个国家，相信就算我不幸失去生命，你们也可以带领这个国家继续前进，继续保护它的！"

"可是……陛下……"

卓飞满怀自信地一笑："不要再说了，难道你们不相信我的战斗力吗？再怎么说，他们那群剑龙都只是吃素的，我可是食肉的霸王龙，这数百年间，我们霸王龙一族失败的次数还真是屈指可数。"

众人终于渐渐地不再说话了，因为他们知道卓飞国王心意已决，没人能够阻止得了他。

有一位头发花白、为卓飞和卓飞的父亲这两代帝王都做过臣子的将

军看到卓飞如今的气度，不由得在心里暗暗感叹：现在的卓飞陛下，仿佛比他的父亲更加英勇和果敢了！

大家受到了卓飞的鼓舞，也一个接一个地穿上作战时的盔甲，对卓飞敬礼道："臣等谨遵国王陛下的吩咐，为了保卫国家和子民，臣等一定竭尽全力，绝不退缩！"

卓飞满意地点了点头："要的就是你们这样的气度！"说罢，便穿着黑色盔甲，帅气地转身走出会议室。清晨的阳光照耀在他身上，让他整个人看起来仿佛战神下凡一般英勇无敌。

众人跟在他身后走出去，这个时候，旁边的小路上有个男子推着轮椅缓缓地向他们走来——正是帝国第一将军程亚伦。他的伤势虽然恢复了不少，但他目前还不能走动，看到卓飞等人的装扮，便立刻明白了他们的意图。他朝卓飞点了点头："陛下，这次臣就要偷个懒，待在后方了，没了我的帮助，您可千万不要阵脚大乱啊。"

他还是这么的冷幽默，卓飞笑着摇了摇头："以前你在我身边也只是添乱而已啊！放心吧程亚伦，好好养伤，后方的事情就交给你了！"

程亚伦重重地点了点头。这个时候，卓飞忽然朝他走近，微微俯身，在他耳边小声说道："程亚伦，今早我走得太仓促，还没来得及跟何薇好好告别，所以……我想请你帮我转告她一声：我很对不起，我不应该那么凶地跟她说话，等我回来以后，她想让我跪键盘还是跪搓衣板都没问题。"

"臣会怂恿何薇殿下让您跪上十天半个月的。"程亚伦点了点头，"放心吧，我会转告她的。"

卓飞站起身，朝自己多年的老友笑了笑，又拍了拍他的肩膀，这才转过身去，再不回头，迎着朝阳，朝皇宫门口那来势汹汹的剑龙大军走去。

同一时刻，顾曦坐在自己的临时战略指挥部里，一边听身边的下属汇报着如今的战况，一边优哉游哉地剥着花生吃。

听完汇报之后，他的脸上渐渐露出一个满意的笑容。到目前为止，他的计划都进行得很顺利，虽然布置在皇宫里的眼线都被那个卓飞拔除干净了，可是如今，他已经顺利地干掉了自己那碍眼的弟弟，并且利用"卓飞国王刺杀顾轩"作为借口，成功发动了他梦寐以求的战争，带领大军一举逼近皇宫。

这些战士都是他训练多年的，一直隐藏在恐龙帝国的大街小巷，如今终于有了用武之地。他相信，凭借着这支大军的进攻，卓飞那只养尊处优的霸王龙一定没有还手的余地。这些剑龙深知每一种恐龙的弱点，可是对方却对他们剑龙的特性一无所知，说起来，这还得感谢顾曦的先祖们当时从中央陆地撤离的举措呢！倘若不是如此，其他人怎么会认为剑龙已经灭绝了？

想到这里，顾曦不由得捏碎了手中的花生，假以时日，他必定会取代那只自大的霸王龙，坐上他的位置，将自己位于西大陆的子民全部接到这片富饶的土地上来！

但现在……还剩下一个问题没有解决。

顾曦挥挥手，问旁边的心腹："顾轩的尸体呢，怎么还没送过来？"

他一向心思缜密，顾轩虽然死了，可尸体也是可以作为证据的，倘若卓飞从顾轩的身上查出什么蛛丝马迹，推翻了顾曦提出的进攻理由，那么到时候就不好解释了。

心腹立刻回答道："回殿下的话，派去的人已经在路上了，应该过不了多久就——"

可是他的话还没说完，门口就急匆匆地闯进来一个人，带着惊惶的神色跪倒在顾曦面前，颤声道："大……大王子殿下，臣等无能，没能把顾轩的尸身带回来！"

顾曦蹙起眉头，压低声音慢慢问："为什么？"

那人顿时抖得更厉害了："臣等冒险闯入顾轩的尸身所停放的地方，可是……可是到了那里却发现，他的尸体不见了！"

顾曦眯起眼睛："你的意思是，他是假死？"

"不不不，不会的，那个在医疗队的眼线还没被拔除之前，曾亲口告诉我说，顾轩肯定死了！他失血过多，好几个内脏都破裂了，当场就死了！除非有人会复活术，不然是绝对不可能救活他的！"

"那就是说……卓飞先你一步，把顾轩的尸体带走了？"

"也不是，卓飞的人发现顾轩的尸身失踪之后也很惊讶，还以为是臣等将他带走的，一路追杀臣等，臣等也是费了九牛二虎之力才回到这里向您复命的啊！"

"嗬……"只听顾曦冷笑一声，抬起眸子冷冷地打量面前的人，"复命？完成了使命回来见我，这叫复命，而你……却只是一个没有完成任务，从皇宫屁滚尿流跑回来的逃兵罢了，这样还敢跟我谈复命？"

那人一看情势不对，赶忙不断地磕头："求大王子饶命，求大王子饶命——啊！"

话还没说完，那人就已经被几个侍卫拖了出去，接着另外一名侍卫请示顾曦："王子殿下，请问该怎么处置他？"

顾曦剥开一粒花生，淡淡地说："杀啊。你们都记住了，我的手下，不留没用的人。"

第十二章

最先低头的人

距离恐龙帝国与剑龙帝国的战争拉开序幕，已经过去了四天。

剑龙大军来势汹汹、组织有序，连居住在城市中的平民都不放过，因此很快就将临近皇宫的城镇一举拿下。尽管卓飞立刻带领了军队反击，但由于对方占据了有利的地形，而顾曦又在战术上有颇高的天分，这四天以来，卓飞所带领的大军可以说完全没取得任何胜利和进展。

目前，他们在竭尽全力地去阻止那些丧心病狂的剑龙大军对无辜平民百姓进行烧杀掠夺，并且阻止他们进一步接近皇宫。

因为战况的激烈和紧张，这四天以来，何薇没收到卓飞传来的任何消息。

虽然她随时可以从程亚伦或者通信兵那里获得目前的战况和卓飞的健康状况，可一想到那个披着盔甲上阵杀敌的男人，在这四天里连一个电话，甚至一条短信都没给她发过，她就放弃了这个念头。

何薇知道现在情况紧急，所有人都在浴血奋战，每时每刻都有无数士兵因为受伤而倒下，甚至是牺牲，卓飞作为国王，挤不出时间和自己联系也是能够理解的，但是……但是她还是忍不住感到很失落。

或许是因为他走之前自己才和他吵了架吧，那天早晨，他对自己的态度颇为冷淡和不耐烦，这是他以前从未对自己表现过的态度，何薇不由得开始担心和怀疑，会不会……会不会是他已经不爱自己了？

虽然她已经知道云莉因为严重失职而被关进了牢狱中等待处罚，可是……心里还是忍不住惶惶然。这种感觉并不是最近才有的，自从卓飞成为国王之后，这种不安的感觉似乎就开始在何薇心底滋生了。

没嫁给他之前，何薇只是一个无忧无虑的姑娘，可以什么都不管地随便向他发脾气，但自从她的身份由普通人变成王后之后，她心底的顾忌就越来越多。她要注意自己和卓飞的形象，再也没办法像以前那样和他无所顾忌地闹腾，而卓飞花在工作上的时间也越来越多，渐渐地，也不是从前那个嚣张而狂妄的小子了。

她知道卓飞变成熟是好事，可还是觉得自己比从前孤单了。而这一次顾轩的死亡，似乎就成了她心底积压的情绪的爆发口，她其实只是害怕卓飞不如从前那么爱自己了而已，但是说出口的话，却是对他的质问

和不信任。

何薇低着头，看着手中的手机，心里很难过和伤感。其实从前每次他们吵架，最先低头和认错的都是卓飞，现在想来，或许自己确实太自私了，他总是先认错，想必心底也会觉得疲惫和伤心吧。

何薇顿时觉得过去的自己太过于任性了。

那么，这一回，自己要不要做那个先低头的人呢？何薇思索了一会儿，最后做了个深呼吸，然后拿起手机编辑了一条短信：我知道你现在一定很累、很辛苦，对不起……那天早晨用那种语气跟你说话，如果有空了的话，给我打个电话好吗？我很想你。

她将这条短信反反复复编辑了好多次，最后才忐忑不安地按下了发送键。

刚把手机放下，门口就传来了女儿小粉的声音："老妈，你起来了吗？"

何薇一怔，快速将手机收进口袋，站起身来拍了拍脸，让自己显得精神一些，这才推开门走出去，摸了摸女儿的头："嗯，起来了，是不是饿了？我去给你们做早饭吃。"

她刚把话说完，就见小白捧着一只装满了白粥的碗小心翼翼地朝自己走来，只听小粉对自己说道："不用不用，今天我们要给老妈做饭！这几天你太辛苦了，就让我们来照顾你好不好？"

女儿虽然年纪小，却似乎已经看出了何薇的担忧和不安来，扑上去抱住她，抬起头用大眼睛看着她，眼底满满的都是对自己母亲的爱意。

何薇感动得红了眼眶，她赶忙揉了揉眼睛，蹲下身去接过小白递来的白粥，在她脸上亲了一口："小白好厉害，这粥是你煮的吗？"

小白闻言摇了摇头："不是，是橙子哥哥煮的，唉……其实我和姐姐也试着煮了的，可是都煮煳了，只有橙子哥哥的成功了。"

一提起这个，小粉就有些愤愤不平："哼！想不到他一个大男生做饭竟然比本公主做得好！一会儿我要找他打一架！"

何薇笑着凑上去和她蹭了蹭脸，在儿女们期待的眼神中喝了一口白粥。粥温温热热的，但可能是做的人没掌握好火候，还有一些米是夹生的，不过孩子们期盼的眼神是如此真诚，她顿时觉得这碗粥是世界上最好喝的东西，不由得真心地赞叹道："好好喝！"

三个孩子顿时开心地在地上蹦蹦跳跳，尖叫起来。

何薇抱住他们温柔地说："等爸爸回来之后，你们也给他做早餐吃，好不好？"

"嗯！没问题！"橙子立刻点点头，又忍不住扭头问母亲，"老妈……你说，老爸他还要多久才能回来啊？我听那些将军叔叔们说，这次的敌人特别特别强大……"

何薇揉了揉他的脸，用很自信的语气说："敌人确实强大，可是你的老爸也是很厉害的啊！放心吧，他很快就会回来了，等他回来之后，咱们一家人一起开心地吃饭，你们说好不好？"

小粉立刻拍手："好！到时候我们给爸爸妈妈做饭吃！我要做烤蛋糕！"

"那……那我就做炒青菜！"

"笨，老爸最讨厌吃菜了！"

三个孩子带着期盼的心情打闹成一团，何薇在旁边欣慰地看着，却全然忘记了，就算是强大如卓飞的王者，也会有遇到劲敌的那一天。

同一时刻，前方最惨烈的战场上。

时间还是清晨，这一天的战斗还没正式拉开帷幕，卓飞正站在帐篷中和其他将军一起商量着下一步的计划和攻略。

他已经连续四天没睡觉了，每时每刻都有自己的士兵在牺牲流血，都有无辜的子民受到伤害，甚至家破人亡，这样的情景让卓飞如何能够睡得着？

卓飞顶着严重的黑眼圈，强撑着精神和其他人商议，一旁的几个将军实在看不下去了，开口道："陛下，您还是先去休息一下吧！这里有我们顶着，暂时还不会有事的。"

卓飞却摇了摇头："从昨天起，他们的军队就忽然没了动静，这和他们之前大举进攻的态度实在是大相径庭，我觉得顾曦肯定有什么新的

计划，所以现在真的不是休息的时候。你们放心，我撑得住，如果你们有谁实在是太累，可以先去休息一下。"

他这话说得十分诚恳，其他人听到国王陛下这么说，心底顿时又是感动又受到鼓舞，怎么可能抛下国王陛下自己去休息？因此大伙儿顿时打起了十分的精神，投入到商议当中。

然而就在这时，一阵轻快的短信铃声忽然从大伙儿中传出，其他人在走进帐篷前就把手机调成了关闭或者是静音状态，因此听到这阵铃声，不由得感到有点奇怪。

接着大家就发现他们英勇果敢的卓飞陛下忽然红了脸，他伸出手在自己的口袋里抓了抓，拿出自己的手机，屏幕还亮着，证明刚刚那短信铃声是从他这里发出来的。他低头看了一眼屏幕上的名字，心头便温暖了起来。

"喀喀……抱歉，我忘记关机了。"卓飞道了声歉，"请允许我去旁边看一下短信，很快就好。"

其他人立刻就明白这短信是谁发来的了，卓飞和何薇王后感情亲密，这在恐龙帝国是人人皆知的事实，而这几天卓飞为了控制战势，一直和其他人一起奋战在第一线，甚至都没抽出时间和他深爱的妻子联系一下。

众人不由得用温情的语调说道："陛下，是王后发来的短信吧？没关系，您先和她好好联系一下吧，这几日她一定非常担心你。"

卓飞笑了一下，没说什么，只是转过身低头去看自己的短信，看到上面的信息之后，他心底的温暖顿时像烤箱里的蛋糕一样快速膨胀了起来，但却又带了点后悔和心酸，自己之前怎么能用那种态度对待何薇呢？他明明知道何薇心里肯定只有自己的，却还是忍不住怀疑……

想到这里，卓飞不由得摇了摇头，心想，等这次战争结束，他一定要立刻赶回她身边！因为他知道，自己是无论如何也不能失去何薇的。

不过现在，还是先给她打个电话比较好吧？一想到这几天自己一直没联系她，卓飞就觉得自己真是个无可救药的笨蛋和蠢货。

于是他转身对其他人说："我打个电话，你们稍等一下。"

众人自然没有意见，可就在卓飞刚在手机上按下一个键时，帐篷里忽然传来一股奇怪的味道，一个鼻子很灵的大臣捂着鼻子说："什么味道？有人把早饭做煳了吗？"

但卓飞闻言忽然一震！他放下手机试图变身，却发现自己没办法变换成霸王龙的形态了！

他暗叫不好，正想让大家先离开这里，可就在这时，一只手忽然伸进帐篷里来，在地上放了一个小小的圆球。卓飞一愣，快速转过身去对其他人大喊："快点逃出去——"

轰！卓飞的话还未说完，帐篷就忽然从内部爆炸了，周围的士兵就这么眼睁睁地看着他所在的帐篷突然被烈火和浓烟包围，没有一个人从里面逃出来。

接到卓飞出事的消息时，程亚伦正在后方的作战指挥部里和其他人一起分析着剑龙战士的作战特点，希望他们的分析能够给卓飞在前方的作战提供一些帮助。

因此，当他听到那个通信兵在自己耳边用悲伤的语气说出那句话的时候，他还有些反应不过来，不由得扭头重新问了一次："你……刚刚说了什么？"

那个通信兵红着眼睛，压低了声音在他耳边重复了一遍："前方来报，说……说卓飞陛下他……他已经不在了，貌似是有人混进了帐篷里，投放了炸药，卓飞陛下还有好几位将军，都……都已经……"

通信兵泣不成声，而整个作战室早已随着他的声音而变得鸦雀无声。

程亚伦的脸色比墙壁还要白，他愣愣地盯着面前的通信兵，就那样怔了许久才回过神来，他努力让自己的声音听起来冷静一些："尸体呢？找到尸体了吗？证据呢？证实他死亡的证据在哪里？！"

他明明想要保持镇静的，可是话说到最后，却还是忍不住变得激烈起来。

怎么可能？这绝对不可能！那个骁勇善战的卓飞，那个一直战无不胜的帝王，怎么可能就这么突然死了？！

通信兵一边抽噎一边说道："炸药太厉害了，他们……他们只在

废墟中找到了一些人的断手断脚，其他的身体部分似乎已经被焚烧殆尽了……医护队的人已经从中提取到了卓飞陛下的 DNA……"

程亚伦猛地伸出手抓住对方的肩膀，激动地质问："怎么可能？为什么他们不在爆炸之前变身呢？如果变身成恐龙的样子，那么一点点炸药能对他们产生什么影响？"

"好像是……好像有人在残留的废墟里提取到了抑制变身的毒素……"通信兵已经泣不成声，"大家只在废墟中找到了卓飞陛下的一点点盔甲，还有一部手机……其他的，都已经没有了……"

程亚伦猛地后退了几步，而指挥室里的几个女士兵已经忍不住掩面低声哭泣起来。

他闭了闭眼，用低沉的嗓音问道："这件事，前线那边有多少人知道？"

"负责指挥的凯文先生命令大家保密，因此目前知道的人还不多，属下是收到凯文先生的命令，才回来告诉您的……"通信兵解释道。

程亚伦慢慢地点了点头，而另外几个男军官也红了眼睛，但还是强撑着没有掉泪，只是走到程亚伦面前，垂头低声问："将军，这个消息……要不要告诉——"

"绝对不可以透露出去。"程亚伦没等对方把话说完，就忽然开口打断，"请在场的所有人都听清楚，现在战局不稳，倘若卓飞……卓飞去世的消息传了出去，你们也知道这会给子民们带来多大的打击。因此，我现在以帝国第一将军的身份，命令你们暂时保守这个秘密，尤其是对何薇殿下！倘若有人敢把这个消息传给她，我必定会严惩那人！"

"但……将军您也明白，现场爆炸发生得很突然，肯定有很多人看见了，只怕……只怕就算我们刻意隐瞒，也隐瞒不了多久的……"

"我明白，我只是想暂时压制住局面，想想接下来该怎么办。"这巨大的打击让程亚伦感到有些无力，他不由得靠在了轮椅上，长长地叹了口气。

卓飞和何薇的孩子都还小，现在根本没办法继承父亲的王位，为了防止顾曦或者是其他有异心的人趁机夺权，看来他只有尽快将这些年一直游荡在外的卓飞的亲哥哥卓跃叫回来了。而且卓飞死亡的消息，只怕还要尽快通知卓飞的父母，这些年来卸去了国王和王后职位的二老一直在全球各地旅游，想要弥补年轻时候没有经历过的放松和自由。

之前何薇和卓飞还一直期盼着过节的时候能够把全家人都召唤回来，大家一起吃一顿团圆饭，而现在，程亚伦终于能把他们都叫回来了，可是用到的理由，却是他从来不想用到的那个。

他甚至不敢想象卓跃、前任国王和王后听到这一消息时候的心情，更不敢想象，如果这件事让何薇知道了，她会受到多大的打击。

前段时间顾轩才因为保护她而死，而现在，又有一个对她更重要的人离她而去……

程亚伦觉得，何薇肯定会因承受不了这个打击而崩溃。倘若她崩溃了，那么剩下的三个孩子该怎么办？

他的脑子乱作一团，悲伤中夹杂着仇恨和愤怒。过了许久，程亚伦才睁开眼，用嘶哑的声音对旁边的人说："帮我联系卓跃王子……还有……把负责我身体状况的医生叫来。"

"将军，您……您联系医生做什么？"士兵有一种不好的预感。

程亚伦眼睛有些无神地看向天花板，双拳握得紧紧的："卓飞都已经战死了，我作为他的后盾和老友，怎么可以继续缩在这里？我要和其他人一起去战场，把顾曦欠我们的东西全部拿回来。"

战场前方，顾曦所在的阵营当中，此时此刻所有人都沉浸在兴奋激动的气氛中。

顾曦坐在长椅上，嘴角勾着得意的笑，听着下属们在外面狂欢："我们干掉卓飞了，我们干掉这恐龙星球上最凶猛的霸王龙！顾曦殿下万岁，万岁！"

等众人庆贺了一段时间后，顾曦才挥了挥手，示意众人冷静下来，说道："好了，这只不过是一个小小的成功而已，用不着这么兴师动众。我们还有一整个皇宫和那十几万的恐龙大军要对付呢，现在可别急着开心啊。别忘了，卓飞虽然死了，但他手底下还是有不少强将的，你们可不能就此掉以轻心啊。"

"臣等明白，臣等一定不辜负殿下您的信任，争取早日攻占下整个皇宫，把恐龙帝国变成我们剑龙的地盘，哈哈哈！"

"没错，只要有那种抑制变身的毒素，我们的军队绝对是战无不胜的，哈哈哈！那些士兵一接触到毒素全都不能变身，不是任由我们宰割吗？哈哈哈！"

属下们狂妄地大笑着，顾曦也没多加制止，因为他也对那种毒素很有信心，那可是他手下的科研团队花费好几年研制出来的。那种毒素非常特殊，能够对剑龙以外所有品种的恐龙产生抑制他们变身的效果，之前在自己的弟弟顾轩还有何薇身上都试验过，从来没出过差错。

不过，之前由于卓飞起了警惕心，顾曦并没有将大量的毒素弹运送到恐龙帝国的土地上来，因此才未能在前几天向他们发动毒素袭击。不过现在就不同了，只要卓飞死去的消息传出去，那么恐龙帝国必然民心大乱，到时候，他必定会找到突破口，让属下将毒素弹运送到这片土地上来。

这么一想，胜利似乎近在眼前，顾曦不由得有些心潮澎湃起来。

但心机深沉如他，还是没完全丢掉自己的理智，他想了想，挥手叫了一个心腹进来，问道："卓飞死亡的消息现在传出去了吗？"

"回殿下，战场这边应该已经传开了，但是……皇宫里面的话，只怕会有人刻意控制消息的传播，防止人心大乱。"

顾曦点点头，叹了口气："我也猜到会是这样……所以嘛，这种时候，就得让我帮帮他们了。"

他从抽屉里拿出一部特制的手机，从上面找出一个电话号码，这号码是他的心腹在还未从皇宫中被清除时私下探寻来的，号码上面的姓名一栏清清楚楚地写着"何薇"两字。

他拨通了号码，很快，对方就接了起来，电话里还能隐隐约约听到孩子们嬉笑的声音："喂，你好，请问你是？"

"是何薇王后吧？"顾曦慢悠悠地问。

那边的人顿了一下，隔了几秒才说："顾曦？"

"王后殿下竟然还记得我的名字，这实在是让我感到很荣幸啊。"

"不要那么假惺惺，顾曦，你现在已经是我们的敌人而不是客人了，既然如此，咱们就都别客套了。你怎么会有我这个号码？你打电话过来干什么？"何薇在电话里厉声问道。

顾曦脸上的笑意越发明显，隐约带了一丝邪恶和快感："也没什么事，就是告诉您一声，今天早晨，我好像不小心把你的丈夫干掉了呢……唉，我实在是很抱歉呢，想着一定要亲自打电话把这个消息告诉您。"

那边的人再也没有任何回应，顾曦只能听见无边无际的沉默。他带着满足的神情挂断了电话，做了个深呼吸，闭着眼睛感叹道："我真的……很喜欢这种……折磨别人的感觉呢……"

北部荒原，一处高耸的山峰背面隐藏着一个不起眼的小山洞。

狂风夹杂着沙尘不断地从山峰两侧席卷而过，这个山洞也未能幸免，经常有砂石被卷进洞中，久而久之，洞口都覆盖了一层细细的沙尘。

这片山脊上寸草不生，光秃一片，没有任何小动物，甚至连耐旱的植物都没有。

然而没过多久，山洞深处忽然传来了一个男人喘息和咳嗽的声音："喀喀……喀喀……"

男人在剧烈咳嗽了一段时间后，终于平息了一些，躺在地上的他努力想坐起身来，可是刚用了一下力气，就牵连了胸口上的伤，撕裂般的疼痛如同闪电一般快速传遍了他的全身，让他再也无法动弹。

他只好躺了回去，不再乱动，只是用那双漆黑的眸子打量着这四周的情景。

现在他所在的地方应该是一个岩洞，岩壁上时不时会有沙尘掉落，空气中也弥漫着风沙的气味，这里应该是一个气候干燥的地方。

在他的认知中，中央大陆一年四季春暖花开，南极地冰川则是处在冰雪当中，剑龙帝国所在的西大陆全年雨水丰沛，那么……这里应该就是传说中干旱贫瘠的北部荒原了。

但问题是……自己怎么会出现在这里呢？明明在失去意识之前，他应该是身在恐龙帝国的皇宫中的啊……

男人正不解地思索着，就在这时，岩洞口忽然出现了一个巨大的黑影，将整个洞口遮蔽得严严实实。

男人一惊，扭过头去看向那庞然大物，难道是敌人追到这里来了？他正想挣扎着起身，却听见那庞然大物冷哼了一声："动什么动？本座好不容易包扎好你的伤口，要是你乱动把伤口扯裂，那你就自生自灭去吧！"

本……本座？怎么会有人这么称呼自己？

躺在地上的男人正疑惑着，就看见那浑身长满了金色鳞片、表情凶悍而霸道的巨龙一转身，化作了人类的样子，露出一张刚毅而成熟的面容来。

男人盯着那人的样貌看了半晌，不由得微微睁大了眼睛："你……你和何薇，是什么关系？"

眼前这人，怎么会和何薇长得那么像？尤其是那双眼睛！加上刚刚他看到此人的龙形姿态，再将从前听过的关于"龙神"的传说联系起来……难道，难道眼前这人就是——

"哼，还能是什么关系？本座不就是那个天天跟在她身后帮她收拾烂摊子的父亲吗？早知道这丫头这么麻烦，当初在她还是一颗龙蛋的时候，本座就应该把她一脚踩碎！"男人气哼哼地说着，大踏步走到躺在地上的人面前，俯下身看他，"那么你呢？你和本座的女儿又是什么关系？你叫什么名字？"

男人愣了愣才回答道："我……我的名字叫顾轩，是剑龙帝国的二王子……我和前辈您的女儿……只是朋友关系而已。"

"哼！本座讨厌说谎的人！"龙神听到顾轩这么说，顿时气得胡子都抖了起来，"如果你和她只是朋友，那么那天你被那些小喽啰杀死的时候，本座的女儿为什么哭得那么惨烈啊？！"

想到自己中剑的那一幕，顾轩顿时有点恍惚，当时他整个人的意识都有点涣散，脑海中唯一能够想到的就是去看看何薇有没有出事，于是他用尽自己身上所有的力气转过身去，在看到她安然无恙之后，便顿时松了一口气，然后接下来，好像就失去了意识……

顾轩不由得淡笑着摇了摇头："前辈，还请您不要误会，何薇之所以会哭泣，是因为她失去了我这个朋友，除此以外，并没有其他的原因。您的女儿一直深爱着她的丈夫，从来没有过别的想法。"

龙神用尖锐的目光盯着他："是吗？本座的女儿对你没有特殊感情，那么你呢……你对她是什么感觉？"

顾轩怔了怔，已经死过一次的他现在似乎比从前看得更开了，他眨了眨眼，终于第一次开口说出了这句话："我……我喜欢她。"

"哼，这样的话，你还算是条男子汉。"龙神又哼了一声，接着忽然从袖口拿出一瓶药，"本座给你换药，如果疼，你也给本座忍着！"

顾轩微微点了点头，有些迫不及待地问出了心底最大的疑问："前辈，我……我记得我应该已经死了，既然如此，为什么我现在会在这个山洞里呢？发生了什么事？是您救了我吗？"

龙神闻言，不由得故意加重了手上的力道，在他伤口上按了一下，顾轩不由得闷哼一声，只听对方用不悦的口吻说道："不是本座救了你，难道你这臭小子还能自己复活不成？"

豆大的冷汗从顾轩额头上滑下来，他咬着牙谦逊地问："这么说，是您让我复活了吗？我以前听过关于龙神的传说，据说您有九条命，所以，您是用……喀喀，您是用其中一条命救了我吗？"

"臭小子，还算有见识。"龙神点了点头，将药换好之后重新站起身来，双手背在身后，站在那里还真有种神仙下凡的感觉。

原来真的是这样，他死了一次，但上天又给了他第二次机会，让自己复活了。这是多少人梦寐以求却难以获得的机会啊！顾轩的心底充满感激，这回就算伤口会裂开，他也必须得站起来向龙神道谢了！

于是龙神就看着这个坚毅的臭小子吃力地从地上爬了起来，冷汗不断地从他额头上滚落下来，但他依旧努力站了起来，然后恭恭敬敬地向龙神鞠了一躬。因为伤口疼痛，他的声音听起来有些虚弱和颤抖，可龙神却能从其中听出真诚和感恩："谢谢您，前辈，真的非常感谢您救了我！我顾轩的这条命是您给的，以后，您若是想收回，我绝对不会有怨言。我一定会尽自己最大的努力报答你！"

龙神的脸上闪过几丝满意的神情，可是说起话来却还是很傲娇："你这说的不都是废话吗？不过报答本座就不用了，每天不知道有多少人追在本座身后求着要报答本座呢，本座不差你这么一个粉丝。但是……本座既然给了你这条新的生命，你就必须答应我，在今后会让这次的生命活得比以前有意义。"

顾轩有些困惑："前辈，我……我不太明白您这句话的意思……"

"哼！连这都听不懂！"龙神白了他一眼，"你们剑龙帝国的事情，本座基本上都知道了。之前你一直被你那个奸诈狡猾的哥哥压制着，却一直不知道反抗，就这么任由他欺凌你！我问你，难道你觉得自己比你那个哥哥差劲吗？难道你认为自己的才华比不上他吗？难道你不恨他杀了你的母亲吗？"

龙神说话虽然太过直接，可正是这种直接的话语，才能更有穿透力地直达顾轩的内心！他闭了闭双眸，再次睁开时，眼底已经重新充满了活力与生机："前辈说得对，之前是我太过懦弱了。母亲死后，我就一直沉浸在失去她的悲痛当中，一蹶不振，甚至没想过要反抗顾曦，只是觉得有一日过一日罢了……但这一次，我不会了，我绝对不会让他再去破坏别人的家庭和国家！我一定会努力阻止他！"

这大概就是龙神所说的"让人生更有意义"的含义吧？

可龙神却还不满意："除此之外呢？只有阻止他进攻恐龙帝国吗？那么等你阻止他了之后呢？难道就要放虎归山？像顾曦这样的家伙，只要给他求生的机会，将来有一日，他就必定会回来报复你！你也是王子，而你的哥哥为了权力可以无所顾忌地杀害至亲之人，这样的人不配做国王！你难道就从来没想过要成为你们剑龙帝国的国王？"

顾轩浑身一震："我……"

"回答本座的话，难道你连这点骨气都没有吗？"

"不！"顾轩的斗志被龙神激发了出来，他不由得捏紧了拳头，"我有！我不能让他登上王位继续残害他人！我还要保护我的父王和子民们！"

龙神的脸上总算露出了一点笑容："这才对啊！本座果然没有看错

你！唉……要不是本座那个不省心的笨女儿已经嫁人了，本座还真想让你来做本座的女婿……可惜啊可惜。"

顾轩低头淡淡地笑着说："只能说……我运气不好吧，遇到她的时候，她就已经是别人的妻子了，不过……卓飞先生对她很不错，是一个可以给她幸福的男人，这样也挺好的。"

龙神走过去拍了拍他的肩膀："你能这么想就最好，放心吧，以后一定有好姑娘等着你的。"

顾轩点了点头，他知道，自己以后一定会再遇到好姑娘的，可那个好姑娘却永远没办法超越何薇在自己心里的地位。

"本座虽然有神力，之前已经帮你治疗了伤势，但这阵子你仍旧需要好好调养，等伤全部好了，万无一失之时，咱们就该去恐龙帝国，把所有的债跟顾曦算清楚了。"龙神站在山洞口，负手而立。

顾轩不由得疑惑道："龙神前辈，我……我觉得您好像对各个帝国之间的情况很熟悉，既然如此，您之前为什么不回去呢……"倘若他早点回去，凭借龙神的力量，应该可以避免现在的情况出现啊。

"哼！本座也有自己的事情要忙，倘若一看到那些不成器的儿女打打闹闹，就回去收拾烂摊子，那岂不是要累死？"龙神没好气地说道，但沉默了一会儿，却又补充道，"本座自然可以帮何薇料理好一切，让她过得衣食无忧，可……本座已经在这个星球上活了太久太久，就算是龙神，命数也是有尽头的，如果有一天本座忽然走了，那么她该怎么办？所以……在这之前，本座必须尽量让这个笨女儿成长起来，让她足够成熟，能够靠自己一个人的力量应对所有的痛苦和挫折。"

顾轩终于明白了，他点了点头："您是个好父亲。"

龙神只是迎风而立，不再言语。

他是想让何薇成长起来，可这次的变故对她来说应该是前所未有的，也不知道这一次女儿能不能应对过来。

恐龙帝国皇宫，紧急会议室中。

何薇面色平静地坐在桌前，抬头看向坐在对面的程亚伦，用听上去很冷静的语气说："程亚伦，无论你说什么都不能阻止我。我要去前方战场，和其他的士兵们一起抵抗顾曦的剑龙大军。"

程亚伦的脸色看上去有些惨白："殿下，我能明白您的心情，可是——"

"你既然能明白我的心情，就更不应该阻止我。"何薇说道，"就算后世的人说我凶残野蛮也罢，血腥嗜血也罢，我都一定要去找顾曦报仇。程亚伦……他杀了我最爱的男人，你叫我怎么能够袖手旁观？"

尽管何薇已经很努力地让自己保持冷静，但说到这里，她还是忍不住提高了声调。她放在桌子上的手紧紧地捏成拳头，指甲都抠进了肉里，却丝毫感觉不到疼，心里只有无穷无尽的伤心痛苦和强烈的复仇欲望。

"殿下，我们所有人都为……都为卓飞陛下的逝去感到伤心，我也很憎恨顾曦，可是您千万不要忘记，您还有三个可爱的孩子要抚养，他们还那么小，现在……现在卓飞陛下已经不在了，倘若您亲自出去迎战，不小心出了什么意外，那孩子们该怎么办？"程亚伦竭尽全力想要劝住何薇。

但何薇却摇头："虽然孩子们还不知道卓飞去世的消息，但是以后等他们长大了，最终还是会知道这件事的。如果那时候他们知道我明明有能力去为他们的父亲复仇，但我却什么都没做，他们一定会恨我的。"

"不，殿下，他们肯定不会——"

"你不用说了！我今天来这里告诉你我要出去迎战，并不是来咨询你的意见的，只是告诉你一个决定而已。"何薇缓缓地从桌前站了起来，"装备那些我都已经准备好了，一会儿我就出发，至于我的孩子那边，就麻烦你先想办法将他们安抚下来，不要告诉他们任何事，等我为卓飞报了仇，就回来看他们。"

程亚伦赶忙推着轮椅挡在何薇面前："请您不要忘了，现在敌方拥有抑制变身的毒素，您虽然是龙神的女儿，但对这种毒素也完全没有抵抗力，如果他们使用毒素作战，您根本没有战斗力同他们抗衡，倘若这样的话——"

"倘若这样的话，也只能说我命该如此。"何薇再一次打断了他的话，"但不管怎么说，程亚伦，为卓飞报仇这件事，我是一定要做的，更何况，你现在身受重伤，都想着要去战场上和敌人对抗。程亚伦，你不也一样想为卓飞报仇吗？既然如此，就不要再说什么阻止我的话了。"

顾曦杀了她最爱的人，让她的孩子们从此失去了父亲，这让她如何能够忍？！她一定要尽自己最大的努力，亲手将顾曦斩杀于剑下，只有这样，才能稍微抚平自己心中那无穷无尽的悲伤。

要想避免自己沉浸在悲恸中无法自拔，就只有将胸中的悲恸全部用仇恨的火焰来替代才行。

程亚伦没再说话，他微微垂下了头："臣明白了，那么臣现在就去通知军队的人和殿下您接洽。"

"辛苦你了，程亚伦。"何薇努力想对他微笑一下，却悲哀地发现自己无法再做出任何与愉快相关的表情。

她只是转过头再看了一眼皇宫的风景，花园里依旧是花团锦簇、姹紫嫣红，然而皇宫之外的不远处，此时此刻却早就陷入了战火纷飞当中。

接洽的将军很快便来了，他没有像程亚伦那样劝阻何薇，只是瞪着赤红的双目，对她行了个礼，语调里一片赤胆忠心："臣一定竭尽全力支持何薇殿下，打败那群可耻的入侵者！"

何薇点了点头，也不再多说废话，大步朝皇宫门口走去："走吧！"

坐在轮椅里的程亚伦看着何薇远去的背影，呼啸而过的风将她黑色的长发全部吹起，却没能够撼动她那纤细的身躯哪怕一分一毫。何薇就像个战无不胜的女王一样，带着冰冷的神情来到了皇宫门口，守护在皇宫外的那些虔诚的子民们看到她出现，顿时激动地呼喊起来："王后殿下！王后殿下！"

"我们一定会保护您的，不会再让那些可恶的剑龙伤害您，更不会让他们破坏这个国家！"

何薇抬了抬手，轻轻地说："不，应该是我来保护你们才对。"

接着，她闭上眼睛，通体忽然被耀眼的红光所包围，很快就变成一条赤红色的中国龙。她腾空而起，势如闪电般穿到云层中去，给天幕上留下了一道耀眼的痕迹。

子民和士兵们看到这赤红色的闪电，不由得重新鼓起了信心。英勇

的国王陛下虽然战死了，可这不代表他们保卫国家的意志就从此消亡了！他们爱这片土地，不会允许其他人这么破坏它！

何薇的出现大大地鼓舞了在战场上拼杀的士兵们，交战几天以来，恐龙帝国的大军第一次全方位地打赢了一场战役，让剑龙军队被迫朝后退了一大段距离。

"殿下……殿下，不好了不好了，我们……我们前线的大军被恐龙大军逼退了！"通信兵慌慌张张地冲进帐篷里来报信。

然而坐在椅子上的顾曦却不慌不忙："不就是逼退了一段距离而已，这也值得你害怕成这样？"

"可是……可是我听前线的士兵说，恐龙帝国那些战士不知道怎么忽然有了干劲，身受重伤也不顾一切地向前冲，咱们好多士兵都被那气势吓到了。"

这倒奇怪了，这几天以来，因为卓飞死亡的消息传遍了整个战场，恐龙帝国的军队们一直萎靡不振，怎么现在又忽然振作起来了？

顾曦本来还打算趁他们消沉的这段时间把毒素运送过来呢，这下可不妙，毒素还没送到，那群恐龙战士就恢复了战斗力，而他这次组织的大军人数又比不上对方，只怕再这么下去，局势会被扭转过来。

"有没有探查到他们为什么忽然士气大振？"顾曦不动声色地问。

"这个小的也不太清楚，不过据说，那些恐龙大军好像在天空中看到了一只飞翔的红色恐龙，然后就忽然振作起来了，可是……可是小的从来没见过什么会飞的红色恐龙啊？会飞的翼龙不都是青灰色的吗？"

顾曦的眉毛微微一跳，嘴角上扬，勾起一抹冷笑："你当然没见过了，那可不是什么翼龙……那正是恐龙帝国的王后何薇呢。"

"啊？那只红色恐龙是他们的王后？"通信兵听到此言顿时瞪大了眼睛，"啊，对了，小的想起来了，小的以前好像听人说过，这个王后是传说中龙神的女儿，就是那上天入地、呼风唤雨的龙神的女儿！大王子殿下，这……这件事是真的吗？"

"是真的。"顾曦说道，"好了，你报告到这里就可以了，我马上要开会，你先出去吧。"

"是！那大王子殿下，小的先退下了。"

"等一等。"顾曦却忽然叫住了他，通信兵不解地扭过头来："大王子殿下，您还有什么事吗？"

只见顾曦微微地眯起了眼睛："把'大王子'前面的那个'大'字去掉。之前我不是给军中的人下达过命令吗？我那不成器的弟弟已经死了，所以，以后剑龙帝国只有我一位王子，如果你下次再敢叫错，那可别怪我不客气。"

通信兵被他那阴沉恐怖的语气吓得抖了抖，赶忙点了点头："是……是，小的遵命，王子殿下，那小的先退下了！"

顾曦这才露出一丝满意的神情来，仰头靠在椅子上，开始思索那位在皇宫中养尊处优的王后亲自上战场之后会怎么行动。

她虽说是什么龙神的女儿，可似乎也没遗传她父亲多少神力，顶多就是能飞得高一点而已，除此之外，好像也没什么特别需要担心的地方。再说了，这女人这些年来一直都在皇宫里带孩子，怎么会懂那些上阵杀敌的技巧？嗬，根本不足为惧。

顾曦认为何薇给恐龙大军带来的鼓舞持续不了多久，而只要他的大批量毒素运送到位，那么拿下恐龙帝国就指日可待了。

想到这里，他拿起桌上的电话，正想通知手下的人加快运送毒素的速度，可就在这时，一把锋利的刀忽然卡住了他的脖子，紧接着，他背后忽然传来一个女子的声音："把电话放下，不要出声，否则我这把刀就会毫不留情地插进你的颈动脉。"

顾曦微微挑起眉头，缓缓地放下了话筒，虽然这个女人站在自己背后，但他还是第一时间就猜到了她是谁，便用慢悠悠的语气说："王后殿下，想见我的话，您可以直说啊，这么偷偷摸摸地前来，连点准备的时间都不给我，好像有点说不过去吧？"

第十三章
集体突出重围

站在顾曦身后的何薇却因为他这漫不经心的语调而更加警惕起来，她将刀锋朝对方的脖子又逼近了一寸，这才说："如果给你准备的时间，只怕现在我就没法见到你了。"

"怎么会呢？难道您不知道，我一直都很热情好客的？不如，你先把刀放下，咱们面对面坐着，好好聊一聊？"

他越是这么轻描淡写，何薇胸中的怒火就越发强盛，她几乎是用尽了全身的力气才没有立刻划破他的喉咙："聊一聊？在你杀了我的丈夫，试图毁掉我生存的家园后，你觉得我还会坐在这里和你心平气和地说话吗？"

"王后这话可就是污蔑了，如果不是您和您的丈夫先杀了我的弟弟，让我痛失亲人、悲伤欲绝，我又怎么会发动战争呢？"顾曦说得好像一切都是何薇和卓飞逼他的一样。

而在盛怒之后，何薇已经能够稍微恢复一些冷静："我不想跟你这个擅长颠倒是非的人说什么废话，如果你想活命，就赶快把抑制变身的毒素的疫苗交出来！"

顾曦脸上带着淡淡的微笑："王后殿下真是好计谋，刚刚我还以为，你一定会和你手下那些士兵一起攻打过来的，却没想到你使了一招声东击西，悄悄潜入到我的营地里。这一招确实让我始料未及，不过……你千算万算，偏偏算错了一件事。"

"你别想说什么话来蛊惑人心，快点把疫苗交出来！"何薇的刀锋已经刺入到顾曦的皮肤里了。

"王后，您先听我说完啊，并不是我不愿意把疫苗给你，而是……我们根本就没生产与这种毒素对应的疫苗。"顾曦露出一个堪称邪恶的微笑，转过头看向身后的何薇。

她果然浑身一震："你……不可能！怎么可能？如果你们没有研发疫苗，那为什么剑龙大军接触到毒素却依旧能够变身？"

顾曦用手指在桌面上敲了三下："因为当初在制作毒素的时候，我

手下的科研团队特意避开了剑龙基因，因此这种毒素只对除剑龙以外的其他恐龙有效，对我们而言，和空气一样，完全没有作用。"

怎么会这样？！何薇心里大惊，继而便涌来无限的绝望和难过，她本以为，只要自己潜入到顾曦身边，逼他交出疫苗，再带回去批量生产，那么他们恐龙大军对毒素有了抵抗力，就重新拥有了战斗的能力，但倘若他根本没准备疫苗的话，那她的一切计划就都没用了啊！

顾曦还在旁边故作好心地解释道："我这可是一劳永逸的法子，想想看啊，何薇王后，如果我要在每个剑龙士兵身上都注射毒素疫苗的话，那是多大的一笔开支啊？所以干脆就让他们全部都没办法感染毒素好了，唉……您这么聪明，却独独没考虑到我会这么做啊，真是可惜。"

他的话刚说完，就忽然有几个蒙面士兵掀开了帐篷，快速围了过来。他们手上拿着弓箭，全部对准了何薇："把刀放下，不然我们就不客气了！"

顾曦也说："王后殿下，我想你应该也猜到了，我所在的帐篷里一直不间断散播着毒气，你既然闯了进来，只怕一个星期之内都没办法再变身，所以现在，还是乖乖束手就擒的好。"

何薇没理会他们的威胁，只是低下头问顾曦："如果我投降，我想你是不会这么放我回去的吧？"

"当然了。"顾曦点点头，"先是杀了一个国王，已经给你们的大军造成了很大的打击，倘若我还能活捉这个国家的王后，把她作为俘虏炫耀给那些残兵败将看的话……我想我离成功就更近一步了。"

何薇点了点头，最后留下一句话："你一点都比不上你的弟弟。"然后猛地举起了那把刀，眼看就要插进自己的胸口中。她宁愿在这里死掉，也不要变成俘虏被顾曦带出去向自己的士兵们炫耀！俘虏对于士兵们来说是一种打击，可倘若她死了，那么自己的死亡或许还能带给士兵们一些悲愤的激励！

可是不等何薇把手中的刀插进心口，面前的一个蒙面士兵就迅速将弓箭射出，精准地把她手中握着的刀打掉在地。顾曦满意地点了点头，看向那个蒙面士兵："做得很好，你叫什么名字？一会儿下去领赏——"

但他的话还没说完，刚刚那个士兵却忽然猛地上前一步，从袖口里抽出一支针管，猛地扎进了他的脖颈中。

感觉到自己身上的力气被一点一点抽空，再也无法动弹，阴险的大王子终于皱起了眉头："你……这是什么意思？"

为首的这个蒙面人并不说话，而其他人则快速行动，围绕到了何薇的身边，递给她一身黑色的衣服。这衣服和这些蒙面人身上的一模一样，他们示意她赶快换上。

何薇虽然不太明白这伙儿人是什么来头，但既然他们愿意帮自己逃出去，肯定就是顾曦的敌人，敌人的敌人就是自己的朋友，于是她不再犹豫，快速穿上那身黑衣，戴上面罩，在一行人的护送下，从帐篷里走了出去。

帐篷里，顿时只剩下了顾曦和为首的蒙面人，只见顾曦眯着眼睛，看向面前的人，紧紧盯着对方露在外面的眉眼："你是谁？！怎么混到我的军营里来的？我之前的那些手下呢，难道都被你杀了？"

蒙面人一个字也不回答，虽然已经给他注射了可以导致肌体无力的药剂，但为了保险起见，他还是用麻绳将顾曦捆绑在了椅子上，直到听到帐篷外传来一声口哨声，他才转过身朝外走去。

但就在他走到门口的那一刹那，他又忍不住停了下来，扭过头看向椅子上的顾曦，用低哑的声音说："你知不知道我有多想就这么杀了你？可是心底却有个声音在不断地告诉我，如果我杀了你，那么自己就变成和你一样狼心狗肺、无情无义的人了，我不想变成那样的人。"

这道声音让一向喜怒不形于色的顾曦猛地瞪大了眼睛，他激动得想从椅子上站起来，却徒劳无功，只是颤抖地说："不可能！这不可能！你……你是——"

不等他说完，蒙面男就猛地转过身，一拳将他打晕过去。即使离开帐篷，带着何薇和手下的人一起从顾曦的营地逃出去，蒙面人那只紧握

的拳头也没有舒展开。

何薇随着那几个蒙面人一路逃出营地，直到天色完全转黑，星辰遍布满天，一行人才终于放慢了脚步，在离战场有一段距离的偏僻小村庄停了下来。

蒙面人将何薇送到一间小屋前面，示意她进去休息。何薇点头向他们表示了感谢，虽然她很想知道这伙人到底是什么来头，但奔波了一天，自己确实太累了，于是便先走进了屋子里。小屋虽然简陋，但布置得十分干净整洁，何薇在洗手池旁洗了脸，一转头，忽然发现桌子上摆着一盘糕点。

那是她最喜欢吃的糯米糕，切成了菱形的样子，上面还撒了一层糖粉，看起来就让人很有食欲。何薇想起以前在皇宫的时候，卓飞总是让厨师一整盘一整盘地做给她吃，她嫌太多了吃不完，卓飞就瞪她一眼："那么一点，连塞老子的牙缝都不够，你还说吃不完？你的胃口难道只有蚂蚁那么大吗？我不管，吃不完你也得给我吃！"

想到这里，她不由得伸手拿起一块糯米糕来，轻轻地咬了一口。那种熟悉而遥远的感觉让她不由得红了眼眶，然而就在她将糯米糕咽下去的那一刹那，脑海中却忽然闪过了一个看似不可能的念头！

知道她喜欢吃糯米糕的人并不多，会不会……会不会今天来救自己的那个蒙面人其实是——

何薇再也坐不住了，捏着剩下的半块糯米糕就推开门跑了出去。几个蒙面人见她出来了，立刻围了上来，用恭敬的语气问道："您有什么事吗？现在外面还不太安全，您身上又中了毒素，最好还是待在屋子里比较好，如果有什么事的话，我们可以帮你——"

"我要见你们的首领！"何薇急急地打断了对方的话，"我要见他！可以让我见见他吗？"

蒙面人闻言相互对视了一下："这……"

殿下可是交代过暂时不让何薇女士知道他的身份的啊……一群人顿时有些为难，何薇看他们缄默不语的样子，顿时更急了，她红了眼眶，只是颤声问："这个糯米糕，是不是他给我买的？是不是？你们回答我啊！我要见他，他到底在哪里？"

话音刚落，身侧就传来了一阵沉稳的脚步声。何薇浑身一震，顺着这声音扭过头去，只见夜色下，一个黑发黑眸的男人正缓缓向她走来："我在这里，何薇。"

她捏在手里的糯米糕掉在了地上，张了张口，好不容易才发出声音来："顾轩？"

夜色下的男人点了点头，脸上的神情比他以往任何一刻都要温柔，他示意其他人先退下去，这才走到何薇身边，对她露出一个微笑来："是我。我……我本来打算让你好好休息几天，再把自己还活着的事告诉你的，因为我知道这件事对你来说可能有点难以接受，但是……"

但是，当躲在角落里的顾轩看到她红了眼睛那委屈的样子时，他顿时就什么都顾不得了，如果可以，他真的希望自己有资格将她抱进怀里。

不，等等！倘若说资格的话……现在自己，或许也不是完全没资格了。

"你……你还活着？你……你没有死？"何薇的眼泪顿时如开了闸的洪水般从眼眶中急速涌出，之前有多少天，她每晚睡着之后都会梦到顾轩浑身是血地倒在地上的情景，以至于到了晚上，自己都在愧疚中无法入睡！而如今看到他还活生生地站在自己面前，她一方面觉得开心，另一方面，却又不免感到有些失落……

她以为糯米糕是那个人买给自己的，她以为那个会凶巴巴地喂自己吃东西的男人还活着……可是……这一切却只是自己的幻想而已。

"是的，我会好好把一切经过都告诉你的，但是今天太晚了，你需要休息。何薇，你先回房间里好好地睡一觉，等明早醒来了，我就把来龙去脉都告诉你，好不好？"顾轩的语气很温柔。

何薇用手捂住了脸，还是有些不愿意相信自己的设想是假的："那

这个糯米糕是怎么回事……"

"哦，之前在皇宫的那段时间，我看你好像很喜欢吃这个，今天就让手下的人先去给你买了一些。怎么，这个不好吃吗？"顾轩关切地问。

何薇摇了摇头："不会……很好吃，谢谢你。我……我想我现在确实需要好好休息一下了，顾轩，你还活着我很开心，但是……但是对不起——"

"我知道。"他伸出手，有力地按住了她的双肩，用稳重而安抚的口吻说道，"你很累了，去休息吧。"

她点了点头，失神地走回了小屋中，门外的顾轩直到窗户上投射出来的灯熄灭了，才将视线收了回来。

他一个人孤孤单单地站在清冷的月色下，虽然刚刚在面对何薇的时候，他一点都没有表现出来，可现在，心底那一丝丝的失落却还是不受控制地涌了出来。

他知道她为什么会问自己糯米糕是怎么回事，因为那糕点是从前卓飞经常买给她吃的，所以刚刚那一刻，她一定是以为……以为蒙着脸的自己是卓飞。

因此，她才会那么激动地冲出来想要见自己，才会不顾一切地红了眼眶，才会在发现自己并不是卓飞的时候，眼底悄然地划过几分失落和绝望……

顾轩不由得闭了闭眼，他知道何薇一直爱着卓飞，但是当这份爱意如此明显地摆在自己面前时，他还是忍不住感到心痛。

这个时候，一名手下走了过来向他汇报情况："二王子殿下，属下已经搜寻过附近地区了，应该没有顾曦的人跟踪过来，这里暂时是安全的。"

顾轩收回了内心强烈的情感，转过身点了点头："很好，辛苦你了，都去休息吧，今晚我来巡逻。"

对方立刻说："不辛苦！我们这些人一直相信您是无辜的，殿下您

愿意相信我们，让我们帮您对抗无恶不作的顾曦，我们都很是感激！殿下，还是您去休息吧，今天您为了营救何薇王后，可是费了不少心神。”

顾轩实在争不过他，只好同意去休息。

第二天早上把他叫醒的，是一阵轻轻的敲门声，还有一个他再熟悉不过的女声："顾轩……你……你醒了吗？我是何薇。"

顾轩几乎是嗖的一下就从床上跳了下来，飞也似的冲过去打开了门："嗯，我醒了，何薇，怎么了，有什么事需要我帮你吗？"

站在门口、手里捧着一盘早点的何薇看着打着赤膊、只穿了一条裤子的顾轩，不由得愣了一下，朝后退了半步。他身上那精壮的肌肉让何薇不免有些脸红，她把视线瞥向别处，说道："其实我，我没什么事，就是……就是想给你送点早餐……"

从何薇的反应上顾轩很快就明白了问题所在，他低头看了一眼自己的装扮，顿时也红了脸："你……你稍等一下！"

接着他立刻关门回到屋里，以最快的速度穿好衣服，再走出门来的时候顿时就和刚刚的气质不一样了，虽然他只穿了一身黑衣，可是那大气的气度还是让何薇震了一下，她不由得在心底想：倘若以后顾轩成为国王，必定会是一位很英勇、果敢有成就的国王吧……

"喀喀。"顾轩轻咳了一声，"何薇，对不起，刚刚我……刚刚我有点没睡醒。"

何薇也笑了一下，尴尬顿时被化解了："嗯，没关系的，给你，这个是早餐，你要不要吃一点？"

虽然早餐只是何薇从其他手下那里拿过来的，但顾轩还是如获至宝般地把那个盘子接了过去，对她笑了笑："谢谢你。"

何薇摇了摇头："按理应该是我对你说谢谢才对，谢谢你又一次救了我。还有……顾轩，我要向你道歉，看到你还活着，我应该感到很开心、很高兴才对的，可是昨晚我对你的态度却……却……"

"你不用解释什么，我永远不会因为这些小事怪你的。"顾轩的表情很温柔，停顿了一下才补充道，"我知道……你把我当成了卓飞。"

面前的姑娘顿时抖了一下。

顾轩做了个深呼吸，这才说道："我很抱歉……来救你的人不是他，如果可以，我真的很希望把自己的这条命换给他，这样你一定比现在开心——"

"不不！你不要这么说！"何薇摇了摇头，急切地说，"我是希望他还活着，但我同时也希望你好好地活着，并不想让你把自己的性命换给他。生命是一个人最宝贵的东西，顾轩，你既然活着，就一定要好好珍惜才对。你还活着，我也很开心的！"

看着她真挚而清澈的眼神，顾轩顿时觉得心口一阵温暖，把昨晚在夜色下那些酸涩都抵消了。他微微一笑，忍不住伸出手揉了揉何薇的头："你说话和你那父亲还真的很像，他也让我好好珍惜生命。"

"啊？你说什么？"何薇睁大了眼睛，"我……我爸爸？"

顾轩点了点头："你不是想知道我为什么还活着吗？现在我就可以一点一点全都告诉你了。咱们一边吃早餐一边说，好不好？"

半个小时之后，顾轩终于将之前的事情都向何薇说清楚了。

"你是说……我父亲用自己的九条命让你复活了？"何薇睁大眼睛，还是有点不敢相信，"那他现在人呢？他在哪里？我已经好久好久没见过他了。"

"龙神前辈还有别的计划要忙，可能要过段时间才能回来。"顾轩解释道。

何薇点了点头，不由得有些难过："可恶的老爸，原来他一直什么都清楚，却不回来见我……"

"你父亲也是想让你成长，他告诉我说，龙神的寿命也是有尽头的，他或许没办法保护你一辈子，所以才刻意不露面，想让你自己成长、成熟起来。"顾轩温柔地解释道，"所以，何薇，请不要责怪他……"

"我知道的，我知道他是为我好。"何薇点了点头，伸手揉了揉眼睛，"我只是……有点想他了。啊，对了，我还有一个疑问，我去袭击顾曦的计划是完全保密的，既然如此，你们为什么会突然出现在那里救了我？"

顾轩解释道："这只是个巧合而已，我和这些手下潜去顾曦的营地，是想从那里获得一些有用的情报，方便以后对抗他，谁知道那天却看见你闪进了他的营地，我便临时更改了计划，将你救了出来。"

"如果是这样的话，那你岂不是因为我没拿到那些情报？"何薇不由得有些自责，"唉，都怪我太莽撞了，没能从顾曦那里拿到疫苗不说，还耽搁了你们的计划……"

顾轩摇摇头："该到手的我们都已经拿到了，所以没关系的，何薇，你无须感到自责，在我眼里，你……你已经是一位很勇敢、很厉害的姑娘了。"

何薇的目光微微躲闪了一下，有些生硬地转换了话题："那……咱们下一步的计划是什么？"

"目前我还在召集愿意追随我的士兵，等人数够多之后，我会让这些士兵和你们恐龙国的大军联合起来，找出顾曦在作战上的破绽攻击他。"

何薇却微微蹙起了眉头，只怕这个过程需要花费一些时间吧？而他们的恐龙大军，很多已经因为身中毒素而撑不下去了，这样下去的话……

她正忧虑地思考着，右手忽然被顾轩轻轻地抓住了，他沉稳的声音从身侧传来："放心吧，何薇，这一次，我绝对不会让顾曦得逞，我一定会从他那里夺回我失去的东西，我……我一定会让你幸福的。"

傍晚，剑龙军队的营地里，剑龙帝国的王亚将军正坐在帐篷里，虽然这几日以来，剑龙大军捷报频传，可现在，他脸上却看不出一点欣喜的神色。

为一个自己并不欣赏的王子效命，天天要忍受对方的冷酷残忍、阴险毒辣，试问有哪个人能感到由衷的佩服呢？

若不是因为数月之前，大王子顾曦通过自己的凌厉手段，趁自己的父王重病之时夺取了大权，并且污蔑二王子顾轩杀害了他的亲生母亲，现在只怕也不会有这么一场侵略他国的战争了吧。

　　王亚其实早就看出了顾曦拥有非同一般人的野心和抱负，却没想到他的野心远远比自己预想的还要大！顾曦不仅想要夺得自己在剑龙帝国的统治权，现在甚至还想占领恐龙帝国！

　　虽说这些年他们剑龙帝国的军队一直坚持训练，战斗力有大幅度的提升，但是在王亚看来，他们的战斗力还是无法和恐龙帝国相比啊！虽然目前那种抑制变身的毒素对于战斗起到了一定的效果，可是数百年来的历史经验让王亚确信，恐龙帝国的子民绝对不会因此向顾曦低头的。

　　王亚不由得叹了口气，顾曦的父王，也就是剑龙帝国的国王一直是不赞成侵占别人的国家的，在顾曦夺得大权之前，王亚也一直同意老国王的观点，这样子的进攻只会给世界上增添更多的仇恨和生离死别。

　　但如今顾曦说要打仗，他们这些底下的人又怎么可能不听话呢？那些不支持顾曦，或者替二王子顾轩求情的人，早已经丢掉了性命。

　　王亚为了一家人和自己的性命着想，只得选择了向大王子屈服，但其实，他心底最敬爱的人还是老国王和二王子殿下顾轩啊！顾轩殿下虽然是混血，可是他的性格和为人简直和老国王如出一辙，之前在皇宫里也得到了群臣的支持。二王子的弱点就在于他为人太过善良，对自己那个满腹野心的哥哥完全没有防备，以至于后来被害到这般田地……

　　现在，虽然皇宫中所有人都缄口不言，但大家心里都清楚，二王子那么善良和孝顺的人，根本不可能因为他母亲给自己带来了不纯净的血统就杀了对方，二王子可是这世界上最爱他母亲的人了啊！

　　而真正杀害王后的人是谁，想必事到如今，大伙儿也早就猜到了吧？但奈何顾曦现在大权在握，又有谁敢透露一个字来？

　　虽然外界都传言是恐龙帝国的国王卓飞下令杀了他们的二王子顾轩，可是心里清明的人都清楚，卓飞又怎么会忽然下命令杀掉无辜的二王子？

他倘若真的想要动手，大可以选择暗中派人杀害二王子，又为什么要在皇宫中，当着所有人的面杀人？这根本不合逻辑啊！

因此，只可能是有人在借刀杀人，而这个躲在幕后的人是谁，也不难猜测。二王子顾轩死后，剑龙帝国就只剩下一位继承者了，那么等老国王去世后，王位必定非那人莫属。

王亚不由得叹了口气，如若真是他猜想中的那样，那么自己岂不就成了顾曦的同谋者？

可是王亚将军毕竟也是个血气方刚的男人，年轻之时，他也曾陪着老国王一起走南闯北，英勇善战，老国王也曾夸赞他勇猛胆大，但事到如今，他怎么就变成这么个贪生怕死的窝囊废了呢？

王亚将军不由得为自己屈从于顾曦的行为感到很羞愧。

而他手下的那些将士这段时间对自己的意见也渐渐多了起来，将士们血气方刚，心底更是将正义和邪恶看得清清楚楚，看到他为了保全性命而选择和顾曦同流合污，心里其实都有意见。

想到这里，他不由得叹了口气，怪自己太过胆小懦弱，自己应不应该阳刚一回，对大王子把自己的心底话说出来？他不想让顾曦继续和恐龙帝国打仗了，这样下去，只会落得个两败俱伤的局面啊！

王亚想着想着，不由得慢慢握紧了拳头，胸中的怒火越烧越旺，他猛地站起身来。然而就在这时，门外忽然走进来几个身穿黑衣服的人，这种衣服只有顾曦的心腹手下才会穿，王亚一看到他们，就冷了脸："闯进来也不向我通报一声？几位就算是大王子殿下手下的红人，但我好歹也身居将军之位！你们有事就快点说吧，说完赶紧走！"

那几个人却反常地没有借着顾曦的名头和王亚叫板，只是沉声说："大王子殿下说他想见您，还请王亚将军跟我们走一趟。"

见他？还专门派了心腹来接自己？莫非是顾曦对自己已经有了防备之心？哼……他早该想到有这一天了不是吗？顾曦一向敏感多疑，而自己之前对二王子更为支持这件事他也不是不知道，现在看来，他这是要找自己算账了吗？

罢了罢了，事到如今也只能怪自己当初太过胆小懦弱，一切都是自己选择的，没什么好辩解的。王亚没再多说一个字，随着那些黑衣人一起走出帐篷，坐进车里驶走。

可是走了一段时间，王亚却觉得有些不对劲，按理来说，顾曦现在肯定还在营地里，为什么这些黑衣人却带着自己朝战场外的地方走呢？还是说他们要秘密地处决自己？

王亚只觉得就算自己要死了，也得给家里人留个口信，因此便开口道："我能给家里人写一封遗书，或者是留个口信吗？"

谁想到他这句话说完之后，坐在前排副驾驶座上的黑衣人却轻轻地笑了一声："王亚将军，难道你不想回去见他们吗？"

这个声音虽然很低沉嘶哑，但王亚却从其中听出了一丝熟悉来，他怔了怔，然后眼睛不受控制地慢慢睁大，看向副驾驶座上的人，满脸的不可置信："你……你……难道你是……"

车子已经开出了战场，在确认后面没人跟踪之后，黑衣人缓缓地拿下了蒙在脸上的布巾，转头看向王亚将军，对他微微一笑："王亚将军，好久不见了。"

那一瞬间，王亚只觉得胸腔中混杂了无数种情绪：欣喜、惭愧、激动、伤感……

"二王子殿下……您……您还活着？"经历过生生死死都不曾掉泪的铁血将军，如今却不由得红了眼眶，激动地看着顾轩的脸，不断地重复道，"您还活着？还活着？太好了！国王陛下要是知道了，一定会很开心的！子民们也会很开心的！您活着……真是太好了……"

稍微冷静了一点之后，王亚又担心起来："不对，您既然还活着，现在就应该赶快藏起来，不要让大王子发现您才对啊，又为什么要闯进营地里？难道您不知道这么做会很危险吗？"

顾轩淡笑着说："我知道这会很危险，但是……如果我今天不和其

他人一起冒险闯进来，又怎么能找到将军您呢？王亚将军，我……我有一个问题想问您。"

"您尽管问！"王亚激动地说。

"你愿意放弃我的哥哥，转而为我效命吗？我想阻止顾曦，阻止他打这场无意义的血腥战争，不知道您和您手下的士兵们愿不愿意帮助我？"顾轩平静地说道，"您可以慢慢考虑，就算不答应，我也不会对您活着的家人做什么，请放心。"

他话音刚落，王亚将军就立刻高声说道："臣愿意！臣当然愿意！或许臣现在说这样的话，殿下您不会相信，但是自从臣开始为大王子殿下效命之后，心中一直惶惶不安，臣感到很愧疚，可是……可是之前却一直太过懦弱，不敢反抗大王子殿下……"

"我明白，你无须为此道歉。"顾轩语气温和地安慰道，"我哥哥的手段我不是没见过，我能理解你们的心情。过去的那些事，我全都不介意，只要从现在这一刻起，您愿意帮助我阻止这场战争就可以了。"

王亚点了点头，眼眶微微泛红："臣定当尽力！不瞒您说，臣手下的将士大多数也是二王子殿下您的支持者，只要臣稍微动员一下，他们一定会做出和臣一样的选择！"

"除了你之外，你还知不知道有别的人也愿意支持我？"顾轩问道。

"有！据臣所知，还有很多。不瞒您说，大王子殿下这段时间以来的各种手段越来越残忍，很多将军都已经看不下去了，但是又——"

"但是又惧怕他的手段，我明白。"顾轩伸出手，安抚地拍了拍王亚将军的肩膀，"请您相信我，我和我哥哥不一样，我一定会让世界恢复成它原本安静祥和的状态。"

"程亚伦叔叔，程亚伦叔叔？你在想什么呢？为什么我对你说话你没有反应呢？"

一个稚嫩的女声将程亚伦从自己的思绪中唤了回来，他转过头，看

向站在面前、穿着一身白色公主裙的可爱小女孩，脸上的表情也不由得跟着温柔起来，说道："抱歉，小公主殿下，刚刚臣有些走神了。对不起，你刚刚跟我说了什么，可以再说一遍吗？"

小白点了点头，用期盼又有些忐忑的眼神看向程亚伦："我……我就是想问问你，你知不知道爸爸和妈妈什么时候能回来呀？卓跃伯伯跟我说，他们是一起出去和那些坏蛋剑龙打仗了，可是现在都已经过去好久好久了……小白好想他们，他们到底什么时候回来呢？"

这个问题顿时让程亚伦心口一酸，他努力不让自己表现出任何的伤感，努力微笑着说："具体什么时候臣也不清楚，但……但臣相信，只要他们解决了麻烦，就一定会回来看你们的。"

程亚伦从小时候开始就被父亲教育过一定不能对其他人撒谎，他也一直遵守着这个原则，但眼前的小公主是如此期盼，他实在不忍心告诉她那个残忍的真相，因此只好说了谎话。

距离卓飞陛下遇害身亡、何薇王后潜入剑龙大军营地之后失踪这两件事，已经过去了整整五天，而他却没得到一点有用的消息，种种迹象都在残忍地告诉他一个可能性：何薇或许也已经不在人世了……

可程亚伦却怎么都不愿相信，倘若连何薇也不在了，那他们的孩子不就成了无父无母的孤儿了？这让王子和公主怎么接受这个事实？

"真的吗？真的会回来看我们吗？那为什么他们连个电话都不给小白打呢？以前爸爸妈妈出去，就算再忙也会给小白打电话的呀……"小白说着说着就低下了头，声音听起来很委屈，"小白真的很想他们，呜呜，程亚伦叔叔，你是不是骗小白的？他们是不是出什么事了？"

程亚伦本就是个不擅长说谎的人，听小白这么一问，张了张嘴，却不知该说什么好，好在这时卓跃亲王走了过来，他将小白抱了起来，脸上带着安慰的笑容看着她："怎么可能呢？伯伯不是都告诉过你了吗？他们肯定会回来的，难道小白不相信伯伯说的话？"

"不是不是，卓跃伯伯是爸爸的哥哥，小白当然相信你了！小白……

小白就是有点想他们了……”小公主说着又擦了擦眼睛。

“他们也想你，只是现在情况真的很紧急，所以这段时间没办法联系你们。你看，你爸爸不仅没联系你，也没有给我这个做哥哥的打过一个电话，其实我也很生他的气呢。”卓跃继续安慰道，“等他回来了，咱们两个一起揍他，怎么样？”

小白撇了撇嘴：“好！坏爸爸，让小白担心他，回来咱们一起揍他！”

卓跃又笑着安慰了小白一会儿，她这才安心地回了寝殿，而程亚伦却没办法放心，他抬头看向卓跃：“殿下，您觉得……咱们这么做好吗？骗他们说卓飞陛下还活着，可是总有一天，他们是要知道真相的啊……”

卓跃脸上的笑容渐渐不见了，露出一种深沉、无奈的神情来：“我知道。可是我又有什么办法呢？他们还小，我不想让他们在这么小的时候就受到这么大的打击，只能拖一天是一天了……哎，对了，我弟媳妇何薇有消息了吗？”

程亚伦缓缓地摇了摇头：“还没有，只怕……只怕她也——”

他的话只说到一半，不远处就突然跑来了一个通信兵，对方的脸上混杂着焦急和欣喜，将手中那属于他的手机颤抖地递到了他面前：“将……将军！你快点接一下这个电话，快点！”

这个通信兵是程亚伦一直以来的得力助手，因此他也不疑有他，立刻拿过手机，发现上面的号码是加密的，难道……难道是——

他心头一动，赶忙对着话筒说：“你好。”

那边的声音似乎有些嘈杂，过了一会儿才传来了一个女子的声音：“程亚伦，是我。”

这声音他虽然听得不太真切，却还是立刻分辨出了电话那头的人是谁！他不由得捏紧了手机，张口想要念出她的名字，却又担心被其他人知道，因此只能努力把自己内心的激动和狂喜压抑在了心底：“真的是你？你……你没事？”

电话那头的何薇笑了笑：“我很好，没有受伤，对不起，前几天一

定让你们担心了吧？"

"没关系，不要紧，只要你没事就好。"程亚伦有些语无伦次，"你现在在哪里？我们立刻派人把你接回来！"

"不，程亚伦，你先别急，听我说，我现在还不能回来，这边还有一些事需要我来完成。"何薇的语气听起来很镇定，"我现在用的这个手机可能不太安全，我担心时间长了会被人监听，因此不能说太久，所以我尽量简短地告诉你我要做什么吧。"

程亚伦和一旁的卓跃对视一眼，点了点头："好，你说，我听着。"

"我需要你召集目前所有能用的军队，在战场上正面向顾曦进攻，不用打得太激烈，只要尽力拖住他们就好。"

程亚伦身经百战，立刻明白了她的意图："你是想趁机从顾曦的背后偷袭？可是你哪里来那么多兵力？"

"这一点你不用担心，只要你在前方好好配合，我们的兵力足够重挫他的气势，虽然没办法将他们一网打尽，但是让这场战争停下来应该还是没问题的。"

"我明白了，那么具体时间是？"

"明天晚上，我再给你打电话的时候，就是咱们向顾曦全面进攻的时刻。"何薇说道。

"好。"两人又就细节方面简短地交流了几句，这才挂了电话。卓跃虽然没有参与对话，但也猜出个大概来，凑到程亚伦身边，压低了声音问："是不是……我弟媳妇还活着？"

程亚伦还是有些激动，点了点头："是，她似乎有计划可以打败顾曦。"

"既然是弟媳妇的计划，那肯定没问题了，我相信她的能力。"卓跃点了点头，从口袋里抽出一条围裙，慢悠悠地系在了脖子上。

程亚伦被他这举动惊住了："卓跃……卓跃亲王，您……您这是做什么？这不是围裙吗？"

"对啊。"卓跃耸耸肩，"弟媳妇不在家，我总得帮着给我弟弟的三个孩子做点饭吃吧？前线的事就由你来负责吧，后勤的事情就由我来操心好了。"

说罢，他便转过身，自顾自地朝厨房走去了。

程亚伦不由得笑了笑，这个曾经的大王子卓跃还真是特立独行，不过他和卓飞的关系还真是好啊……

他不由得想起了一水之隔的剑龙帝国那两位王子来，大王子顾曦阴狠毒辣，二王子善良本分，却也因此丢掉了性命。

人与人之间的差别和命运的造化，或许就体现在这里吧。

同一时刻，身处小村庄中的顾轩正坐在房间里，低头看着王亚将军送给他的皇室相册，里面记录着他们顾氏家族的点点滴滴，关于他的父母，关于他的哥哥和他自己。每一张照片看上去都是那么有温情，可是现在，却再也回不到那个曾经了。

他最后看了一眼全家福里哥哥的身影，然后缓缓地合上了相册，没有多加留恋，因为他知道，这一次，他和哥哥之间只能留下一个人，而他绝对不会再像上次那样，让顾曦杀害自己爱的人，他要强大、冷酷起来，保护自己想保护的人！

"咚咚咚"，房门忽然被敲响了，顾轩收起相册，走过去打开门，果然看见何薇站在门口，她歪着脑袋问："到晚饭时间了顾轩，先别忙了，出来和我们大家一起吃饭吧。"

顾轩点了点头，看向她的神情充满无限温柔："好。"

何薇朝他笑了一下，就要转身和大家一起落座吃饭，但手腕却忽然被身后的男子抓住，她不由得停下脚步，扭过头看向他："怎么了，顾轩？"

顾轩摇了摇头，又点了点头，纠结了许久之后，才终于忍不住开口："我……我知道现在说这些话可能很不合适，但是……但是……我怕我不说，就会有别的男人抢在我前面说。何薇，你是如此美好和优秀，我担心你会被人抢走。"

尽管他还没说到重点，但何薇已经明白了他在说什么，她摇了摇头："对不起，顾轩，我知道你想说什么，但是——"

"我知道，现在的你完全没办法接受我，可是不要紧，何薇，我愿意等的，就算你一辈子都不会喜欢上我，一辈子都不会跟我在一起，我也不在乎！我只是想告诉你，无论何时，无论何地，我都在你身后支持你！如果哪一天你感觉到累了，你需要别人安慰你的时候，一定要记住，还有我在这里等你。"顾轩用低沉的嗓音说出这般情真意切的话，"我永远会等你的，等着你愿意转过身来看看我。"

第十四章

绝地反击之战

一天之后，傍晚。

顾曦正坐在营地的帐篷里，脸上带着放松的神情，听着属下向他报告恐龙大军的死伤情况，虽然他们剑龙军队也有一定程度上的伤亡，但是在那种毒素的帮助下，现在还是他这方占优势。

听完报告之后，顾曦扬了扬手："大批量的毒素什么时候能够运到？"

"回禀顾曦殿下，明天早上应该就能到了。"手下回答道。

"你们做得很好。"顾曦满意地点了点头，"等毒素全都运来，咱们就可以一举攻下恐龙帝国的皇宫，等回到剑龙帝国，会有无数的封赏等着你们，你们一定不要让我失望啊。"

手下们听到他这么说，顿时很激动，但却有一名手下的神色有点不对劲。顾曦很快察觉到了他的异常，眯起眼睛问道："你有什么话想说？"

对方立刻半跪在地，用忐忑的语气说道："王子殿下……属下……属下也不能肯定，但是属下觉得，从昨天起，王亚将军和他的那些将领们似乎就有点不寻常了……属下也不知道他们到底想做什么，又担心是自己多想了，所以……所以就没有告诉您。"

这对顾曦来说，本来是则非常关键的信息，但奈何这段时间以来，他带领剑龙大军取得了多场胜利，内心有些狂妄自大了不说，凑到他顾曦面前来打小报告、寻求赏赐的人也多了起来，因此他听到这则消息，有些不耐烦地皱了皱眉头："王亚将军一直对我忠诚无二心，你们这些人如果真的想向我打小报告，不如先去给我查清楚那天闯入我军营打晕我的蒙面人究竟是谁！哼，一群没用的东西！"

对方听到顾曦这么说，顿时不敢再多言。

顾曦捏了捏眉心："好了，都退下吧，今天时间已晚，等明早毒素运过来了，咱们再——"

轰！帐篷外突然传来的爆炸声硬生生地将顾曦的话语打断，他皱眉，扭头示意几个心腹："出去看看怎么回事！"

心腹手下们带着武器走出帐篷，没过多久就带着惊慌的神情跑了回来，语无伦次道："殿……殿下！好像是恐龙帝国的大军攻打过来了！"

顾曦的眼睛先是微微睁大，再猛地缩紧："怎么可能？刚刚你们不是才报告给我说，他们目前能够战斗的人数没剩多少了吗？"

"数据上是……是这样没错，但是……但是前线真的已经打起来了！"手下们也不知所措。

顾曦皱眉，眼皮忽然扑扑直跳，隐约觉得有什么地方不对劲，但是又想不出来，因此只好挥挥手："叫第五军队的人去迎战。"

"是！"手下们领命而去。

顾曦坐在帐篷中，第五军队是他手下最强的队伍，他本以为收拾那群残兵败将应该是很容易的事情，但当时间一分一秒过去，他耳边的战火声响却似乎离这里越来越近，他不由得愤怒地砸了一下桌子："这群饭桶，连一群伤兵都打不过吗？"

话音刚落，就有一个通信兵满脸惊慌地跑了回来："殿下！殿下！大事不好了！前线的士兵说，恐龙帝国大军的带领人……带领人是二王子殿下！属下不相信，二王子不是已经死了吗？可是他们都说看见了他！属下……属下……"

顾曦捏紧了拳头，原来那天闯进来的人真的是他！原来自己那亲爱的弟弟真的没死，这一回竟然还和恐龙大军联合起来对抗他了！

他在极端的愤怒下，反而缓缓地露出了阴险的笑容："哼，他以为和那些败将联合起来就能打败我吗？传令下去，我要亲自出去迎战！"

"这……可是……殿下您身为王子，万一出了什么事——"

"我叫你传令下去，你听不懂吗？"顾曦猛地一拍桌子。

"是！"通信兵只好转身出去了。

而顾曦则带着阴冷的表情缓缓走出帐篷，他看着不远处那火光冲天的战场，缓缓勾起了嘴角："亲爱的弟弟，这一次，就让我亲手结束你那条多余的生命吧！"

"现在情况怎么样？"火光蔓延的前线，何薇紧张地问顾轩的一名得力干将，对方擦了擦脸上的汗水，回答道："请您放心，顾轩殿下的作战能力是很强的！"

"可是……"何薇站在高处，看向地面上厮杀在一起的恐龙们，由于只有剑龙不会受到毒素影响，现在战场上，和顾曦的大军对战的基本上都是顾轩带来的人手，只有小部分之前没被毒素感染到的霸王龙和翼龙在旁边协助。

虽然顾轩之前已经从支持他的将军那里借来了不少兵力，但双方在数量上还是有差距的。何薇知道这是顾轩孤注一掷的战斗，倘若这次的计划没有成功，只怕以后他们都不会有机会了。

所以她很担心，也不知道前线的顾轩还能支撑多久，万一被狡诈的顾曦发现了他们布置在敌后方的暗线，那该怎么办呢？

正当她担心不已的时候，战场前方忽然传来了一阵轰鸣声，何薇定睛一看，发现是顾曦亲自带着士兵们出马了！看来他上当了！何薇不由得激动地握紧了自己的拳头。

顾轩也很快看见了自己的哥哥，他将面前的一名敌人放倒之后，两人面对面地站在漆黑的夜空下，周围时不时发出的火光将他们的脸映衬得鲜明无比。

两人没有多说一个字，几乎是在同一时刻撕掉了自己的上衣，然后幻化成恐龙的模样，咆哮着朝对方冲了过去。

这是何薇第一次见到顾曦的龙形，她惊愕地捂住了嘴，因为顾曦的体型跟其他剑龙比起来，简直大出太多了！如此强壮的他，顾轩会不会对付不了？

但很快，何薇就发现自己想错了，顾轩的体型虽然没有顾曦强壮，但他身为混血，背上比顾曦多了一双翼龙的翅膀，这让他在战斗中具备了灵敏和方便躲闪的优势。很快，顾曦就被顾轩用爪子在脖子上狠狠地划了一道。

巨大的剑龙喘着粗气，对着眼前的剑翼龙混血发出怪笑："亲爱的弟弟啊，你怎么能对你的亲哥哥下手？要是让剑龙国的子民们看见了，不知道会有多伤心呢。"

顾轩立刻用比他高亢的声音回击道："那么你在杀害我母亲的时候，难道就不怕子民们知道了会伤心难过？你在给父亲下毒让他重病的时候，难道就不觉得良心有愧？"

顾曦很明显没想到他会说出后面那句话，不由得怔了怔："你什么时候学会血口喷人了？"

"我是不是血口喷人，你很快就会知道！"顾轩冷冷说道，"顾曦，像你这种心狠手辣、六亲不认的人，根本不配做皇族的王子！"

"哈哈哈！我不配？我不配，难道你这个混血的杂种就配吗？如果不是你，父王就不会忽略我，王位就肯定是我的！是你的出现，打乱了我的一切计划！像你这种混血，才不配成为王子！"

这是这么多年来，顾曦第一次在大庭广众之下说出真心话。他的手下听到这些话，也不由得感到有些震惊。大家确实知道顾轩王子是混血，但是王子殿下一直很温柔善良，从来没有害过什么人，却没想到只因为他是混血，就被大王子这般辱骂。

士兵们的家属中，多多少少有一些亲戚朋友是混血，倘若大王子连自己的混血弟弟都不能容忍，那么以后，谁知道他能不能容忍得了士兵们的亲戚？难道他们为了大王子浴血奋战的下场，就是亲朋好友全都被处死吗？

狂妄地以为胜券在握的顾曦没有发现，军心已经在悄悄地转变了。

他对顾轩叫嚣着："打赢了我又有什么用？你也不回头瞧瞧，自己手下还剩几个能用的人！而我还拥有两万多大军，你们只是苟延残喘而已！"

"是吗？"顾轩丝毫不惊慌，他猛地弓起后背，用背上的骨板将顾曦朝后重重地撞了出去，在巨大的落地声中，他说道，"那你就回头看看，还有多少人是支持你的吧！"

摔倒在地的顾曦狼狈地爬了起来，半信半疑地回头一看，猛地睁大了眼睛。只见王亚将军带领着他手下的一干将领从军营后方慢慢围了过来，顾曦不由得眯起了那双赤黄色的眼睛："王亚将军……你这是什么意思？"

然而王亚完全没把他放在眼里，只是看向顾轩，单膝跪下说道："二王子殿下，臣等已经取得了后方的控制权，现在就等您发话了！"

顾曦闻言怔了怔，才缓缓地从地上爬了起来，扭头恶狠狠地看向自己的弟弟，但是语气却依旧带着笑意："呵呵呵……呵呵……我亲爱的弟弟啊，你真是好本事，到底花了多大的力气，才让王亚归顺于你？之前我怎么就没发现你这么有本事呢？

顾轩不动声色道："并不是我多么有本事，只是你自己多行不义，才导致了现在的局面。"

"我多行不义？我做什么不义之举了？你倒是说说看啊！"顾曦也有点激动了。

"你杀害我的母亲，还试图杀害我，在剑龙帝国发布通缉令嫁祸于我，就更别提你给父亲下毒了！之后你又找借口侵略别的国家，这些难道不是不义之举？你真的以为大家都不知道你在做什么吗？顾曦，事到如今，难道你还不觉得自己做错了？"

"我没有错！"顾曦大吼道，嗓音有些嘶哑，"我和恐龙帝国打仗，只是想为咱们的子民多赢得一些生存的空间，我这么做有哪里不对了？"

"如果真的是为了子民，你应该潜心研究如何给他们带来幸福，而不是忙着打仗！你是贪图权力，喜欢那种大权在握的感觉，这些全都是你的自私之举，所以不要再给自己的行为找借口了！"顾轩说道，"难道你不知道为了这场战争，已经有多少无辜的子民牺牲了吗？他们都是有家人、有朋友的！你的所作所为只会给人们带来伤害！"

"闭嘴！就凭你一个混血杂种也有胆子教训我！"顾曦终于被顾轩

的话激怒了，扭过头看向王亚将军，"王亚，我再给你一次选择的机会，你到底是追随他还是追随我？"

王亚面不改色："抱歉，殿下，之前臣已经为您做了太多太多的错事，臣不能再这么错下去了，还希望殿下您也早日清醒过来。"

"哼！哈哈哈！哈哈哈！好！"顾曦仰天狂笑，"那就让我看看，今天咱们到底是谁输谁赢！在场的所有战士，你们听清楚了，倘若跟随本王子对抗这个杂种臭小子的，等赢了这场战争，少不了你们的好处！但倘若你们追随了顾轩，那就别怪本王子不客气！"

士兵们面面相觑，过了一会儿，终于分出了局面来，有差不多一半的人手站在了顾轩这一方，这么一来，两方的兵力就成了势均力敌的局面！

顾曦似乎没料到会有这么多人支持顾轩，不由得怒吼道："这臭小子不过是剑龙和翼龙生出来的混血，你们难道都瞎了眼吗？"

听到这里，何薇不由得出声替顾轩助威："混血又怎么样？难道纯正的血统就一定是好的吗？你不就是纯正血统中的一个败类吗？在场的各位，你们都认真仔细地想一想吧，难道你们的亲人朋友中就没有混血的恐龙吗？如果这个顾曦对混血如此难以容忍，那么以后，就算你们为他立了功，他也肯定会翻脸不认人的！"

"闭嘴！你这个臭女人！"顾曦一声怒吼，想要扑上来攻击何薇，顾轩立刻张开翅膀挡住了他。他依旧猖狂地咆哮："你这个不要脸的女人，诱惑了顾轩和其他剑龙战士，让他们帮你们恐龙帝国作战。难道你们都没发现她的真面目吗？"

"如果不是你一定要进攻这里，如果不是你亲手害死了人人敬仰的二王子顾轩，大家又怎么会想要击败你？顾曦，事到如今，难道你还要执迷不悟？放弃吧，你是不可能战胜我们的！"何薇正色道，丝毫不畏惧对方污蔑自己的话语。

"我不会放弃的！我好不容易走到今天这一步，还差一点，还差一

点点……我就可以夺得这片富饶的土地，回到剑龙帝国，成为新一任国王，我怎么可能放弃？你们这些忘恩负义的家伙，全都等着死吧！"顾曦说着，猛地从地上爬了起来，就和顾轩等人混乱地战成一团。

何薇苦于前两天在顾曦的帐篷里中了毒素，现在没办法变身，因此只能远远地看着，不由得十分焦急。眼看着两方混战成一团，她甚至看不清顾轩人在哪里。

混战中，顾曦虽然拼尽全力，但由于顾轩的勇猛无敌，顾曦终于感觉到局面似乎对他有些不利，他朝后退了几步，想撤回营地暂时缓冲一下，但一转身，却发现营地已经被顾轩的手下们包围了。

看着一个个他熟悉的面孔如今却成了顾轩的手下，顾曦不由得冷哼一声："你们，最好搞清楚背叛我的代价！"

为首的王亚将军冷声道："如果顾轩殿下说的是真的，王子您真的为了王位，给国王陛下下了毒，那么就算我们背上不义的名声，也一定要阻止您的行动。这一回，我们绝对不能让你再伤害顾轩殿下！"

然而就在这时，几名顾曦的心腹忽然冲破重围朝他跑了过来，他们用激动的语气对他说道："殿下，殿下！那些毒素已经运到了！如果我们现在把毒素洒落在周围，肯定可以将其他恐龙一举歼灭！如果这样的话，我们说不定还有胜算！"

顾曦听到他们这么说，顿时大喜，喊道："那还等什么？快点用发射器将毒素全都喷洒在空气里，快点！"

心腹们得到命令，立刻转身想要离去，却受到了王亚将军等人的阻止。顾曦见状，赶忙跟上来帮忙，一番乱战之后，尽管王亚将军拼尽全力，但还是让其中一个心腹趁机跑出了他们的包围圈。

"顾轩殿下！当心啊！"王亚将军知道势头不妙，赶忙转身警告顾轩，但已经来不及了，大量的毒素通过发射器洒散到了天空中，虽然对剑龙没有影响，但其他品种的恐龙闻到了混杂着毒素的空气，却……却——却也没有发生任何变化，这是怎么回事？顾曦大惊，扭头看着那些安然无恙的恐龙，不由得喃喃自语："他们应该立刻变回人形的，为什么现在没有反应？为什么？"

何薇和顾轩等人也是一脸茫然，而就在这时，那些原本因为身中毒素不能变身而被迫留在后方的士兵们忽然发现，他们似乎能够变身了！

有一个士兵因为看着战况太过激动，在心底默念了一声自己想要变身，然后等他再次睁开眼的时候，就发现他已经像从前那样变成雷龙了！他立刻将这个好消息分享给了其他人，大伙儿一一变身，立刻群情激动地冲出了营地。

"何薇王后，刚刚后方传来消息，说士兵们的变身功能忽然恢复了！"通信兵满脸激动地对何薇说道。

"什么？真的吗？"何薇低头朝下方的战场看去，果然发现大量的恐龙加入到了帮助顾轩抵抗顾曦的战斗中去。

这是怎么回事？刚刚顾曦不是在空气里散播了毒素吗？为什么大家忽然可以变身了？

顾曦同样是百思不得其解，眼看着对方的恐龙战士越来越多，而他这一方的气势越来越弱，虽然十分不甘心，但是眼下，他也只能够选择撤退了！

但就在他转过身的那一刹那，他却看见了一个根本不可能再出现的人！

不知何时，顾曦的面前忽然出现了一只身形巨大、强壮有力的霸王龙。他气势汹汹地站在剑龙面前，虽然剑龙在身形上比霸王龙要强壮一些，可是望着眼前那满口都是锋利牙齿的霸王龙，剑龙不由得往后退了几步："你……不可能……我明明已经……明明已经……"

霸王龙哼了一声，仰起大脑袋看向顾曦："明明已经用炸弹把老子炸死了，是吗？"

这个嚣张又霸道的声音顿时让站在高台上的何薇变得雕像一般。

是他的声音？是他的声音吗？！不……不可能吧……他不是已

经……可是眼前这只霸王龙，却是自己再熟悉不过的啊……

"你怎么可能没死？怎么可能？为什么你和我那个可恶的弟弟都是怎么杀都杀不死的？可恶！"顾曦在绝望和震惊中怒吼一声，抱着豁出去的态度，猛地朝霸王龙冲了过去。

但他的进攻毫无章法，霸王龙又是身经百战，只一个闪身就躲过了他的冲击，接着扬起自己巨大而有力的尾巴，猛地击中了剑龙的头颅。顾曦只觉得眼前一阵眩晕，再没有抵抗的力气，在地上转了半圈之后，终于轰隆隆一声砸倒在地。

霸王龙摇了摇自己的尾巴，还想继续耍个帅："哼，就凭你也想把老子——"

但是他的话还没说完，空中就忽然急速飞来了一条火红色的中国龙。只见何薇激动地扑到了他的怀里，大喊一声："卓飞！"

霸王龙被这巨大的冲击力撞得朝后退了半步，用他的小短爪子抱住红龙的身躯，语气听起来好像还有点遗憾："嗯，你怎么这么快就冲出来了？老子本来还想多耍个帅让你眼前一亮呢！不行不行，你先回去，让老子再揍这家伙几下！"

红龙怎么可能听他的话，顿时气鼓鼓地从他身上爬起来，伸出自己锋利的爪子朝他的脸上挠过去："耍什么帅？！可恶，这种时候你竟然还有心情耍帅！你这个浑蛋！你不是死了吗？死了就别回来找我了！你这个可恶的家伙！我讨厌你讨厌你讨厌你！"

"嗷嗷——嗷嗷！老婆，老婆，求别打脸，别打脸！我要破相了，要破相了！"霸王龙吃痛地大喊着，奈何爪子实在是太短了，捂不到脸，又不敢退后，只能这么顶着大脑袋让自家老婆不断地挠啊挠，那张原本威武霸气的脸很快就出现了几道伤痕。在场的士兵们看在眼里，不由得在心底感叹："虽然说卓飞陛下的战斗力在全国都是无人能敌的，可他不一样是个妻管严吗？老婆生气了他不一样还是不敢反抗吗？所以，其实这个国王和其他人一样，都有畏惧的东西嘛！"

"我管你破不破相！"何薇虽然嘴上是这么说的，可是却渐渐收回了爪子，胸中聚集了一堆想要问卓飞的问题，可是眼看着这场战争还没结束，情况还比较紧急，她只好暂时压抑住了胸中的爱恋和疑问，恨恨地瞪了卓飞一眼，"还愣着做什么？既然现在可以变身了，跟我一起对付敌人啊！"

"好的，老婆！"卓飞很听话地说，狗腿地跟在何薇身后，两只龙共同作战，很快就把顾曦剩余的那些手下杀得片甲不留。顾轩和他的部下们也在旁边帮了不少忙。

这场战争终于在牺牲了无数人的生命之后，接近了尾声。

现在，只剩下一个问题要处理了。

卓飞和何薇一起来到躺在地上的顾曦面前，只见他大口大口地喘着气，身上有大大小小的伤痕，看上去确实伤得不轻，但是见到几人朝他围过来，他却似乎一点都没有要认错的意思，反而猖狂地对卓飞咆哮："你为什么没有死？为什么？我明明……我明明——"

"明明让你的心腹潜入我的营地中，放炸药杀了我是吗？"卓飞接过他的话，"比起我为什么没有死这个疑问，顾曦，我觉得你会更在意为什么你刚刚喷洒在空气中的毒素全都无效了。"

顾曦猛地瞪大了眼睛，伸出爪子试图攻击卓飞，可是举到一半就无力地垂了下去，他只能气喘吁吁地说："是你？又是你？！难道你把我的毒素调包了？"

"不仅仅是调包那么简单。"霸王龙的语气里颇有些自豪，"在我假死的这段时间里，我一直暗中和手下的科研队伍研制这种毒素的解药，不然你以为我为什么明明活着，却要假装自己死了？那不过是障眼法罢了，还好……我和手下的队伍终于研制出了解药。"

"什么？你……你说你研制出了解药？"顾曦的声音提得更高了，"不可能，这不可能！我们研究了这么多年都没研制出解药，你怎么可能在这么短的时间里研制出来？像你这种只有肌肉、没有大脑的蠢货，怎么可能做到这一点？！"

霸王龙顿时很不爽地伸出脚踢了剑龙一脚："喂！你活得不耐烦了是不是？骂谁蠢货呢？信不信老子一口咬断你的脖子啊？！"

何薇赶忙撞了他一下，低声提醒："卓飞，你跑题了啦。"

"哦，好吧，喀喀。"霸王龙立刻听话地收起了自己的不爽，"不管你相不相信，反正解药我们是研制成功了，不然刚刚喷洒在空中的那些解药就不会起效果了。说起来，这还得多谢你设计出的发射器啊，可以一次性将那么多气体喷到空气中，帮老子一次性就清除了所有士兵身上的毒素。"

顾曦终于彻底失去了他的冷静和自持，疯狂地咆哮着："你……你……可恶的蠢货！我要杀了你！你根本不如我，你们全都比不上我，为什么会赢得胜利？为什么？这不公平！"

这时，一直站在旁边的顾轩终于打破了沉默，他走上前来，冷冷地看向自己的哥哥："顾曦，你知道你最大的问题是什么吗？"

顾曦恶狠狠地看向顾轩："我最大的问题就是有你这么一个碍眼的弟弟！就是因为你和你母亲的出现，父王对我的注意力才越来越少，是你和你可恶的母亲抢走了原本属于我的父爱！如果我不做些什么，以后，你肯定也会抢走我的王位！"

听到他这么说，顾轩不由得叹了口气："无论你信还是不信，我从来都没想过要和你抢什么王位，而且直到现在，你还是执迷不悟……顾曦，你最大的问题，就是你从来没看清楚自己的能力和别人对你的心。"

"我不知道你在胡说什么！"失势的剑龙王子似乎不想听任何人对他的劝告。

但顾轩必须把这些话告诉他："你确实有一定的能力，可这并不代表着在这个星球上，你就是最强的。你总觉得没人能比得过你，因此妄自尊大，以至于让自己的自信蒙蔽了双眼，看不到别人身上的优点和长处，而我说你看不清别人对你的心，意思是……你根本不知道，其实父王一

直是很爱你的。"

"他会爱我？哈哈哈，怎么可能？！"顾曦有些绝望地大笑，"顾轩，成王败寇，事到如今，我也没什么好辩解的了。是，是我杀了你的母亲，还栽赃陷害到你身上，也是我给父王下毒，让他久病不起，夺取了大权，更是我派人潜进皇宫中，试图杀害你和卓飞……没错，这些都是我做的，我承认！并且我不为自己的行为感到羞耻，我唯一羞耻的是，自己在才略上输了你们一成，以至于现在一败涂地，你也不用再说什么话试图感化我了，直接杀了我吧！"

"杀了你，你以为老子不敢啊！"一想到这家伙给自己的国家带来的破坏和伤害，卓飞就不由得满腔怒火，好在何薇及时拉住了他："好了好了，冤冤相报何时了？难道你想让仇恨继续蔓延下去吗？咱们先让顾轩把他想讲的话讲完，好不好？"

"哦。"虽然不太情愿，但霸王龙知道老婆说的话有道理，便同意了。

于是顾轩继续说道："我和何薇的观点一样，如果杀了你，只能让仇恨继续延续下去，所以我不会那么做，我不想让自己和你一样，双手沾满鲜血。我现在只想让你明白一件事，那就是父王他一直以来都是爱你的。"

"我不想听你——"

"我知道你不相信我的话，那么，就让父王亲自来跟你说吧。"

顾曦怔住了，他睁大了眼睛："你……你说什么？父王？你把他带来了这里？可是剑龙帝国和这里隔着大海……"

顾轩点了点头："还记得时空之石吗？咱们皇宫一共有三颗，父王送给了我两颗，自己留下了一颗，他就是用这个来到了这里。"

说完之后，他朝天空发射了一个信号弹，很快，空中就闪出一只金龙的身影。看到这个身影，何薇不由得瞪大了眼睛："爸……爸爸？"

只见那只金龙背上载着一位看上去很虚弱的老者，他们缓缓地降落在地面，金龙摇身一变，成为一名中年男子，扶着那位老者朝他们所在

的方向缓缓走来。

剑龙国的士兵们看到这位老者，纷纷下跪，激动地喊道："国王陛下！陛下！"

王亚将军也激动地问："陛下，您的身体好了吗？您怎么会从那么远的地方过来呢？"

老者的面容和顾轩有几分相似，他挥了挥手，对那些士兵表示问候，然后说："我已经好很多了，谢谢你们……谢谢你们愿意帮助我这两个儿子。"

他在龙神的搀扶下，终于一步步地走到了顾曦面前。他扭头看了一眼身边的其他人，用有些沙哑的声音说："抱歉……我的儿子给你们造成了这么大的破坏……现在，我想跟他单独聊一聊，可以吗？"

卓飞点了点头："当然。"

于是老国王俯身看向自己的大儿子，其他人全都默默朝后散去。顾曦原本还满脸怒容，对谁都不屑一顾，可是当老国王伸出那只粗糙的手，缓缓地抚摸上他的脸后，他还是不由得怔住了。

只听老国王用后悔而又难过的声音对他说："顾曦，是父亲对不起你。"

顾曦在愣怔了一会儿后，别过头去，刻意用清冷的声音说："事到如今，我没什么好说的了，你应该也都知道了吧？你之所以会一病不起，是因为我给你下了毒，我迫不及待地想登上王位，所以想出了这么一招。呵呵，你对你的儿子失望了吧？既然如此，就赶快杀了我吧，一个失败者是没资格活下去的。"

老国王听后，浑浊的眼中渐渐聚集了泪水："顾曦，我可怜的顾曦啊……你为什么会变成今天这个样子……"

"为什么会变成今天这个样子？那还不是因为你！"顾曦顿时有些激动了，"如果不是你在我母后去世后没几年就娶了另一个女人，然后又和她生了儿子，我会变成这样吗？你把对我的爱都给了其他人，有没有想过我的感受？"

老国王垂下了头："孩子，我知道在这件事上父王对不起你，你当时还小，更是失去了母亲，而我却那么快就新建了家庭……可是我对你的爱，却从来没给过别人啊！你母亲去世之后，有一段时间，我确实不知道该怎么跟你相处，因为你和她实在是长得太像了，每次我看到你，就会不由自主地想到她，因此忍不住伤心……

但你是我深爱的儿子这一点，从来没变过。难道我给顾轩的东西比给你的多吗？我从来没有亏待过你，甚至……我甚至对你更好。你失去母亲之后，变得有些自闭，不再同我交流，反而爱上了那些研究战术和兵法的书籍，也就是从那时起，我知道了你最向往的东西原来是我的王位。既然如此，我愿意把这个位置给你，只要你做得好，我没什么理由不给你！我把这件事告诉了顾轩的母亲，她也很赞成，她说你很有领导能力，而顾轩……她只希望顾轩能够平平安安地过完这一辈子，从来没想过要和你抢！"

顾曦有些不可置信地看向自己的父亲："你的意思是说……你早就决定好要把王位给我？"

老国王点了点头："是的，只是我觉得你年纪还小，不想这么快让你知道这个消息，免得你太过骄傲而影响了自己的成长。我暗中让自己的得力手下辅助你，却没想到……你渐渐将他们变成自己的心腹，反过来策划给我下毒的事情……孩子，父王知道自己有很多地方亏欠了你，可是你知道你这么做，父王有多伤心吗？

"我也不是没有试着和你交流，可是后来你根本不给我和你交流的机会，你把周围的所有人都当成你的敌人，把权力当成你的唯一，我很想告诉你这样是不对的，但还没等我想好该怎么开口，你却已经给我下了毒……

"后来，我在病中听到消息，说顾轩杀了他的母亲，那一刻我就猜到了真相，我就知道……或许你以后再也没办法回头了。我对你有多失望，你知道吗？我是你的父王，顾轩是你的弟弟，你怎么连自己的亲人也下

得去手？"

顾曦只是凝视着他父亲的脸，眼中也聚集了泪水："你为什么现在才告诉我……为什么现在才告诉我你会把王位给我？为什么？！"

"现在或者从前，又有什么区别呢？"老国王摇了摇头，"时间不能逆转，你已经做下了很多不能原谅的错事……就算我能原谅你，剑龙国的其他子民呢？顾曦，抱歉，父王实在没办法安心把王位交给你来继承……"

"哈哈哈，到头来，你还不是要把一切交给顾轩？！"

"孩子，为什么都现在了，你还是没发现自己的错呢？"老国王的神情看上去很心痛。

顾曦有些茫然地看向头顶的夜空，这才发现天幕的一角已经泛起了鱼肚白，原来这场最后的战役竟然打了一整晚，他喃喃地说："或许是因为……我已经身陷在错误中不能自拔了吧。"

说罢，他忽然伸出手，拔了自己尾巴附近的一根骨板，然后猛地刺入了自己的脖颈中！

鲜血顿时喷涌而出，将老国王的整张脸都染红了，他颤抖地想要阻止儿子的动作，却已经来不及了："顾曦！我的孩子，我的孩子啊……"

顾曦的口中不断地涌出鲜血，他挣扎着伸出手，触碰了一下老国王的脸，断断续续地说："父王……父……父王……"

"你不要动，我让人来救你！"老国王颤颤巍巍地站起身，想转身去叫人，却被顾曦拉住了。他渐渐变回了人形，脸色苍白得可怕，可是表情却出乎意料地温柔，他说话越来越困难："不用了，父王……能……能让我……抱抱你吗……"

在离开这个世界前的最后一刻，顾曦终于卸下了包裹着他的坚硬外壳，露出内心那脆弱无助的一面来。

老国王流着泪抱住了自己的儿子，痛苦不已，顾曦脸上却露出了淡淡的笑容："那我……就当作……你说……你说你爱我的这些话是真的吧……反正……反正我也快死了，就算被骗了，也不会有什么损失了……"

"傻孩子……我怎么会骗你呢？父王一直很爱你啊！"老国王痛哭着摸着儿子的脸，顾曦的脸越来越白，力气也越来越弱，最后，他将头靠在父亲的怀里，喘息了很久，脸上的神情看上去像个终于得到了爱的孩子，他最后只留下一句："父王……对不起……"然后便永远地合上了眼睛。

老国王的痛哭声持续了很久很久，顾曦的鲜血染红了他们周围的整片土地。

旁边的何薇看到这一幕，伤心地靠进了卓飞的怀里，周围的士兵们也全部缄默不语，大家脸上都带着哀痛的神情。

又过了许久，天空完全被阳光照亮之后，人们才终于走过去，劝起了身体虚弱的老国王。顾轩陪着他的父亲先去营地里休息，王亚将军负责处理顾曦的后事，而何薇，则在卓飞和父亲龙神的陪伴下回到了皇宫。

三个孩子终于见到了父母，又是开心又是难过，扑进小夫妻俩的怀抱里，哭哭闹闹了好一会儿才勉强平息下来。龙神知道他们夫妻俩重新相见很不容易，便先把三个孩子劝走了，把空间留给了何薇和卓飞。

他们恢复成人形，就这么坐在寝殿里，何薇红着眼睛，一边用药帮卓飞擦拭他脸上被自己用爪子划出来的伤口，一边小声地抽噎。

卓飞被她的抽噎声弄得好生心疼，不由得伸出手抱住了她："对不起老婆，是我不好，我不该让你伤心难过这么久的……对不起……你打我吧，骂我吧，怎么样都行，就是不要哭了，看着你哭简直比别人用刀捅我还难受。"

可是何薇却没办法，她揉着眼睛："呜呜呜——我忍不住……你……你还活着，我很开心，可是……可是就是忍不住……呜呜——你这个大坏蛋，还活着为什么不告诉我？"

卓飞耐心地劝慰着："对不起对不起，实在是我担心皇宫中还有顾曦的人，害怕走漏了风声，因此只能忍着没告诉你，可是你知道吗？那

段时间里我也很难熬，我每天都想跑到你面前告诉你我还活着，可是却做不到……何薇，我真的真的很想你。”

何薇缩进他怀里："那你当时到底是怎么逃出去的？"

"我早就怀疑营地里会有顾曦的人，所以提前在我的帐篷底下设置了一条逃生通道。那天爆炸发生之后，虽然大家都有所损伤，但好在伤得都不重，我们便从通道逃走了。本来我是想立刻回来见你的，但是想到顾曦拥有那种毒素，如果不想办法找到解药的话，那么这场战争我们必输无疑，所以我就带着属下暗中研究毒素的成分，后来终于研制出了解药。好在……好在还来得及，不然以后，我真的不知该如何面对自己的子民，如何面对你。对不起，何薇，让你担心了，我真的对不起，还有那天……临走的时候我对你说了很多不该说的话，希望你不要放在心上，那些真的不是我心中所想……"

眼前的卓飞似乎已经在不知不觉中成了一个顶天立地的大男人，何薇不由得摇了摇头，心里又是激动又是欣喜："不要道歉了，我不要听你道歉了，只要你以后都在我身边就好。"

"嗯。"卓飞伸出手轻轻揉着她的脑袋，"我会努力成为一个好丈夫的，何薇，我爱你。"

何薇抱紧了他健壮的胸膛，声音沙哑："我也爱你。"

第十五章

男人间的决战

"老妈，老妈，起床了啦！"清晨，太阳都还没完全升起来，小公主小粉就兴冲冲地冲进了她老爸老妈的房间，扑通一声跳上床去，用小手不断捏着妈妈的脸，"外公给我们做了早饭哦，你要是再不起来就吃不到了。"

何薇揉了揉眼睛，从床上爬了起来，习惯性地扭头看向身侧，却发现旁边的床位上空无一人，她不由得奇怪地喃喃自语："咦？你爸爸呢？"

门外的小白也冲了进来，举着手说："我知道我知道，爸爸今天一大早就出去了。"

或许是有什么紧急的事情要处理吧？何薇心想着，战争刚刚结束没几天，还有许多遗留的事务要处理，卓飞这么忙也是理所当然的，因此她也没多想，便从床上爬了下来，摸了摸女儿的脑袋："你刚刚说，外公给咱们做了饭？"

"是呀是呀，本来今天是橙子哥哥想给老妈做饭的，可是被外公看见了，外公说：'哼，你这臭小子别在厨房里捣乱了。'然后就把哥哥赶出来了！"小白像模像样地学着外公说话的语气和神态，顿时把何薇逗得咯咯直笑，她抱住两个女儿亲了一口："稍等一下，妈妈换身衣服就陪你们去吃早饭。"

"嗯嗯！"两个女儿乖乖地等在旁边，还帮何薇梳好了头发。何薇透过镜子看着两个女儿那乖巧的模样，顿时觉得自己是这个世界上最幸福的人。

收拾好自己之后，何薇带着女儿们来到饭厅，一进门就看见儿子橙子正小心翼翼地端着一碗玉米汤朝桌子前走，身后还跟着自己的父亲龙神。他看着橙子那慢吞吞的动作，不由得皱眉训斥道："动作快一点！婆婆妈妈的，一点都不像男子汉！"

橙子闻言立刻挺直了身板，加快速度走到桌边将汤放了下来，然后转身对龙神说道："外公，放好了！"

"得意什么啊？不就是一碗汤吗？"龙神脸上却连一点赞叹的表情都没有，只是伸手朝厨房指了指，"里面还有一盆蔬菜沙拉，快去端出来！"

"是！"橙子接到命令，立刻跑到了厨房里，又呼哧呼哧地端着那一大盆沙拉出来了。

看到自己的父亲严肃地训斥自己的儿子，何薇顿时有点不高兴了，走上去对龙神说："他还那么小呢，你就不能帮他端出来吗？"

"小什么小？孩子就是要从小锻炼，哼！我不在的这段时间，你看看你把我的外孙养成什么样子了？一个个娇生惯养、好吃懒做，这样怎么配当我龙神的外孙？我现在就要训练他们，你少插嘴！"龙神倒比何薇更有气势一样。

她顿时更生气了，如果这时卓飞在旁边的话，或许还能帮着劝慰一下她，但只可惜他这个和事佬不在，于是她的脾气就尽情地暴长了。她走过去接过儿子端着的沙拉，砰的一声放在桌上，扭头瞪了龙神一眼："我就是要娇生惯养他们怎么了？孩子是我生的，才不要你管呢！再说你有资格说我吗？我小的时候你养过我吗？"

"我——"龙神顿时被何薇的话呛住了，但是又不知道该怎么跟自己的女儿吵架，只好冷哼一声，甩了甩袖子走出去了，"本座本来也懒得管，你爱怎么样就怎么样吧！"

"啊……外公……"小白是三个孩子中最黏外公的，现在看他生气走了顿时有点担心，可是一边是自己的外公，一边是自己的妈妈，她纠结了好半天，最后还是选择了妈妈。她走过去，拿起一块面包递到何薇面前，小声说："妈妈不要生气了，吃点早餐吧。"

何薇接过她递来的面包，神色这才缓和了一点，橙子也走过来说："妈妈，外公虽然有点凶，但其实他人不坏的，你不要生气，生气对身体不好的。"

"好啦，我没有生气。"何薇终于笑了起来，拉着孩子们在桌子前坐好，帮着他们布置餐具。三个孩子很快就乖乖地吃起了早饭，她尝了一口沙拉，不由得问："橙子，这些都是你外公做的吗？"

橙子点点头："嗯，是的，外公特别厉害！"一转头忽然发现外公竟然在门口探头探脑，他赶忙说："妈妈，妈妈，外公在偷看我们！"

何薇闻言跟着转过头去，果然发现龙神正靠在门口偷看。和何薇撞上视线之后，他立刻转过视线，装作一副自己只是路过的样子，还添油加醋地哼了一声。

何薇心底的气不由得就消了，她叹了口气："好了好了，你进来吧，一起吃早饭。"

龙神一边用不屑的口吻"这种凡人的饭食本座才不感兴趣"，一边快速走进屋子里来，坐到了椅子上。

小白总算放心了，递给龙神一个面包："外公，给！"

龙神以一种高傲的姿态接过了面包，可是脸上还是忍不住露出几分欣喜的神色来。何薇忙着喂孩子吃饭，也就没心思跟他吵架了。

等饭吃得差不多之后，孩子们就收拾好书本去上学了。虽然身为王后，但很多时候何薇更习惯自己收拾碗筷。她正在收拾着，却听到坐在一旁的龙神开口说道："喀喀……本座……本座那么训练外孙，是想让他快点长大。"

她收拾的动作顿了一下，抬头看向自己的父亲："我知道，但是你就不能温柔一点吗？天天板着脸，我们又没欠你钱！你好不容易回来一趟，就对孙子们冷言冷语的，难道你就不能笑一笑啊？"

龙神轻咳一声："笑？本座可是龙神，身为龙神，要时时刻刻保持威严和庄重，怎么能随便乱笑？"

何薇立刻白了他一眼："面瘫就承认你面瘫呗，找这种借口好不好笑啊？！"

龙神顿时被气得涨红了脸："你还是不是我亲生女儿啊，竟然敢说自己的父亲面瘫！"

"我说的是事实啊！"

两父女越吵越激烈，然而就在这时，门外忽然传来了一阵极其剧烈的声响。

战争才结束没几天，何薇心底的警惕还没散去，她顿时也顾不上和自己父亲吵架了，快速转身走出饭厅，拉住一个护卫队员问："怎么回事？

刚刚的声音是从哪里传出来的？"

难道还有什么顾曦的手下没有清除干净？何薇不由得紧张起来，却听护卫队员说道："回王后殿下的话，声音好像是从王宫外面传来的……"

"外面？"难道残余的剑龙军队又打过来了？何薇赶忙回头对自己的父亲说："爸爸，你帮我看好孩子们，我出去看看！"

龙神虽然哼了一声，却没有反对。

何薇不敢耽搁时间，在护卫队员的保护下来到了皇宫门口，站在城墙上朝下眺望，这一看立刻惊愕地瞪大了眼睛——

老天，皇宫外面站着的那两个人，不正是卓飞和顾轩吗？

她顿时焦急地大喊起来："卓飞！顾轩！你们在干什么？昨天不是已经签了和平友好条约吗？"

卓飞听到自家老婆的声音，立刻扭过头去对她挥了挥手，脸上还带着璀璨的笑，可是右脸上已经多了一道伤痕，只怕是刚刚被顾轩打的。他用轻松的语气说："老婆！没事没事，哈哈哈，这是我和他的私人恩怨，你不用担心！"

"什么私人恩怨？你们两个哪来的私人恩怨啦？"何薇着急地跺了跺脚，"快点停下来，不准打了，不然我就变身过来阻止你们了！"

谁知她的话刚说完，顾轩也开口了："何薇，请不要过来，这真的只是我和他的私人恩怨。你放心，我下手有轻重，不会把你的丈夫打死的。"

"什么乱七八糟的啊？"何薇顿时更着急了，"你们到底为什么要打架？到底是什么私人恩怨？把话给我讲清楚了！"

只可惜卓飞被顾轩刚刚的话激怒了，因此根本没把老婆的话听进去，只是怒气冲冲地朝顾轩大吼："你嚣张个什么劲啊，右手手指都被老子掰断了，还敢说什么不会把老子打死？我告诉你，这句话应该由我来对你说！还有，谁让你叫她'何薇'的啊？她是我老婆，只有我才能那么叫她！你这个浑蛋给老子安安分分地喊她王后！"

顾轩面色不改，整个人看上去很沉静，他只是擦了擦嘴角溢出的血迹，说："啰啰唆唆那么久，你到底还打不打了？"

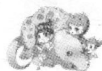

卓飞更怒了，吼了一声，径直撕掉了上衣，浑身顿时被金光包围住，变身成霸王龙的形态："有种变身了跟老子打！"

顾轩二话没说，变身成剑翼龙的形态，两只龙气势汹汹地朝双方冲了过去，四周顿时杀气升腾。

留下何薇一个人站在城墙上茫然跺脚："停下，给我停下！你们到底在打什么啊？"

一天前。

战争结束之后，剑龙帝国的老国王由于失去了大儿子顾曦感到很伤心，再加上重病的缘故，决定辞去自己国王的职务，让他的二儿子顾轩接手。

虽然之前，顾轩一直因为是混血而受到排斥，但这次的战争让国内大多数子民和士兵们对他转变了态度，再加上王亚将军等人的强力支持，他登上王位已经是板上钉钉的事。

在离开恐龙帝国回去处理自己国家的事务之前，顾轩和恐龙帝国的现任国王卓飞签订了两国友好交往的条约，以后，两个国家将摒弃掉血腥的战争手段，转而通过互相鼓励和促进的贸易手段加快双方之间的发展。

这对于双方来说都是好事，剑龙帝国的子民顿时更加支持新上任的国王了。顾轩身为混血恐龙，对国内的混血恐龙的态度更为宽容，不仅如此，他还从恐龙帝国学了很多先进的知识和观念，准备这一回启程之后，就将这些新观念带到他们老旧的世界中去。

不过，在那之前，顾轩心底仍旧有一件事放不下。

晚上，在签订完了所有的合约之后，顾轩看向坐在长桌对面的卓飞，淡淡地说："卓飞，我觉得我们有必要打一架。"

此话一出，坐在旁边陪同的一众大臣和将军们顿时紧张起来，心底不由得觉得奇怪，这不是刚刚签好了合约吗？怎么这个剑龙国的新国王就又要打架了？

没想到卓飞也赞同地点了点头："正好，老子也是这么想的。"

大伙儿顿时惊讶出声，却见卓飞挥了挥手安慰众人道："各位，请不要担心，这只是我们之间的私人恩怨。"

顾轩也跟着颔首道："没错，我们打架，无论输赢如何，都不会影响两国之间新建立起来的友谊，请各位放心。"

大伙儿只好噤声了，可是心底还是忍不住猜测：卓飞和顾轩之间的私人恩怨，究竟是什么呢？

两人约定好了第二天一大早在皇宫门外对战，不准带任何人手帮忙。于是，第二天清早，卓飞趁着何薇还在熟睡的时候，就偷偷起床去应战了。

顾轩也是早早就在皇宫外等待，见到卓飞来了，就点了点头："开始吧。"

却见卓飞伸出手指摇了摇："等一等，我得先把话跟你说清楚，老子知道你是因为何薇才来跟老子打架，所以这场战斗，我绝对不会输，到时候你要是被我打得满地找牙，可别哭着去找何薇告状说是我欺负你啊！"

没错，他们打架的原因就是何薇。

虽然谁都没挑明原因，可是两人都清楚，这场战斗在所难免。卓飞讨厌顾轩之前总是缠着自己的老婆不放，在自己假死期间，他竟然还对何薇表白，说什么以后他会替卓飞照顾何薇和三个孩子。知道这个消息之后，卓飞不由得火冒三丈，今天必须要把这个胆大包天的家伙揍个半死他才能消气。

而顾轩想战斗的原因就更简单了，他知道自己这辈子都没办法跟何薇在一起，因此心底有些不服气，他只是想打赢卓飞，证明自己是比他强的！有时候他总是忍不住想，倘若自己先出现的话，那么何薇一定会成为他顾轩的妻子的……

两人各怀心思，都用尽了全力，朝着对方扑了过去，用男人之间的方式发泄心底的怨气，却没想到没打多久，何薇就忽然出现了。

尽管何薇一劝再劝，他们还是化作了恐龙的形态，打算用这场战斗结束两人之间的一切恩怨。

何薇本来还想上去劝住他们，却被闻讯赶来的程亚伦将军劝住了，他伸手挡住了她的去路，摇了摇头说道："殿下，臣认为，这是男人之间的事情，您真的不需要插手。"

"那……那我也得知道他们到底是为了什么打架啊！"何薇焦急地说，"明明昨天晚上大家一块吃饭的时候，还都好好的啊，怎么今天就忽然闹翻了？程亚伦，你知道是怎么回事吗？"

程亚伦闻言，却不由得轻笑了一声，何薇被他笑得莫名其妙："你……你笑什么啊？现在他们在打架哎，打得那么凶，你竟然还笑得出来？万一真的出了事该怎么办啊？"

这实在是太不像程亚伦的作风了！顾轩怎么说也是新上任的国王，卓飞这么做，也太不给人家面子了吧？

没想到一向冷淡、罕有表情的程亚伦脸上的笑意更明显了，他摇了摇头，叹道："王后殿下，陛下也说了，他和顾轩先生打架是因为私人恩怨。卓飞陛下好歹也是国王，你想想看……有什么东西能够重要到让他亲自动用自己的力量，牺牲形象也要和别人争个高低呢？"

何薇眨了眨眼，看了眼厮杀在一起的两只恐龙，又看了一眼程亚伦盯着自己的眼神，再联想到不久之前顾轩对自己说过的那番话……她忽然就明白了！

难道……难道他们是因为自己……所以才……

若是放在电视剧里，有两个男的为了女主角争来抢去，何薇一定会看得非常开心，但是当事情真的发生在她身上的时候，她顿时就开心不起来了，相反，她现在十分窝火！

何薇不由得气呼呼地朝那两只恐龙大喊一声："喂！你们两个，都给老娘住手，听到没有？要是再不住手，老娘就亲自过来揍你们了！"

两只恐龙立刻从何薇的语气里听出，这下她好像是真的生气了！他们赶忙停下动作，霸王龙抬着他的大脑袋，狗腿地快步跑到何薇面前来："停手了停手了，老婆，你看，我听话吧？"

旁边的那只剑翼龙顿时不屑地哼了一声："手下败将。"

"喂！你说谁手下败将呢你？"霸王龙立刻回过头，张开血盆大口朝剑翼龙大吼，"信不信老子一口把你那碍事的小翅膀咬下来？！"

何薇立刻伸出手在他的脑袋上打了一下："你还要打？"

"嗷……不打了不打了。"霸王龙有些委屈地举着自己的两只小短爪子在空中晃来晃去，低声说，"老婆你怎么可以只骂我？他也有错啊。"

"总之你们一个两个都不是好东西！"何薇气哼哼地说道，抬眼瞪了顾轩一下，"顾轩，你不是当上国王了吗？那就赶紧回去吧！我们这里不欢迎爱打架的人！"

剑翼龙原本立在空中的一双翅膀顿时没精打采地耷拉下来，他张了张嘴，却没说出什么来。

霸王龙却高兴了，点点头说道："对对对，你快点回去吧，以后没什么事都不要来了，我和我老婆都很忙的，没时间接待你！"

剑翼龙的翅膀顿时垂得更低了："那我走了，何薇，再见。"

"你应该说再也不见！"霸王龙得意扬扬地替他补充道，一转头却立刻被自家老婆瞪了一眼："你得意个什么劲啊？我之前怎么跟你说的，你现在已经是国王了，在那么多人面前和人家打架闹事，你丢不丢脸啊？气死我了气死我了，我不要理你了！"

说罢，何薇就转身快步跑走了，留下霸王龙一个人在城墙外面朝内张望："老婆，老婆你别走啊！喂！守门的那几个，还愣着干什么，没看见老子的老婆跑了吗？快点给老子开门啊！"

于是何薇没走多远，身后就忽然冲过来一个强健的身影，将她一个公主抱搂进了怀里。何薇一抬头，就看见卓飞正对着自己笑得灿烂，她心底的那点火气顿时就消失无踪了，只是伸手在他脸上掐了一把："你啊，什么时候才能让我少操点心？！"

卓飞立刻摇摇头："不要，我才不要让你少操心呢，你对我的关心少了，就有工夫关心别人了！"

这是什么奇怪的理论啊？何薇被他逗笑了，卓飞见状，立刻低下头，

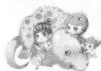

趁机在她脸上亲了一口。

虽然已经结婚许久，可是不知道为什么，何薇还是因为这个吻红了脸颊，不由得又伸出手在他脸上掐了几下。

卓飞虽然被掐得有点疼，但没有闪躲，反而点点头，像是自我安慰似的说道："嗯，只有我才能享受到这种被掐脸的待遇，不错，我很满意！"

"噗……胡说八道什么啊，好啦，快点放我下来。"

"不要，我好久没这么抱你了。"卓飞把自己长满胡楂的脸在何薇脸上蹭了蹭。

何薇被他蹭得痒痒，不由得笑了几声，这才说："好了好了，放我下来，剑龙帝国的客人们今天就要走了，咱们得去准备午宴了。"

"啊？可是刚刚顾轩那家伙已经走了啊。"卓飞说道。

何薇一怔："走了？真的走了？"

"是啊，不是老婆你赶他走的吗？他立刻就很听话地走了啊。"

"啊——怎么会这样？我刚刚那是气话啊！快点把他追回来，怎么能这么把人家赶走呢？！"

正午时分，恐龙帝国的皇宫里，侍从们正在快速布置会客厅。虽然这个地方马上就要迎接剑龙帝国的新任国王顾轩，恐龙帝国的国王和王后会亲自主持这场送别会，但由于战争才结束不久，国内的各种资源还是有些紧缺，大多数人更是还沉浸在悲痛中，因此会客厅里布置得并不华丽，看上去倒是非常简洁朴素。

不远处，程亚伦将军正领着顾轩朝会客厅的方向走去，时不时转过头和他低声礼貌地说几句话："抱歉，因为战争，这次的送别会布置得比较简单，还请您不要介意。"

顾轩立刻点了点头："我明白，多谢你们还愿意为我举行这个送别会。"

虽然之前，是顾轩协助卓飞一起打败了顾曦这个侵略者，但不管怎么说，顾轩自己也是剑龙帝国的二王子；虽然在战争结束后，他和卓飞为了子民们的安泰祥和着想，签订了友好条约，但这并不意味着恐龙帝

国的子民们就会立刻忘记那些剑龙国的人带给他们的伤害。

顾轩也是失去过至亲的人，自然是明白这其中痛苦的，他本来打算简单地和何薇告个别就走的，却没想到恐龙帝国还给他安排了送别会。

一旁的程亚伦解释道："这都是卓飞陛下的意思，他不想丢掉该有的礼节，毕竟在签订了条约之后，我们两个国家现在已经是同盟关系了。"

"原来如此。"顾轩点了点头，心底却忍不住有些失望，他……他本来还以为，这个送别会是何薇提议为他举办的呢，现在看来，果然是自己痴心妄想了啊。

不过那又有什么关系，他早就知道自己对她的感情得不到回应，既然如此，那么痴心妄想也能让自己的内心得到一些安慰，不是吗？

言谈之间，两人已经来到了会客厅内，这次的送别会规模不大，属于私人性质的送别，因此里面布置的桌子并不大，只有一张圆桌而已。

顾轩不由得想起了他上次来到这里参加对他的欢迎会时的情景，那个时候他坐在长桌的一角，抬头看着坐在斜对面的何薇，即使他不断地在心里告诉自己：不要总是盯着她看，不要总是盯着她看！可是目光却还是忍不住跟着她的一举一动而移动……

想到这里，他不由得淡淡地笑了一声，但是笑意还没延展到嘴角，就看见那个顶着一头金发的霸气男人走了进来。

卓飞摆出一副主人的架势，对顾轩做了个"请"的姿势："别站着了，随便坐吧，今晚的送别会比较私人，咱们不用这么拘礼。"

听到这个今天早晨还和自己对打了一场的人这么说，顾轩顿时就没那么多计较了，点了点头，随便抽开一张椅子就要落座，谁知道旁边的卓飞却立刻瞪大了眼睛怒吼一声："喂！那张椅子不许坐，那是给何薇的座位！没看见老子专门在上面铺了个粉色的坐垫吗？"

顾轩无奈地站直了身子，然后重新挑了一张椅子坐下，斜斜地扫了一眼卓飞："也不知道刚刚是谁放大话让我随便坐的。"

卓飞顿时就恼羞成怒了，指着他的鼻子说："喂！你是不是早上挨打没挨够啊？要不咱俩再去外面打一场？"

顾轩立刻就要站起来："奉陪。"

一旁的程亚伦顿时着急了，正想上前阻止，好在这时何薇带着三个孩子走了进来，抬眼看到两个人剑拔弩张的样子，顿时就明白了他们想做什么，她赶忙走上去在卓飞的脑袋上敲了个栗暴："喂！早上你是怎么答应我的？人家是客人，哪有客人上主人家吃饭还要挨打的啊？你再不听话，晚上你就一个人去花园里睡吧你！"

卓飞刚刚的狂霸酷帅气势顿时就没有了，他伸出手揪住何薇的衣袖，左右摇了摇："没有没有，老婆，我没有要打他……我们刚刚在聊天呢，非常愉快地聊天，真的！"

何薇叉着腰不理他，卓飞只好继续说："花园晚上多冷啊，万一我冻感冒了怎么办啊？我白天工作已经很累了，晚上你还要让我一个人睡花园，老婆你怎么舍得呢？"

一听到"感冒"这个词，何薇那故作冷漠的神情顿时就有点撑不住了，她咬了咬嘴唇，扭头看向顾轩，问道："顾轩，你们刚刚到底是不是要打架？"

尽管顾轩很想落井下石一把，但一想到这么做可能会把自己也牵扯进去，于是他赶忙摇了摇头："喀喀……我们没有打架，只是在聊天而已。"

旁边的卓飞顿时松了口气，巴巴地凑上去说："老婆老婆，那今晚不用睡花园了吧？晚上不抱着你我睡不着啊。"

何薇的脸顿时就红了，伸手在他胳膊上掐了一把："现在是说这种话的时候吗？讨厌！去那边给我坐好了！"

卓飞立刻领着自己的三个儿女乖乖地在圆桌前坐好了，站在一旁的何薇这才满意地点了点头，看上去就像幼儿园里管小朋友的阿姨。

大伙儿都落座了之后，厨房很快就将菜都送了上来，送上来的菜色香兼备，看上去让人很有食欲。顾轩的注意力却完全不在这些好吃的菜上，他只是趁着最后的机会，争取多看何薇一会儿。

因为他知道这回自己离开之后，可能有很长一段时间没办法再来这个国家看望何薇。他的老父亲辞去了国王的职务，马上就要随着他一起回到剑龙帝国治病，而他的子民们也需要一段时间来休养生息，他自己更是需要花费大量的时间来研究如何才能当好一位国王。

所以他只是竭尽所能地、贪婪地看着面前那个姑娘的面容，想将她深深地印入脑海中。

何薇自然发现了那道灼热的目光，她不由得有些不自在，赶忙挥挥手叫来了一旁的侍从，问道："我父亲呢？他怎么还没来？送别会都开始了。"

"回王后殿下的话，刚刚属下们去问过了，龙……龙神大人说，他不来了，让国王陛下和王后殿下你们自己吃就行。"侍从的神色看上去有点忐忑。

唉，何薇知道自己的父亲最讨厌这种应酬的场合，便也没有怪罪侍从，只是轻轻地叹了口气。今晚虽说是给顾轩送别，但好歹也是一家人齐聚一堂的日子，自己的老爸却推托不来，真让人有点失落呢。

女儿小白看出了妈妈的不开心，立刻从椅子上跳下来："妈妈，我去把外公找来好不好？"

"好！"有这么懂事的女儿，何薇的心情顿时好了起来，她在女儿额头上亲了一口，"路上小心些，让护卫队的哥哥姐姐带着你去哦，要是外公还是不肯来就算了，不要耽搁太久，不然饭菜都凉啦。"

"嗯嗯，我知道啦！"小白在何薇嘱咐她的时候已经迈着小短腿跑了。

何薇便先招呼大家吃饭。差不多十分钟后，小白就蹦蹦跳跳地回来了，身后跟着的人不仅有龙神，还有卓飞的哥哥卓跃！

这可算是个惊喜了，卓跃这个人非常爱自由，对这种饭局比龙神还避之不及。卓飞顿时开心地站了起来，走上去拍了拍自己哥哥的肩膀："哥！你怎么来了？之前老子叫你多少次你都不肯来！"

"唉……"卓跃认栽地摇了摇头，"小公主亲自来叫我，我不来她就眼泪汪汪地盯着我，我怕我不来，回头会被弟媳妇打死啊。"

饭桌上顿时发出一阵低沉的哄笑声，何薇也不由得跟着笑了，故意凶巴巴地举着勺子威胁他："你现在如果不赶快坐下，我就真的要打你了。"

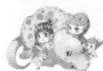

"好好好，弟媳妇别生气，别生气。"卓跃赶忙坐下了，龙神也带着高冷的表情坐到了桌边。何薇赶忙让人给他们添置了碗筷，这才说："那就都别客气了，吃饭吧，不然菜就凉了。"

　　话音刚落，何薇面前的碗里就多了一只色泽诱人的鸡腿，是身边的卓飞夹给她的。她抬头看向他，就看见卓飞对自己咧嘴一笑，并在她的脑袋上揉了揉："快吃快吃，吃饭的时候也要抽空来看老子，老子真的有那么帅吗？"

　　何薇又好笑又好气，不由得白了他一眼，拿起那只鸡腿和坐在她怀里的小白一起分着吃。

　　龙神虽然一直板着脸，看上去对这顿饭没什么兴趣，却一直不断地把桌子上的菜夹到旁边的外孙和孙孙女碗里，严肃地说："你们这个年龄正是长身体的时候，一定要好好吃饭，明不明白？"

　　"是！"橙子和小粉立刻坐得端端正正，在外公严厉的视线下乖乖地吃着碗里的饭，根本不敢像从前在何薇面前时那样撒娇卖萌、满地打滚。

　　看着自己的父亲如此操心自己的孩子，何薇顿时觉得心里暖暖的，赶忙说："好了爸爸，你也别光顾着他们了，自己也吃啊。"

　　谁知龙神立刻吹胡子瞪眼道："这桌菜做得一点技术含量都没有，和本座自己做的比起来差远了！到底是谁做的？卓飞，你怎么能让这种厨师继续在皇宫任职？"

　　卓飞用一种同情的目光看向自己的岳父，干巴巴地说："爸，这顿饭是何薇一个人做的……"

　　龙神原本还准备了长篇大论，一听女婿这么说，那些长篇大论顿时都卡在了嗓子眼，他也不敢去看何薇的表情，只是低下头拿起碗，默不作声地开始吃饭。

　　一旁的小粉看到这一幕，不由得开始总结陈词："虽然爸爸是国王，外公是龙神，可是在这个家里，爸爸和外公都最怕妈妈了，所以……还是老妈最大啦！"

　　何薇立刻满意地伸出手摸了摸小粉的脑袋："还是你最聪明！"

顾轩看着一家人相处得如此和睦。脸上带着淡淡的笑意，可是心底却忍不住感到一阵失落和酸涩。果然是一个人一种命吗？曾经的他，明明也拥有父亲、母亲和哥哥，可是最后却是一个完全不同的结局……

他不由得轻轻叹了口气，本以为自己的心思没人会注意到，却没想到在送别会结束之后，他正要带着部下离开时，身后忽然传来了何薇的声音："顾轩，请稍等一下。"

顾轩赶忙停住脚步，回过头去，只见何薇正穿着一条白裙子从月色下朝自己跑过来，就仿佛那天他在海边的沙滩上把她救起来时，她穿的那身衣服一样。

他顿时有些恍惚："怎么了？有什么事吗？"

"我……"何薇犹豫了一下，这才开口说道，"我就是想跟你说……虽然你过去遇到了很多的不如意，但是，但是请一定不要放弃希望，好吗？未来一定有很多幸福在等着你的。"

原来她看出了今天自己在饭桌上的失落啊。

也对，她可是何薇啊，如此聪慧善良的女孩子，自己唯一动心的女孩子，又怎么会看不出他心底在想什么呢？

顾轩只觉得心里暖暖的，不由得缓缓露出一个笑容："我当然相信了，何薇。"

"嗯？真的？"何薇还是有些放心不下。

顾轩认真地点了点头，漆黑的眸子凝视着她："就是因为我一直相信自己会得到幸福，所以后来才会在海边沙滩上救了你，你就是我获得幸福的开端，是你让我知道世界还是美好的，是你让我没有放弃最后那一丝丝希望。谢谢你，何薇。"

这番话让何薇感触良多，她张了张嘴，却不知道该怎么组织自己的语言。顾轩见状笑了笑，挥了挥手便要转身离去："好了，不用说什么多余的话了，我都懂的。你该回去了，你丈夫正在后面巴巴地望着你呢。"

"啊？"何薇回头一看，果然发现卓飞站在不远处，像热锅上的蚂蚁一样在原地转来转去，却又不敢靠近。

她不由得轻笑一声，对已经走出一段距离的顾轩轻轻说了一声："那……再见了，顾轩。"

"再见。"

顾轩终究没有再回头，只留下这么短短的一句话就渐渐地走出了皇宫，走出了何薇的世界。

而何薇则是转过身，快步跑回到自家老公面前，伸手抱住了他："笨蛋，你在担心什么啊？"

"没……没啊！我没担心啊！"卓飞立刻矢口否认，可是双手却紧紧地将何薇抱进了怀里。

两人就这么在月光下静静地拥抱了好一会儿，卓飞才再度开口，他低声说："何薇，过段时间，我带你出去旅游好不好啊？"

"啊？可是……可是……战争不是才结束……再说咱们不久前不是才去度过蜜月吗？"何薇仰头，不解地看向他。

卓飞的眼睛即使是在夜色下也异常璀璨，他微笑着蹭了蹭她的脸："就是因为这场战争带给我们太多的疲惫和伤害，所以我才想带你出去走走，散散心。再说了，上次去度蜜月那个根本不算好不好？你在半途就掉进海里消失了，后半段时间我一直是在担心中度过的，根本就没有成功嘛！"

何薇虽然也有些心动，却还是放心不下："可是你现在是国王，哪有那么多时间出去旅游啊……"

"我是没有，但是如果我暂时把手上的事务交给我哥哥呢？卓跃的能力不比我差，让他管上十天半个月的，肯定不会出什么问题的。"卓飞说道，"放心吧，老婆，我都已经和他商量好了，咱们下个月就出发，你看好不好？"

何薇思索了一会儿，终于慢慢同意了这个计划："那孩子呢……"

"你想带他们去的话，咱们就一家人一起去；如果不想的话，就咱们两个单独去，都听你的。想去哪儿也由你决定，好不好？这回我一定要让你度过一个完美的蜜月！"卓飞保证道。

何薇眼珠子转了转："真的去哪儿都可以？"

"是啊！"卓飞点了点头，完全没意识到危险的靠近。

于是何薇露出了恶趣味的笑容，故意说："那咱们去剑龙帝国旅游好不好啊？上次我去那里只顾着逃命了，完全没时间好好欣赏那里的景色，这回就去那儿好好看看，怎么样？"

霸王龙顿时一把将何薇抓起来举到了半空中："想都别想！顾轩那个长翅膀的浑蛋还没走远呢，你就想着去看他了？没门！哼，不带你度蜜月了，老子要把你锁在家里生孩子！看你还往哪儿跑！"

何薇不由得哈哈大笑："谁让你刚刚不肯承认你在紧张我的呀……哎，好了好了，哈哈哈，我刚刚开玩笑的啦，哎呀放我下来，放我卜来啦！"

卓飞哪肯听她的话，把何薇扛在肩头就朝屋子里走："我才不信呢！走，咱们现在就去生孩子！"

何薇顿时笑个不停，就这么靠在他的肩膀上，双手圈着他的脖子。那一瞬间她只觉得一切都是那么美满。现在的她，有爱自己的丈夫，有可爱的孩子，还有一个美好的家，就算以后再遇到什么凶险和困难，也有信心大胆地走下去。

她望了一眼头上的月亮，只觉得那月光似乎温柔地照进了她的心底。

到此，总算是风平浪静，幸福美满了啊。